把路移到荒野上

刘亮程散文精选

刘亮程 著

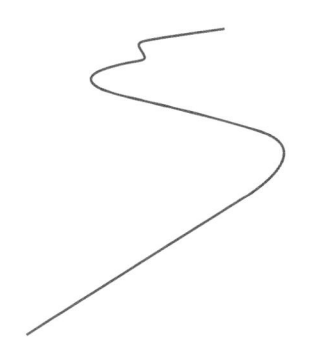

浙江教育出版社·杭州

我在村庄里的生活，被别人过掉了。

我在远处过着谁的生活。

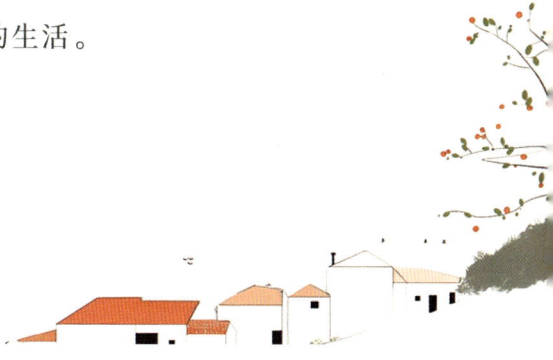

当我在陌生城市的黄昏，看见那个扔在远处的村庄并开始书写她时，那个草木和尘土中的家乡，那个白天黑夜中的家乡，被我从大地尘埃中拎起来，挂在了云朵上。

——《大地上的家乡》

■ 奥维尔的景色

创 作 者：[荷兰] 文森特·凡·高 Vincent van Gogh（1853—1890）
创作时间：1890年

三十岁的我,似乎对这个冬天的来临漠不关心,却又一直在倾听落雪的声音,期待着又一场雪悄无声息地覆盖村庄和田野。

——《寒风吹彻》

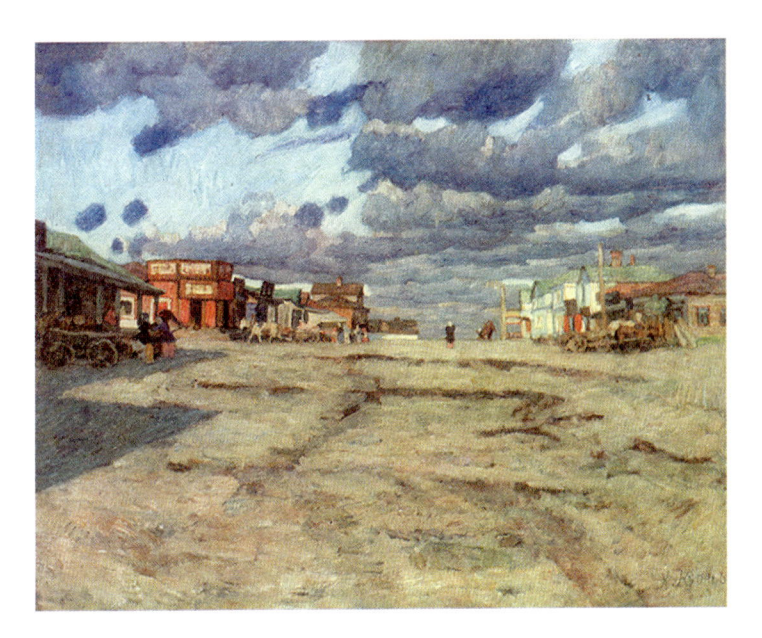

■ 沃斯克列先斯克镇

创 作 者:[苏] 康斯坦丁·尤翁 Konstantin Yuon(1875—1958)
创作时间:1908年

那些路上的坑,在夜晚被月光铺平,不会颠簸梦中的车,但会颠醒车上做梦的人。

——《车户》

我的道路

创 作 者:[立陶宛] 米卡洛尤斯·孔斯坦蒂纳斯·丘尔廖尼斯
　　　　　Mikalojus Konstantinas Čiurlionis(1875 –1911)
创作时间:1907年

看不见下一个春天的羊,会在一个春天里遇见所有春天。

——《牧游草原》

◨ 亚利桑那州的霍皮族村庄

创 作 者:[美] 泽维尔·马丁内斯 Xavier Martinez(1869—1943)
创作时间:未知

心地才是最远的荒地，很少有人一辈子种好它。

——《野地上的麦子》

◼ 穿过高草的小径

创 作 者：[法] 皮埃尔·奥古斯特·雷诺阿 Pierre-Auguste Renoir（1841—1919）
创作时间：1876年

我五岁的早晨，只看见两种东西在离去，一个朝天上，一个朝远处。

——《给太阳打个招呼》

■ 云中的阿拉加特

创 作 者：[俄] 马蒂罗斯·萨良 Martiros Sarian（1880—1972）
创作时间：1923年

序

俞敏洪

"东方名家经典"系列中的散文精选集推出来了,我特别开心。开心,不仅因为这一想法的最初创意我积极参与了,而且我本人对于散文这种表达方式也情有独钟。同时,这一创意,也能够成为我和那些著名作家和散文家联结和交流的桥梁。

小说、诗歌、散文三种文体,我都很喜欢。高中之前读小说比较多,稚嫩的心灵需要故事的滋养,小说中的人物对读者品格和个性的塑造，常常会产生重大的影响，所以我们说：少不读水浒，老不读三国！从高中到大学，我更多地阅读诗歌，当然主要是现当代诗歌，不仅读，自己也学着写。二十世纪八十年代，诗歌的阅读和写作风靡全国，那种青年的朦胧情感和激情，需要从诗歌中汲取营养和寻找出口。当少年的幻想和青年的激荡开始退潮，我们开始面临的，是平凡的日常和绵延的岁月，这时候，我们的心灵，更加需要润物细无声的滋养。从大学毕业开始，阅读散文就成了我的习惯，并且一直持续到今天。

其实，我们从上学伊始，就一直在得到散文的滋养。十二年的中小学岁月，我们几乎每一个人，应该都或多或少背诵过一些散文，从古文的《爱莲说》《岳阳楼记》《醉翁亭记》，到现代散文《绿》《背影》《雪》，我们都耳熟能详。我们大部分人的表达能力和写作能力，也是从写作散文训练开始的。散文，尽管不如小说扣人心弦，也不如诗歌慷慨激昂，但却如涓涓细流，滋润心田。一盏茶、一杯酒，孤灯相伴，没有比反复阅读精美的散文更加能够让人心平气和的了。

散文读多了，我自己也尝试着写。初中的时候我尝试写过小说，事实证明我的想象力太贫乏，根本成不了小说家。大学时候我尝试着写诗歌，希望通过诗歌打动心上人的芳心，结果"芳心"在读完我写的诗歌后瞬间枯萎。我终于发现我是一个从生活到情感都很朴素平凡的人，用朴素平凡的语言来记录自己的生活和思想，才是最适合的方式。创立新东方后，我一头扎进了新东方生死存亡的经营之中，有很长一段时间既不怎么阅读，也不怎么写作。等到终于意识到生命比生意更加重要时，已经人到中年。终于重新拿起书，拿起笔，开始了只求意会的阅读和随心随意的记录。我一直认为，生命中的一些事情和情感，是需要记录的，而记录最好的方式，当然就是散文。记录，不是为了出版，不是为了宣传，而是为了自己，为了自己一生走来，能够回头去寻找过来的路径。这几年，我也编写了几本散文集，可惜由于文笔和思想欠佳，始终没有什么大气的文字出现。

每每当我阅读到优秀的散文时，我就爱不释手，到今天我还有意无意会去背诵一些特别优秀的散文段落。周围也总有朋友和家长问我，我们的孩子怎样找到优秀的散文去阅读。这些询问，终于激发了我收集优秀的散文，并且结集出版的想法。新东方有自己的编辑队伍，现在又有了自己的推广平台，很多现在活跃在中国文坛的作家和散文家还和我有私交，有了这些条件，我觉得要是不做这件事情，都对不起自己。于是，我跟一些作家谈了我的想法，结果得到了他们的鼎力支持！

大部分作家都著作等身，我们从什么角度来选取作家的散文，变成一本精选集，就成了一个问题。最后，我们决定以"成长"为切入角度。我们希望，这套"东方名家经典"，更多的是为青少年进行编辑，让青少年通过阅读这些名家散文和他们的成长回忆，得到启发和励志，帮助青少年更加美好地成长。通过阅读这些文字，这些著名的作家不再是一个个神一样的存在，而是还原成一个个有血有肉的人，有欢笑有眼泪，有成功也有失落。追寻这些优秀作家的成长脚步和他们对于人生的思考，我们不仅在品味他人的人生发展，更是在潜移默化地设计自己的人生之路。也许，在不知不觉之中，我们走上了一条更加明亮的发展道路。

在我们被忙忙碌碌的日常事务所淹没的今天，我们更加需要阅读来拯救我们的心灵。新东方在过去的几年中，一直在努力推广阅读。近几年来，在我们自己平台上售出的图书数量巨大。其中不光包含市面上一些耳熟能详的畅销品类，还有很多平时稍显冷门的纯文学类的甚至哲学类的图书。由此我们感受到，越来越多的读者正在回归阅读的本质，越发注重阅读带来的精神上和心灵上的愉悦与滋养。因此，我们新东方的这套散文集，也是本着这样一种使命感与责任感，精心梳理编辑，推给广大读者。

在这套散文集之后，我们还会陆续推出越来越多的好作家的好作品。我们希望自己能通过大众阅读与更多的人建立联结。2021年，我还做了一件事，就是开了一家书店，叫"新东方·阅读空间"。买书和读书这两件事，我自己一直没有中断过。现在，我又开始写书、卖书。不过，这个阅读空间作为一个实体书店，我希望它不以卖书为主，而以阅读为主。

人生在世，总要做一些绝对不会后悔的事情，而阅读，就是你怎么做都不会后悔的事情，尤其是当你阅读的是文笔和内容俱佳的散文。

让我们一起打开"东方名家经典",开启一次愉快的精神之旅吧。

目录
CONTENTS

第一辑
荒野·树会记住许多事

树会记住许多事　003

逃跑的马　008

野地上的麦子　015

给太阳打个招呼　025

两窝蚂蚁　031

树上的孩子　037

牧游草原　040

一朵花向整个大地开放自己　050

我把路移到荒野上　054

第二辑

路·大地上的家乡

寒风吹彻　059

剩下的事情　066

桥断了　091

人畜共居的村庄　095

一截土墙　098

村庄的劲　104

远远的敲门声　108

一切都没有过去　119

托包克游戏　122

五千个买买提　129

最后的铁匠　133

生意　140

车户　146

大地上的家乡　154

远路上的新疆饭　　170

卖磨刀石的人　　183

一个人的村庄　　189

我们家的一段路　　213

第三辑
我·一个长梦

五岁的早晨　　221

一个长梦　　224

我另外的一生已经开始　　231

走着走着剩下我一个人　　235

我改变的事物　　243

墙洞　　247

先父　　258

一个人回来　　272

我不长大，不行吗　278
谁的叫声让一束花香听见　283
长大的只是那些大人　287
住多久才算是家　291

第一辑

荒野·树会记住许多事

树会记住许多事

如果我们忘了在这地方生活了多少年，只要锯开一棵树，院墙角上或房后面那几棵都行，数数上面的圈就大致清楚了。

树会记住许多事。

其他东西也记事，却不可靠。譬如路，会丢掉人的脚印，会分岔，把人引向歧途。人本身又会遗忘许多人和事。当人真的遗忘了那些人和事，人能去问谁呢。

问风。

风从不记得那年秋天顺风走远的那个人。也不会在意它刮到天上飘远的一块红头巾，最后落到哪里。风在哪停住哪就会落下一堆东西。我们丢掉找不见的东西，大都让风挪移了位置。有些多少年后被另一场相反的风刮回来，面目全非躺在墙根，像做了一场梦。有些在昏天暗地的大风中飘过村子，越走越远，再也回不到村里。

树从不胡乱走动。几十年、上百年前的那棵榆树，还在老地方站着。我们走了又回来。担心墙会倒塌、房顶被风掀翻卷走、人和牲畜四散迷失，我们把家安在大树底下，房前屋后栽许多树让它快快长大。

树是一场朝天刮的风。刮得慢极了。能看见那些枝叶挨挨挤挤向天上涌，都踏出了路，走出了各种声音。在人的一辈子里，人能看见一场风刮到头，停住。像一辆奔跑的马车，甩掉轮子，车体散架，货物坠落一地，最后马扑倒在尘土里，伸脖子喘几口粗气，然后死去。谁也看不见马车夫在哪里。

风刮到头是一场风的空。

树在天地间丢了东西。

哥，你到地下去找，我向天上找。

树的根和干朝相反方向走了，它们分手的地方坐着我们一家人。父亲背靠树干，母亲坐在小板凳上，儿女们蹲在地上或木头上。刚吃过饭。还要喝一碗水。水喝完还要再坐一阵。院门半开着，能看见路上过来过去几个人、几头牛。也不知树根在地下找到什么。我们天天往树上看，似乎看见那些忙碌的枝枝叶叶没找见什么。

找到了它就会喊，把走远的树根喊回来。

父亲，你到土里去找，我们在地上找。

我们家要是一棵树，先父下葬时我就可以说这句话了。我们也会像一棵树一样，伸出所有的枝枝叶叶去找，伸到空中一把一把抓那些多得没人要的阳光和雨，捉那些闲得打盹的云，还有鸟叫和虫鸣，抓回来再一把一把扔掉。不是我要找的，不是的。

我们找到天空就喊你，父亲。找到一滴水一束阳光就叫你，父亲。我们要找什么。

多少年之后我才知道，我们真正要找的，再也找不回来的，是此时此刻的全部生活。它消失了，又正在被遗忘。

那根躺在墙根的干木头是否已将它昔年的繁枝茂叶全部遗忘。我走了，我会记起一生中更加细微的生活情景，我会找到早年落到地上没看见的一根针，记起早年贪玩没留意的半句话、一个眼神。当我回过头去，我对生存便有了更加细微的热爱与耐心。

如果我忘了些什么，匆忙中疏忽了曾经落在头顶的一滴雨、掠过耳畔的一缕风，院子里那棵老榆树就会提醒我。有一棵大榆树靠在背上（就像父亲那时靠着它一样），天地间还有哪些事情想不清楚呢。

我八岁那年，母亲随手挂在树枝上的一个筐，已经随树长得够不着。我十一岁那年秋天，父亲从地里捡回一捆麦子，放在地上怕鸡叼吃，就顺手夹在树杈上，这个树杈也已将那捆麦子举过房顶，举到了半空中。这期间我们似乎远离了生活，再没顾上拿下那个筐，取下那捆麦子。它一年一年缓缓升向天空的时候我们似乎从没看见。

现在那捆原本金黄的麦子已经发灰,麦穗早被鸟啄空。那个筐里或许盛着半筐干红辣椒、几个苞谷棒子,筐沿满是斑白鸟粪,估计里面早已空空的了。

我们竟然有过这样富裕漫长的年月,让一棵树举着沉甸甸的一捆麦子和半筐干红辣椒,一直举过房顶,举到半空喂鸟吃。

"我们早就富裕得把好东西往天上扔了。"

许多年后的一个早春。午后,树还没长出叶子。我们一家人坐在树下喝苞谷糊糊。白面在一个月前就吃完了。苞谷面也余下不多,下午饭只能喝点糊糊。喝完了碗还端着,要愣愣地坐好一会儿,似乎饭没吃完,还应该再吃点什么,却什么都没有了。一家人像在想着什么,又像啥都不想,脑子空空地呆坐着。

大哥仰着头,说了一句话。

我们全仰起头,这才看见夹在树杈上的一捆麦子和挂在树枝上的那个筐。

如果树也忘了那些事,它便早早地变成了一根干木头。

"回来吧,别找了,啥都没有。"

树根在地下喊那些枝和叶子。它们听见了,就往回走。先是叶子,一年一年地往回赶。叶子全走光了,枝杈便枯站在那里,像一截没人走的路。枝杈也站不了多久。人不会让一棵死树长时间站在那里。它早站累了,把它放倒,可它已经躺不平,身躯弯扭得只适合立在空气中。我们怕它滚动,一头垫半截土块,中间也用土块堰住。等过段时间,消闲了再把树根挖出来,和躯干放在一起，如果它们有话要说，日子长着呢。一根木头随便往哪一扔就是几十年光景。这期间我们会看见木头张开许多口子，离近了能听见木头开口的声音。木头开一次口，说一句话。等到全身开满口子，木头就基本没话可说了。我们过去踢一脚，敲两下，声音空空的。根也好，干也罢，里面都没啥东西了。即便无话可说，也得面对面待着。一个榆木疙瘩，一截歪扭树干，除非修整院子时会动一动。也许还会绕过去。谁会管它呢。在它身下是厚厚的这个秋天、很多个秋天的叶子。在它旁边是我们一家人、牲畜。或许已经是另一户人。

那时候我的记忆是多么孤独。我将一个人沿着荒远的回忆之路，一直走去。我知道它们全在那里，一个布条一根头发丝都不会少：树、鸟、鸡、麻袋、米、筐和绳子、锨、农具、开门声和狗叫，连傍晚洒在落叶和锨刃上的细碎阳光，都一点没有流逝。

但我知道有些东西已永远地不在世间。

我老的时候我是多么希望那些曾经的旧东西相伴身边。至少，能有一棵老榆树活在身边，与我共享全部昔年。

逃跑的马

我跟马没有长久贴身的接触,甚至没有骑马从一个村庄到另一个村庄这样简单的经历。顶多是牵一头驴穿过浩浩荡荡的马群,或者坐在牛背上,看骑马人从身边飞驰而过,扬起一片尘土。

我没有太要紧的事,不需要快马加鞭去办理。牛和驴的性情刚好适合我——慢悠悠的。那时要紧的事远未来到我的一生里,我也不着急。要去的地方永远不动地待在那里,不会因为我晚到几天或几年而消失。要做的事情早几天晚几天去做都一回事,甚至不做也没什么。我还处在人生的闲散时期,许多事情还没迫在眉睫。也许有些活我晚到几步就被别人干掉了,正好省得我动手。有些东西我迟来一会儿便不属于我了,我也不在乎。许多年之后你再看,骑快马飞奔的人和坐在牛背上慢悠悠赶路的人,一样老态龙钟回到村庄里,他们衰老的速度是一样的。时间才不管谁跑得多快多慢呢。

但马的身影一直浮游在我身旁,马蹄声常年在村里村外的土路上踏响,我不能回避它们。甚至天真地想,马跑得那么快,一定先我到达了一些地方。骑马人一定把我今后的去处早早游荡了一遍。因为不骑马，我一生的路上必定印满先行的马蹄印儿。撒满金黄的马粪蛋儿。

直到后来，我徒步追上并超过许多匹马之后，才打消了这种想法——曾经从我身边飞驰而过扬起一片尘土的那些马，最终都没有比我走得更远。在我还继续前行的时候，它们已变成一架架骨头堆在路边。只是骑手跑掉了。在马的骨架旁，除了干枯的像骨头一样的胡杨树干，我没找到骑手的半根骨头。骑手总会想办法埋掉自己，无论深埋黄土还是远埋在草莽和人群中。

在远离村庄的路上，我时常会遇到一堆一堆的马骨。马到底碰到了怎样沉重的事情，使它如此强健的躯体承受不了，如此快捷有力的四蹄逃脱不了。这些高大健壮的生命在我们身边倒下，留下堆堆白骨。我们这些矮小的生命还活着，我们能走多远。

我相信累死一匹马的，不是骑手，不是常年的奔波和劳累，对马的一生来说，这些东西微不足道。

马肯定有它自己的事情。

马来到世上，肯定不仅仅是给人拉拉车当当坐骑。

村里的韩三告诉我，一次他赶着马车去沙门子，给一个亲戚送麦种子。半路上马车陷进泥潭，死活拉不出来，他只好回去找人借牲口帮忙。可是，等他带着人马赶来时，马已经把车拉出来走了，走得没影了。他追到沙门子，那里的人说，晌午看见一辆马车拉着几麻袋东西，穿过村子向西去了。

韩三又朝西追了几十公里，到虚土庄子，村里人说半下午时看见一辆马车绕过村子向北边去了。

韩三说他再没有追下去，他因此断定马是没有目标的东西，它只顾自己往前走，好像它的事比人更重要。竟然可以把人家等着下种的一车麦种拉着漫无边际地走下去。韩三是有生活目标的人，要到哪就到哪。说干啥就干啥。他不会没完没了地跟着一辆马车追下去。

韩三说完就去忙他的事了。以后很多年间，我都替韩三想着这辆跑掉的马车。它到底跑到哪去了。我打问过从每一条远路上走来的人，他们或者摇头，或者说，要真有一辆没人要的马车，他们会赶着回来的，这等便宜事他们不会白白放过。

我想，这匹马已经离开道路，朝它自己的方向走了。我还一直想在路上找到它。

但它不会摆脱车和套具。套具是用马皮做的，皮比骨肉更耐久结实。一匹马不会熬到套具朽去。

而车上的麦种早过了播种期，在一场一场的雨中发芽、霉烂。车轮和辕木也会超过期限，一天天地腐烂。只有马不会停下来。

这是唯一跑掉的一匹马。我们没有追上它，说明它把骨头扔在了我们尚未到达的某个远地。马既然要逃跑，肯定有什么东西在追它。那是我们看不到的、马命中的死敌。马逃不过它。

我想起了另一匹马，拴在一户人家草棚里的一匹马。我看到它时，它已奄奄一息，老得不成样子。显然它不是拴在草棚里老掉的，而是老了以后被人拴在草棚里的。人总是对自己不放心，明知这匹马老了，再走不到哪里，却还把它拴起来，让它在最后的关头束手就擒，放弃跟命运较劲。

更残酷的是，在这匹马的垂暮之年，它只能眼睁睁地看着堆在头顶的大垛干草，却一口也吃不上。

我撕了一把草送到马嘴边，马只看了一眼，又把头扭过去。我知道它已经嚼不动这一口草。马的力气穿透多少年，终于变得微弱黯然。曾经驮几百斤东西，跑几十里路不出汗不喘口粗气的一匹马，现在却连一口草都嚼不动。

"一麻袋麦子谁都有背不动的时候。谁都有老掉牙啃不动骨头的时候。"

我想起父亲告诫我的话。

好像也是在说给一匹马。

马老得走不动时，或许才会明白世上的许多事情，才会知道世上许多路该如何去走。马无法把一生的经验传授给另一匹马。马老了之后也许跟人一样。它一辈子没干成什么大事，只犯了许多错误，于是它把自己的错误看得珍贵无比，总希望别的马能从它身上吸取点教训。可是，那些年轻的活蹦乱跳的儿马，从来不懂得恭恭敬敬向一匹老马请教。它们有的是精力和时间去走错路，老马不也是这样走到老的吗？

马和人常常为了同一件事情活一辈子。在长年累月、人马共操劳的活计中，马和人同时衰老了。我时常看到一个老人牵一匹马穿过村庄回到家里。人大概老得已经上不去马，马也老得再驮不动人。人马一前一后，走在下午的昏黄时光里。

在这漫长的一生中，人和马付出了一样沉重的劳动。人使唤马拉车、赶路，马也使唤人给自己饮水、喂草加料、清理圈里的马粪。有时还带着马找畜医去看病，像照管自己的父亲一样热心。堆在人一生中的事情，一样堆在马的一生中。人只知道马帮自己干了一辈子活，却不知道人也帮马操劳了一辈子。只是活到最后，人可以把一匹老马的肉吃掉，皮子卖掉。马却不能对人这样。

有一个冬天的夜晚，我和村里的几个人，在远离村庄的野地，围坐在一群马身旁，煮一匹老马的骨头。我们喝着酒，不断地添着柴火。我们想，马越老，骨头里就越能熬出东西。更多的马静静站立在四周，用眼睛看着我们。火光映红了一大片夜空。马站在暗处，眼睛闪着蓝光。马一定看清了我们，看清了人。而我们一点都不知道马在想些什么。

马从不对人说一句话。

我们对马的唯一理解方式是：不断地把马肉吃到肚子里，把马奶喝到肚子里，把马皮穿在脚上。久而久之，隐隐就会有一匹马在身体中跑动。有一种异样的激情耸动着人，变得像马一样不安、骚动。而最终，却只能用马肉给我们的体力和激情，干点人的事情，撒点人的野和牢骚。

我们用心理解不了的东西，就这样用胃消化掉了。

但我们确实不懂马啊。

记得那一年在野地，我把干草垛起来，我站在风中，更远的风里一大群马，石头一样静立着，一动不动。它们不看我，马头朝南，齐望着我看不到的一个远处。根本没在意我这个割草人的存在。

我停住手中的活，那样长久羡慕地看着它们，身体中突然产生一股前所未有的激情。我想嘶，想奔，想把镰刀扔了，双手落到地上，撒着欢子跑到马群中去，昂起头，看看马眼中的明天和远方。我感到我的喉管里埋着一千匹马的嘶鸣，四肢涌动着一万只马蹄的奔腾声。而我，只是低下头，轻轻叹息了一声。

我没养过一匹马，不像村里有些人，自己不养马喜欢偷别人的马骑。晚上乘黑把别人的马拉出来骑上一夜，到远处办完自己的事，天亮前把马原拴回圈里。第二天主人骑马去奔一件急事，马却死活跑不起来。马不把昨晚的事告诉主人。马知道自己能跑多远的路，不论给谁跑，马把一生的路跑完便不跑了。人把马鞭抽得再响也没用了。

马从来就不属于谁。

别以为一匹马在你胯下奔跑了多少年，这马就是你的。在马眼里，你不过是被它驮运的一件东西。或许马早把你当成了自己的一个器官，高高地安置在马背上，替它看路，拉缰绳，有时下来给它喂草、梳毛、修理蹄子。交配时帮它扶扶马锤子。马全靠感觉、凭天性。人在一旁看得着急，忍不住帮马一把。马正好一用劲，事成了。人在一旁傻傻地替马笑两声。

其实马压根不需要人。人的最大毛病，是爱以自己的习好度量他物。人习惯了自己的，便认定马也需要。人只会扫马的兴，多管闲事。

也许，没有骑快马奔一段路，真是件遗憾的事。许多年后，有些东西终于从背后渐渐地追上我。那都是些要命的东西，我年轻时不把它们当回事，也不为自己着急。有一天一回头，发现它们已近在咫尺。这时我才明白了以往年月中那些不停奔跑的马，以及骑马奔跑的人。马并不是被人鞭催着在跑，不是。马在自己奔逃。马一生下来便开始了奔逃。人只是在借助马的速度摆脱人命中的厄运。

而人和马奔逃的方向是否真的一致呢。也许人的逃生之路正是马的奔死之途，也许马生还时人已经死归。

反正，我没骑马奔跑过，我保持着自己的速度。一些年月人们一窝蜂朝某个地方飞奔，我远远地落在后面，像是被遗弃。另一些年月人们回过头，朝相反的方向奔跑，我仍旧慢慢悠悠，远远地走在他们前头。我就是这样一个人。我不骑马。

野地上的麦子

好几年,我们没收上野地上的麦子。有一年老鼠先下了手,村里人吆着车提着镰刀赶到野地时,只看见一地端扎的没头的光麦秆,穗全不见了。有两年麦子黄过了头,大风把麦粒摇落在地,黄灿灿一层,我们下镰时麦穗已轻得能飘起来。

麦子在大概的月份里黄熟,具体哪天黄熟没人能说清楚,由于每年的气候差异和播种时间的早几天晚几天,还由于人的记忆。好多年的这个月份混在一起,人过着过着,仿佛又回到曾经的一些年月里,经过的事情又原原本本出现在眼前。人觉得不对劲,又觉得没什么不对劲。麦子要熟了,每年要熟一次。仿佛还是去年前年被人割倒的那些麦子,又从黑暗中爬了起来,一步一步走到这个月份里。

那时正值玉米长到一人高,棉花和黄豆也都没膝,村子被高高矮矮的庄稼围着,连路上都长出草和粮食。

一条路隔段时间没人走,掉在路上的麦粒、苞谷豆、草籽……就会在一场雨后迅速发芽，生长起来。路上的土都很肥沃，牲口边走边撒的粪尿，一摇一晃的牛车上掉下的肥料和草，人身上抖下的垢甲，凡从路上拉来运去的东西，没一样不遗落一些在路上。春播一过，路往往会空一阵子，有些路就是专门通向一块地，这块地里的活干完了，路也就没人走了。等过上一两个月，人再去这块地里忙活，才发现路上已长满了作物，有麦子、玉米、黄豆，还有已经结上小瓜蛋子的西瓜秧，整个路像一条绿龙，弯弯曲曲伸到人要去的那地方。人在路头愣望一阵，想他们麻袋上的小洞、车箱底的细缝，咋会漏掉这么多种子。人实在不忍心踏上去，只好沿路边再走出一条新路。

麦子成熟的香味就在这个时候，顺风飘来，先是村西边的人闻到。麦子快要熟了。嗯，是麦子熟了。打镰刀的王铁匠锤停在半空，愣了一下，麦香飘过他的铁炉的一瞬被烤熟了，像吃了口新麦锅盔的感觉。编筐的张五突然停住正编的一根榆树条，抬头朝天上望。麦子已经熟了，快给村长说说去，该安排人割麦子了。

正往车上装羊粪的韩三扔掉铁叉快步朝村东边走去，新麦的清香拨开浓浓的羊粪味钻进他的鼻孔里。他刚迈出两步，风已经翻过一家家房顶把麦香刮到村东头，全村人都闻到麦香了。

这时候，村长就会派一个人骑马去野地走一趟，看看麦子黄到了几成，哪天下镰合适，以便安排劳力。

有一年人们闻着麦香走向野地，全村一百五十多个劳力，十几辆大车，浩浩荡荡走了一整天，天黑透走到野地，连夜在地头搭棚、支炉灶、挖地窝子。人马疲困已极。第二天一早，人们醒来一看，麦子还青着，只黄了一点麦芒。

麦子成熟的气息依旧弥漫在空气里。是哪一块麦地熟了。有人站在车上，有人爬上棚顶，朝四下里张望。肯定有一块麦子已经熟透了。谁也不知道这块麦地在哪里。仿佛是去年前年随风飘远的阵阵麦香，被另一场相反的风刮了回来，又亲切又熟悉。

人们住下来等麦子黄熟。

也就几天就能下镰了。节气已经到了，麦子不黄也说不过去。最多三五天吧，回去屁股坐不稳又得再来。

人们等到第五天，麦子还没黄。

第三天的大太阳，本来已经把麦穗催黄了，可是天黑前下了一场雨，一夜过去，麦子又返青了，跟刚来时一模一样。

第六天上午，磨利的镰刀刃已开始生锈，带来的粮食清油也吃掉八九成。人们拆掉窝棚，把米面锅灶原搬到车上。那天天气燥热，天上没一朵云，太阳照到每一片叶子上。一百五十多人，十几辆马车，浩浩荡荡往回走。麦子在他们离去的背影里，迅速地黄透了。

村长马缺也闻到了麦香，每当这个节气村长马缺都格外操心，一有点儿风就把鼻子伸长用心地吸几口气。

有一年，也是这个月份，大早晨，树轻轻晃动，马路上几头牛踩起的土，缓缓向东飘浮，牛也朝东边走，踩起的土远远跑到它们前头。村长马缺站在路边上,鼻子伸进风里,吸了两下,又吸了两下。

什么地方着火了。不像是炊烟的气味。

村长马缺赶紧爬上房,踮起脚尖朝西边望。早晨的炊烟,像一片树林一样挡住视线。炊烟全朝东边弯。村长马缺第一次感到这个村子的炊烟这么稠密,要望过去都有点费力。

村长马缺下了房,快步走到村西头,站到一个粪堆上朝西边望,鼻子一吸一吸地闻了好一阵。是一股很远处的烟火味。它穿过天空和荒野时烟味变薄变旧了,还沾染了些野草、尘沙和云的气息。好像还飘过村里种在西边野滩上的麦地,粘带了些麦粒灌浆时溢出的青郁香气。

什么东西在远处烧掉了。村长马缺在心里嘀咕。

那以后村长马缺时常在梦中看见一场大火,呼呼地烧着,四处都是火,浓烟滚滚。他辨不清那场火在什么地方。村长马缺一直在担心野地上的麦子,会在哪一天烧着。麦子熟透了会自己着。有时远远的一粒火,甚至一颗流星都能把七月的麦地点着。

村长马缺没有把这种担心告诉别人,他一直一个人在心里害怕着一场没烧着的大火。

野地上着过一次火,是在老早村长马缺出生以前。村里王家(也许是刘家)一头牛不想干活,跑到野地里。那头牛左肩胛一块皮磨烂了,好不容易咬牙熬到春耕完,牛本指望春闲时皮能长好。可是伤口化脓了,不住往外流脓水,成群的苍蝇在伤口处叮咬、作蛹。紧接着又是田管、中耕、拉肥料，牛肩胛疼得厉害，站着不走又要挨鞭子，牛实在熬不下去，便在一个夜晚挣脱缰绳跑掉了。人跟着牛蹄印追到野地，眼前一大片荒草灌木，浩浩莽莽，在里面转了半天，差点把自己丢了。人爬到一棵树上喊，嗷嗷地叫，牛死活不出来。

秋天，人又去了野地，在金黄一片的草木中发现牛的蹄印和粪，说明牛还在里面，找了大半天，野地太大草太深，根本看不见牛的影子。人跑到草滩另一头，放了把火，想把牛烧出来。火着了三天三夜，烟灰顺风刮到村里，房顶院子落了一层。

到底把牛烧出来没有。由于时间久了，许多关于前辈人的故事大都是这样剩下半截子。要再说下去就得瞎编。可是，生活中有意思的事一件接一件，真人真事都说不完，谁有闲工夫瞎编故事呢。直到现在，多少年过去了，越来越多的半截子故事扔在村里，没人理识。我也懒得回想。光我自己的事情就够我说大半辈子，我哪顾得上说别人呢。

那年派去探麦的人是刘榆木。这是个啥活都不干的人，整天披一件黑上衣蹲在破墙头上，像个驼背的鸟似的，有时他面朝西双手支着头一看就是大半天，有时尻子对着南边一蹲又是一下午。我们都不知道他在看啥，到底看见了啥。

一个人要是啥都不干，一天到晚盯着一个小地方看上一辈子，肯定能看出些名堂。但我们又不愿意相信刘榆木会看出啥名堂。

他是个懒人，不会比我们知道更多的事情。我们想。

早先刘榆木喜欢蹲在旧马号圈墙上，那堵墙又高又厚实，蹲在上面哪都能看见。后来那堵墙倒了。听人说是刘榆木家里人嫌他啥活不干整日蹲在墙上，气愤地把那堵墙放倒了。后来刘榆木蹲到靠马路的半堵破羊圈墙上。那堵墙矮一些，也单薄，却一直不倒。

谁也使唤不动刘榆木。他家每年收多少粮、种几亩地，他从来不管不问。到吃饭的时候他就从墙上跳下来，拍一把屁股上的土，很准时地回到家里。听人说他看着烟囱里冒出来烟就知道家里做什么饭，饭啥时候做熟。

谁家有急事找刘榆木帮忙，他总是一甩头，丢一句"管我的球事"，便再不理人家。

村长马缺也没想到要使唤刘榆木，他从粪堆上下来，想着派谁去野地看看，一扭头看见蹲在墙头上的刘榆木。

"刘榆木，给你派个活，到野地去看看麦子熟了没有。"

"麦子熟不熟关我的球事。"刘榆木头一甩，不理村长了。

村长马缺瞪了刘榆木几眼，正要走开，又突然回过头。

"给你一匹马，你就把马当成这堵墙骑着，边走边看，也不耽误你看事情，只要把麦子熟没熟给我看回来就行了。"

这一年村里又没收上麦子。去晚了几天，麦子黄焦在地里。

派去探麦的刘榆木根本没去野地。他骑马从村西边出去，在村外绕了一圈，绕到村东头，打马朝沙湾镇奔去了。

他去沙湾镇其实也没啥球事情。只是他觉得去野地看麦子更没意思。有啥看的,掰指头一算就知道麦子熟没熟。节气到了麦子肯定会熟。时候不到再看麦子还是青的。刘榆木许多年不问地里的事,他已经不知道地开始变得不守节气。好像太阳绕着地转晕了,该熟时不熟,不该熟早熟的事多了。只是这些事又关刘榆木的啥球事。

天快黑时,刘榆木原打马绕回到村西头,一摇一晃走进村,给村长马缺丢下一句"还早呢,再有十天才能熟",便转身回家去了,再不理识村长的追问。

其实刘榆木也没走到沙湾镇。沙湾镇比野地更远,去了再赶回来非得走到第二天早晨。他只是走到了自己蹲在墙头上远望时的目光尽头,又朝前望了一阵子就调转马头回来了。

这两截子目光接起来,足足有60公里。这大概是村里最长远的目光了。刘榆木想。

村长马缺也没完全信刘榆木的话,他总觉得这个整日蹲在墙头上身子悬在半空里的人不太踏实。没等到十天,也就过了七八天吧,村长马缺便带着人马下野地了。结果还是晚来许多天,麦粒几乎全落到地上,又准备发芽长下一茬麦子了。

事后人们埋怨村长马缺,不该把探麦这么重要的事交给懒汉刘榆木。村长马缺辩解说:"我总不能让铁块烧红正要打一把镰刀的王铁匠扔下锤子去野地吧。也不能叫水淌在地里正浇苞谷的韩拐子收了水口子去探麦吧。更不能让我村长马缺丢下一村子的事亲自跑去看麦子吧。况且,也不是件啥难事。又不用他的手,也不用他的腿和脑子。只用用他的眼睛，看一下麦子黄了没有。刘榆木不是爱支着头傻看吗。看不正是他的特长吗。"

不管怎么说，那年野地上的活又白干了。刘榆木依旧蹲在那截墙头上，像啥事没发生。又一年，我们踏着泥泞春播时从他眼皮底下走过。秋天拉着苞谷回来时从他尻子后面过去。我们懒得理这个人。没心思跟他搭腔说话。他也不理识我们。有些时候我们已经把他当成一个没用的榆木疙瘩。

这样过了几年，又是几年，一切都没有变化。我们还是一样春忙秋忙，夏天也闲不住。刘榆木也还是蹲在破墙头上，像个更加驼背的鸟，只是头发和胡子更苍白蓬乱，衣服更脏旧。低头看看我们自己，也好不到哪去。有时我想，仅仅因为刘榆木少干了些活，就把他看成跟我们不一样的人，这样做是不是合适。

原来我们都认为，一个人没事干就会荒芜掉。还是在好多年前，我们就说刘榆木这一辈子完了，荒掉了。说这些话时我们似乎看见荒草淹没到了刘榆木的脖子根。刘榆木没黑没明地在荒草中奔走，走完一年，下一年还是满当当的荒草，下下一年的荒草仍旧淹没到刘榆木的脖子根。

"这个人最后就叫荒草吃掉了。"我们说。

后来我们发现其实荒草根本没不到刘榆木的脖子根，连他的脚跟都没不到。刘榆木蹲在墙头上。倒是我们这些忙人没明没黑地在荒草中找寻粮食。我们以为不让地荒掉，自己的一辈子就不会荒掉。现在看来，长在人一生中的荒草，不是手中这把锄头能够除掉的。在心中养育了多年的那些东西，和遍野的荒草一样，它枯黄的时候，是不大在乎谁多长了几片叶，少结了几颗果的。

心地才是最远的荒地，很少有人一辈子种好它。

那以后野地种没种麦子我记不清了。大概撂荒了几年。村里的事突然多起来，有些人长大了，有些人长老了，乱哄哄的，人再顾不上远处。

又过了些年，有一户人家搬到野地上。"他在村里住烦了。"我听人这么说。却想不起这户人家烦的时候啥样子，不烦时又是啥样子。他们家住在最东头，西北风一来，全村的土和草叶都刮到他家院子里。牛踩起的土，狗和人踩起的土，老鼠打洞刨出的土，全往他们一家人身上落。

人和牲口放的屁，一个都没跑掉，全顺风钻进他们一家人鼻孔里。

他一生气搬到了野地上。那地方是上风。

我都忘了那户人家姓什么了，也没想过我们踩起的土会全落到这一户人家的院子。我们住在上风，刮风时从不知道把脚放轻些。这户人家搬走后我似乎懂得了一些事情，现在，又忘得差不多了。时间一久，许多事情只剩下一个干骨架子。况且，又刮了许多场风，村里也没一个人闻到住在野地上风处的那户人家放的屁，也没看见哪粒沙尘是他们家牲口故意踩起来迷我们的。

再后来，又有几户人家搬到野地，在那地方凑成一个小村子，村名叫野户地。

现在，我们生活的村子再没有野地可种了。

没有野地可种的那些年，麦子成熟的香味依旧在那时候，顺风飘来，人们往往被迷惑，禁不住朝野地的方向望一阵。村长马缺依旧会闻到一股浓浓的什么东西烧着了的烟火味。他依旧会站在村西头的粪堆上眺望一阵。在他身后的破土墙上，刘榆木依旧像个驼背的鸟一样蹲着。

村长马缺如果站得稍远些，站在西边或北边那道沙梁上朝村里望一眼，他就会看见梦中的那场大火，其实一直在村子里燃烧着。村长马缺从没有跑到远处看一眼村子。

村里人也从不知道自己一直在燃烧。

这一村庄人的火焰，在夜晚蹿出房顶几丈高。他们的烟，一缕一缕，冒到村庄上头，被风刮散，灰烬落入荒野和院子里。

他们熄灭了也不知道自己熄灭了。

我因为后来离开村子，在远处看见这一村庄人的火焰。看见他们比熄灭还要寂静的那一场燃烧。我像一根逃出火堆的干柴，幸运而孤单地站在远处。一根柴火看见一堆柴火慢慢被烧掉，然后熄灭。它自己孤单地朽掉，被别处的沙土掩埋。就这些。

给太阳打个招呼

每个人都在找一件事,跟别人不一样的事。似乎没有两个人在干相同的事。那些年土地肥沃,雨水充足,人只剩下种和收两件事。随便撒些种子就够生活了。没人操心庄稼长不好,地里草长得旺还是苗长得旺,都不是事情。草和粮一同长到秋天,人吃粮,草喂牲口。一个月种,两个月收,九个月闲甩手。

但人不能闲住,除了种地手头上还要有一两件事,这才像个人。要不吃了睡,睡了吃,就跟猪一样了。比如张望,每天一早一晚,站在村头的沙包上,清数上工收工的人。开始人们不知道他每天一早一晚,站在沙梁上干什么。

"实在没事干,学张望,站在沙梁上,朝远处的路上望望,再朝村子望望,也是件事。"这句话是韩拐子说的。韩拐子自从断了腿,就像一个有功劳的人,啥都不干了。瘸着腿走路,成了他和别人不一样的一件事。就像王五爷靠撒尿在虚土梁留下痕迹。过多少年,韩拐子一个脚印一个拐棍窝的奇特足迹,也会留在虚土中。

当人们知道张望每天一早一晚，站在沙梁上清点他们时，村里已经没几个人。好多人学冯七去跑顺风买卖，在一场风中离开村子。另一场风中，有人带着远处的尘土和落叶回来。更多的人永远在远处，穿过一座又一座别人的村子。跑顺风买卖成了虚土庄人人会干的一件事。谁在村里待得没意思了，都会赶一辆马车，顺风远去。丢在村里的话是跑买卖去了。跑赢跑亏，别人也不知道。在外面白住些日子回来，也没人说。反正这是一件事情。不过要做得像个样，出去时装几麻袋东西，回来时装几麻袋东西。不能空车去空车回，让人一看就知道是个闲锤子，跑空趟子呢。

肯定还有人，在村里干我们不知道的事。就像刘扁，挖一个洞钻到地下不出来。我五岁的早晨，只看见两种东西在离去，一个朝天上，一个朝远处。朝下的路是后来才看见的，村里有人朝地下走了。一些东西也在往地下走，不光是树根，有时翻地，发现几年前扔掉的一截草绳，已经埋到两拃深。而挖菜窖时挖出的一个顶针，不知道谁丢失的，已经走到一丈深的土中。还有我们的说话和喊叫，日复一日地，早已穿过地下的高山和河流。在那些草根和石头下面，日夜响彻着我们无所顾忌的喊叫。

有几年，我认为村里最大的一件事情，就是没人给太阳打招呼。

太阳天天从我们头顶过，一寸一寸移过我们的土墙和树，移过我们的脸和晾晒的麦粒。它落下去的时候，我们应该给它打个招呼。至少村里有一个人在日落时，朝它挥挥手，挤挤眼睛，或者喊一声。就是一个熟人走了，也要打个招呼的，况且这么大的太阳，照了全村人，照了全村的庄稼牛羊，它走的时候，竟没人理识它。

也许村里有一个人，天天在日落时，靠着墙根，或趴在自己家朝西的小窗口，向太阳告别，但我不知道。

我五岁时，太阳天天从我家柴垛后面升起。它落下时，落得要远一些，落到西边的苞谷地。我长高以后看见太阳落得更远，落到苞谷地那边的荒野。

我长大后那块地还长苞谷。好像也长过几年麦子，觉得不对劲。七月麦子割了，麦茬地空荡荡，太阳落得更远了，落到荒野尽头不知道什么地方。西风直接吹来，听不见苞谷叶子的响声，西风就进村了。刮东风时麦子和草一块在荒野上跑，越跑越远。有一年麦子就跟风跑了，是六月的热风。人们追到七月，抓到手的只有麦秆和空空的麦壳。我当村长那几年，把村子四周种满苞谷，苞谷秆长到一房高，虚土庄藏在苞谷中间，村子的声音被层层叠叠的苞谷叶阻挡，传不到外面。

苞谷一直长到十一月，棒子掰了，苞谷秆不割，在大雪里站一个冬天。到了开春，叶子被牲畜吃光，秆光光的。

另外几年我主要朝天上望，已经不关心日出日落了。天上一阵一阵往过飘东西，头顶的天空好像是一条路。有一阵它往过飘树叶，整个天空被树叶贴住，有一百个秋天的树叶，层层叠叠，飘过村子，没有一片落下来。另一阵它往过飘灰，好像远处什么地方着火了。后来我从跑买卖的人嘴里，没有听到一点远处着火的事，仿佛那些灰来自天上。更多时候它往过飘土，尤其在漫长的西风里，满天空的土朝东飘移。那时我就说，我们不能朝西去了，西边的土肯定被风刮光，剩下无边无际的石头滩。

可是没人听我的话。

王五说，风刮走的全是虚土。风后面还有风，刮过我们头顶的只是一场风，更多的风在远处停住，更多的土在天边落下。

冯七说，西风刮完东风就来了，风是最大的倒客，满世界倒买卖，跟着西风东风各跑一趟，就什么都清楚了。

韩三说，西风和东风在打仗，你把白沙扔过去，他把黄土扬过来，谁也不服谁。不过，总的来说，西风在得势。

在我看来，西风东风是一场风，就像我们朝东走到奇台再返回来。风到了尽头也回头，回来的是反方向的一场风，它向后转了个身，风尾变风头，我们就不认识了。尤其刺骨的西风刮过去，回来的是温暖的东风，我们更认为是两场风了。其实还是同一场风，来回刮过我们头顶。走到最远的人，会看到一场风转身，风在天地间排开的大阵势。在村里我们看不见，一场一场的风，就在虚土庄转身，像人在夜里，翻个身，面朝西又做一场梦。风在夜里悄然转身，往东飘的尘土，被一个声音喊住，停下，就地翻个跟头，又脸朝西飘飞了。它回来时飞得更高，曾经过的虚土庄黑黑地躺在荒野。

我还是担心头顶的天空。虽然我知道，天地间来来回回是同一场风。但在风上面，尘土飘不到的地方，有一村庄人的梦。

我扬起脖子看了好几年，把飞过村子的鸟都认熟了。不知那些鸟会不会记住一个仰头望天的人。我一抬眼就能认出，那年飘过村子的一朵云又飘回来了。那些云，只是让天空好看，不会落一滴雨。我们叫"闲云"。有闲云的天空下面，必然有几个闲人。闲人让地上变得好看，他们慢悠悠走路的样子，坐在土块上想事情的姿势，背着手，眼睛空空地朝远望的样子，都让过往的鸟羡慕。

忙人让地上变得乱糟糟，他们安静不下来，忙乱的脚步把地上的尘土踩起来，满天飞扬。那些尘土落在另外的人身上，也落在闲人身上。好在闲人不忙着拍打身上的尘土，闲人若连身上的尘土都去拍打，那就闲不住了。

这片大地上从来只有两件事情，一些人忙着四处奔波，踩起的尘土落在另一些人身上。另一些人忙着拍打，尘土又飞扬起来。一粒尘土就足够一村庄人忙活一百年。

那时村里人都喜欢围坐在一棵榆树下闲聊。我不一样，白天我坐在一朵云下胡思，晚上蹲在一颗星星下面乱想。

刘二爷说，我们一天的大部分时间，朝西看。因为我们是从东边来的，要去西边。我们晚上睡着时，脸朝东，屁股和后脑勺对着西边。

要是没有黑夜，人就一直朝前走了。黑夜让人停下，星星和月亮把人往回领，每天早晨人醒来，看见自己还在老地方。

真的还在老地方吗，我们的房子，一寸寸地迁向另一年。我们已经迁到哪一年了。从我记事起，到忘掉所有事，我不知道村里谁在记我们的年月。我把时间过乱了。肯定有人没乱，他们沿着日月年，有条不紊地生活，我一直没回到那样的年月。我只是在另一种时间里，看见他们。看见在他们中间，悄无声息的我自己。我不知道那是不是我。我在村庄里的生活，被别人过掉了。我在远处过着谁的生活。那些在尘土上面，更加安静，也更加喧嚣的一村庄人的梦里，我又在做着什么。

两窝蚂蚁

冬天，每隔一段时间——差不多有半个月，蚂蚁就会出来找食吃，排成一长队，在墙壁炕沿上走，有前去的，有回来的，急急忙忙，全阴得皮肤发黄，不像夏天的蚂蚁，黝黑黝黑。蚂蚁很少在地上乱跑，怕人不当心踩死它们。也很少一两只单独跑出来。

我们家屋子里有两窝蚂蚁，一窝是小黑蚂蚁，住在厨房锅头旁的地下。一窝大黄蚂蚁，住在靠炕沿的东墙根。蚂蚁怕冷，所以把洞筑在暖和处，紧挨着土炕和炉子，我们做饭烧炕时，顺便把蚂蚁窝也煨热了。

通常蚂蚁在天亮后出来找食吃。那时母亲已经起来把死灭的炉火重新点着。屋子里烟气弥漫。我们全钻在被窝里，只露出头。有的睁眼直望着房顶，有的半眯着眼睛。早睡醒了，谁都不愿起。整个冬天我们没有一点事情，想睡到什么时候就睡到什么时候。直到炉火和从窗户照进的刺眼阳光，使屋子重又变得暖洋洋，才会有人坐起来，偎着被子，再愣会儿神。

蚂蚁一出洞，母亲便在蚂蚁窝旁撒一把麸皮。收成好的年成会撒两把。有一年我们储备的冬粮不足，连麸皮都不敢喂牲口，留着缺粮时人调剂着吃。冬天蚂蚁出来过五次。每次母亲只抓一小撮麸皮撒在洞口。最后一次，母亲再舍不得把麸皮给蚂蚁吃。家里仅剩的半麻袋细粮被父亲扎死袋口，留作春天下地干活时吃。我们整日煮洋芋疙瘩充饥。那一次，蚂蚁从天亮出洞，有上百只，绕着墙根转了一圈又一圈，一直到天快黑时，拖着几小片洋芋皮进洞去了。

蚂蚁发现麸皮便会一拥而上，拖着、背着、几个抬着往洞里搬。跑远的蚂蚁被喊回来，在墙上的蚂蚁一蹦子跳下来。只一会儿工夫，蚂蚁和麸皮便一同消失得一干二净。蚂蚁有了吃的，便把洞口封死，很长时间不出来打搅人。

蚂蚁的洞一般从墙外通到房内，天一热蚂蚁全到屋外觅食，房子里几乎见不到一只。

我喜欢那窝小黑蚂蚁，针尖那么小的身子，走半天也走不了几尺。

我早晨出门前看见一只从后墙根朝前墙这边走，下午我回来看见它还在半道上，慢悠悠地移动着身子，一点不急。似乎它已做好了长途跋涉的打算，今晚就在前面一点儿的地方过夜，第二天，太阳不太高时走到前墙根。天黑前争取爬过门槛，走到厨房与卧房的门口处。第二天再进卧房。不过，它要爬过卧房的门槛就得费很大工夫，先要爬上两层土块，再翻过一拃高的木门槛，还得赶早点，趁我们没起来之前翻过来。厨房没有窗户，天窗也盖得很死，即使白天门口处也很暗，我们一走动起来就难说不踩着蚂蚁。卧房比厨房大许多，从山墙经过窗户到东墙根，至少是蚂蚁两天的路程。到第五天，蚂蚁才会从东墙根往炕沿处走，经过我们家唯一的柜子。这段最好走夜路，因为是那窝大黄蚂蚁的领地，会很危险。从东边炕头往西边炕头绕回时也是两天的路，最好也晚上走，沿着炕沿，经过打着鼾声的父亲的头、母亲的头、小弟权娃的头和小妹燕子的头，爬到我的头顶时已是另一个夜晚了。这样，小蚂蚁在我们家屋内绕一圈大概用十天的时间，等它回到窝里时，那个蚂蚁世界是否已几经变故，老蚂蚁死了，小蚂蚁出生，它们会不会还认识它呢。

小黑蚂蚁不咬人。偶尔爬到人身上，好一阵才觉出一点点痒。大黄蚂蚁也不咬人，但我不太喜欢。它们到处乱跑，且跑得飞快，让人不放心。不像小黑蚂蚁，出来排着整整齐齐的队，要到哪就径直到哪。大黄蚂蚁也排队，但队形乱糟糟。好像它们的头儿管得不严，好像每只蚂蚁都有自己的想法。

有一年春天，我想把这窝黄蚂蚁赶走，我想了一个绝好的办法。那时蚂蚁已经把屋内的洞口封住，打开墙外的洞口，在外面活动了。我端了半盆麸皮，从我们家东墙根的蚂蚁洞口处，一点一点往前撒，撒在地上的麸皮像一根细细的黄线，绕过林带、柴垛，穿过一片长着矮草的平地，再翻过一个坑（李家盖房子时挖的），一直伸到李家西墙根。我把撒剩的小半盆麸皮全倒在李家墙根，上面撒一把土盖住。然后一趟子跑回来，观察蚂蚁的动静。

先是一只洞口处闲游的蚂蚁发现了麸皮。咬住一块拖了一下，扔下又咬另一块。当它发现有好多麸皮后，突然转身朝洞口跑去。我发现它在洞口处停顿了一下，好像探头朝洞里喊了一声，里面好像没听见，它一头钻进去，不到两秒钟，大批蚂蚁像一股黄水涌了出来。

蚂蚁出洞后，一部分忙着往洞里搬近处的麸皮，一部分顺着我撒的线往前跑。有一个先头兵，速度非常快，跑一截子，对一粒麸皮咬一口，扔下再往前跑，好像给后面的蚂蚁做记号。我一直跟着这只蚂蚁绕过林带、柴垛，穿过那片长草的平地，再翻过那个坑，到了李家西墙根，蚂蚁发现墙根的一大堆麸皮后，几乎疯狂。它抬起两个前肢，高举着跳了几个蹦子，肯定还喊出了什么，但我听不见。它跑了那么远的路，似乎一点不累，飞快地绕麸皮堆转了一圈，又爬到堆顶上。往上爬时还踩翻一块麸皮，栽了一跟头。但它很快翻过身来，向这边跑几步，又朝那边跑几步，看样子像是在伸长脖子量这堆麸皮到底有多大体积。

做完这一切，它连滚带爬从麸皮堆上下来，沿来路飞快地往回跑。没跑多远，碰到两只随后赶来的蚂蚁，见面一碰头，一只立马转头往回跑，另一只朝麸皮堆的方向跑去。往回跑的刚绕过柴垛，大批蚂蚁已沿这条线源源不断赶来了，仍看见有往回飞跑的。只是我已经分不清刚才发现麸皮堆的那只这会儿跑到哪去了。我返回到蚂蚁洞口时，看见一股更粗的黄泉水正从洞口涌出来，沿我撒的那一溜黄色麸皮浩浩荡荡地朝李家墙根奔流而去。

我转身进屋拿了把铁锹，当我觉得洞里的蚂蚁已出来得差不多，大部分蚂蚁已经绕过柴垛快走到李家墙根了，我便果断地动手，在蚂蚁的来路上挖了一个一米多长、二十厘米宽的深槽子。我刚挖好，一大群嘴里衔着麸皮的蚂蚁已翻过那个大坑涌到跟前，看见断了的路都慌乱起来。有几个像试探着要跳过来，结果掉进沟里，摔得好一阵才爬起来，叼起麸皮又要沿沟壁爬上来。那是不可能的，我挖的沟槽下边宽上边窄，蚂蚁爬不了多高就原掉下去。

而在另一边，迟缓赶来的一小部分蚂蚁也涌到沟沿上，两伙蚂蚁隔着沟相互挥手、跳蹦子。

怎么啦。

怎么回事。

我好像听见它们喊叫。

我知道蚂蚁是聪明动物。慌乱一阵后就会自动安静下来，处理好遇到的麻烦事情。以它们的聪明，肯定会想到在这堆麸皮下面重打一个洞，筑一个新窝，窝里造一个能盛下这堆麸皮的大粮仓。因为回去的路已经断了，况且家又那么远，回家的时间足够建一个新家了。就像我们村有几户人，在野地打了粮食，懒得拉回来，就盖一间房子，住下来就地吃掉。李家墙根的地不太硬，打起洞来也不费劲。

蚂蚁如果这样去做我就成功了。

我已经看见一部分蚂蚁叼着麸皮原回到李家墙根，好像商量着就按我的思路行动了。这时天不知不觉黑了，我才发现自己跟这窝蚂蚁耗了大半天。我已经看不清地上的蚂蚁。况且,李家老二早就开始怀疑我,不住地朝这边望。他不清楚我在干什么。但他知道我不会干好事。我咳嗽了两声,装得啥事没有,踢着地上的草,绕过柴垛回到院子。

第二天一大早,我出来发现那堆麸皮不见了,一粒也没有了。从李家墙根开始,一条细细的、踩得光光的蚂蚁路,穿过大土坑,通到我挖的沟槽边,沿沟边向北伸了一米多,到没沟的地方,又从对面折回来,再穿过草滩、绕过柴垛和林带,一直通到我们家墙根的蚂蚁洞口。

一只蚂蚁都没看见。

树上的孩子

我天天站在大榆树下,仰头看那个趴在树上的孩子。我不知道他的名字。也许没有名字。他的家人"呔、呔"地朝树上喊。那孩子听见喊声,就越往高爬,把树梢的鸟都吓飞了。

村里孩子都爱往高处爬。一群一群的孩子,好像突然出现在村子,都没顾上起名字。房顶、草垛、树梢,到处站着小孩子,一个离一个远远的。大人们在下面喊:

"呔,下来。快下来。下来给你糖吃。"

"看,老鹰飞来了,把你叼走。"

"再不下来追上去打了。"

好多孩子下来了。那个年龄一过,村庄的高处空荡了,草垛房顶上除了鸟、风刮上去的树叶,和偶尔一个爬梯子上房掏烟囱的大人,再没什么了。许多人的头低垂下来。地上的事情多起来。那些早年看得清清楚楚的远山和地平线,都又变得模糊。

只有那个树上的孩子没下来,一直没下来。他的家人把各种办法用尽了。父亲上去追,他就往更高的树梢爬。父亲怕他摔下来，便不敢再追。他用枝叶在树上搭了窝，母亲把被褥递上去，每天的饭菜用一个小筐吊上去。筐是那孩子在树上编的。那棵榆树长得怪怪的，一根磨盘粗的独干，上去一房高，两个巨杈像一双手臂向东斜伸过去。那孩子趴在北边的树杈上，南边的杈上落着一群黑鸟，"啊、啊"地叫，七八个鸟巢筑在树梢。

我不知道那孩子在树上看见了什么。他好像害怕下到地上。

村里突然出现许多孩子，有的比我大，有的比我小，不知道从哪儿来的。多少年后他们长成张三、韩四，或刘榆木，我仍然不能一一辨认出来。我相信那些孩子没有长大，他们留在童年了。长大的是大人自己，跟那些孩子没有关系。不管过去多少年，只要有人回去，都会看见孩子们还在那里，玩着多少年前的游戏，爬高上低，村庄的房顶、草垛、树梢，到处都是孩子。

"上来。快上来。"

只要你回去，就会有一个孩子在高处喊你。

只有那个树上的孩子被我记住了。有一天他上到一棵大榆树上，就再不下来。他的家人天天朝树上喊。我站在树下，看他看地上时惊恐的目光。地上究竟有什么，让他这样害怕。一定有什么东西被他看见了。

我记不清他在树上待了多久，有半个夏天吧。一个早晨，那个孩子不见了，搭在树梢的窝还在，每天吊饭的小筐还悬在半空，人却没有了。有人说那孩子飞走了，人一离开地就会像鸟一样长出翅膀。也有人说让老鹰叼走了。

多少年后我想那个孩子，觉得那就是我。我五岁时，看见他趴在树上，十一二岁的样子。他一脸惊恐地看着地上，看着时而空荡、时而人影纷乱的村庄。我站在树下盯着他看，他也盯着我，我觉得那个树上的目光是我的。我十一二岁时在干什么呢。我好像一直没走到那个年龄。我的生命在五岁时停住了。剩下的全是被别人过掉的生活。多少年后我回来过我的童年，那棵榆树还在，树上那孩子搭的窝还在。他一脸惊恐地目睹的村子还在。那时我仍不知道他惊恐地上的什么东西。我活在自己永远看不见的恐惧中。那恐惧是什么，他没告诉我。也许他一脸的恐惧已经把什么都告诉我了。

我五岁时看见自己，像一群惊散的鸟，一只只鸣叫着飞向远处。其中有一只落到树上。我的生命在那一刻，永远地散开了。像一朵花的惊恐开放。

牧游草原

一 牧道

在新疆塔城塔尔巴哈台山和托里玛依勒山之间,隐藏着一条长达300多公里的牛羊转场道路。每年春秋季节,数百万牲畜浩浩荡荡走在这条古老牧道上。一群一群的牛羊头尾相接,绵延几百公里。这条与公路并行的牧道,多少年来默默承载牛羊转场,它没有名字,只是一条羊走的路,跟地上的蚂蚁老鼠路一样,谁会操心它通向哪里。2009年的一天,一个叫方如果的作家,突然发现了它。这之前方如果曾多少次走过这条路,路旁牛羊转场的场面也早已熟视无睹。可是那一天,就在奔驰的汽车里,他一扭头,看见公路旁缓缓移动的羊群,和羊脚下密密麻麻的路,他让车停住,下路基走到羊群后面,发现深嵌土中的一条条小羊道组成的宽阔大牧道,蜿蜒穿过山谷草地。他为自己的发现激动不已,一会儿跑上公路,往下看羊的路,一会儿又站在羊的路上反复看人的路。随后的几个月里,他沿着这条牧道走到远远近近的山谷和草原。一条世间罕有的有着三千多年固定转场历史的游牧大道在他头脑里逐渐完整。他为这条牧道起名：塔玛牧道。

二　风道

手绘地图上的塔玛牧道，像一棵枝杈丰茂的大树和它的根部，树干部分是老风口牧道，那些分叉到塔尔巴哈台山和玛依勒山各沟谷的牧道，在老风口汇聚成一条主干。老风口是进出玛依勒山区冬窝子的唯一通道，也是塔城盆地和准噶尔盆地气候交流的孔道。在这条不算宽阔的山谷地带，风要过去，四季转场的牛羊要过去，东来西往的人要过去。风过的时候人和羊就得避开。风是这条路上的最早过客，后来是羊和其他动物，再后来是人。人总想把风挡住，自己先行。

史书记载清代官方曾用一百张牛皮缝起来，竖在老风口，说是要把风的嘴缝住。还建风神庙祭祀。古人有古怪办法治风。

上世纪九十年代，塔城地区投巨资在老风口植十万亩防风林，树木成林后老风口冬季的风明显小了，但风口北边额敏县城的风据说大了。风要过去，谁也挡不住，缝牛皮也好，植树造林也好，都不能阻止风过去。人造的十万亩林木确实比一百张牛皮管用，它把风挡了一下，风往北侧了侧身，还是要过去，从村庄、田野、县城刮过去。

老风口刮大风时，羊群都躲在洼地避风，耐心等风停。羊不着急，牧羊人也不急。被堵在风口两边的人着急，他们都有急事，赶着外出或回去。风把人的大事耽搁了。有些事耽搁不起，就有人冒险闯风口，结果丧命。他不知道风的事更大更急。羊和牧羊人都知道，此刻天底下最大最急的事情就是刮风。风不过去，谁都别想过去。对羊来说，也没有比等风停下更大的事了。羊在哪候着都有一口草，一个白天和晚上。堵在风口两边的人也在烦人的风声里学会安静。只要风不停，再大的事都得停。

三　鸟道

从塔城到托里，并行的牧道和公路上面，还有一条黑色鸟道。

成群的乌鸦和众多鸟类，靠公路养活。乌鸦是叫声难听的巡路者，一群群的黑乌鸦在路上起起落落。乌鸦群飞在公路上空是一条黑压压的路。落下来跟柏油路一个颜色，难分辨。塔城盆地是北疆大粮仓，往外运粮的车队四季不绝。乌鸦就靠运粮车队生活。鸦群在行驶的汽车上头叫，开车人受不了乌鸦"啊啊"的叫声，想快快走开。乌鸦乘机落在粮车上，啄烂车厢边的麻袋，麦子、苞谷、黄豆、葵花子在汽车的颠簸中洒落一路。鸦群沿路抢食。麻雀和黄雀也跟着乌鸦享福。老鼠也安家在路旁，忙着搬运撒落马路的粮食。

早年，运粮汽车上坐一个赶鸟的人，乌鸦飞来了就"啊啊"地叫。挥动白衣服赶。乌鸦怕白。这个不知谁传下来的可笑说法，竟被当真用了。乌鸦若怕白就不敢飞到白天了。后来运粮车上蒙了厚帆布，乌鸦啄不烂，到别处谋生活去了。有的飞到城市，跟捡垃圾收废品的那些人搭伙。乌鸦有脑子，飞到哪都能过上好日子。在南北疆，见到最多的就是乌鸦。不仅是最难看的动物活到最后。乌鸦有脑子。

乌鸦把靠路生活的办法传给更多的鸟。它们离不开路了。连野鸽子和鹞鹰，都是公路上的常客。老鼠更是打定主意世世代代在公路边安家。尽管每天有老鼠被车轮碾死，有鸟被车撞死。

还有靠公路谋生的人，背一个口袋走在路边，见啥捡啥，矿泉水瓶、酒瓶、易拉罐，秋天散落路边的棉花，风刮落的大包小包，运气好时还有飘出车窗的钱票子。和乌鸦一样聪明的人，在蚂蚁、老鼠和鸟迁到路旁之后，跟着就赶来了，远远近近的公路都被人占领，路被一段段瓜分，三十或五十公里就有一个巡路的，里程清楚，互不相犯。五十公里马路上拾的东西，养活五口之家没一点问题。

鸟在人的道路开通前，早已学会靠羊道生活，鸟在高空眼睛盯着牧道，羊群来了就落下来，站在羊背上找食物。粘在羊毛上的草籽，藏在羊毛里的虫子，都是好吃食。每群羊头顶上，有一群鸟。鸟是牛羊的医生和清洁工。牛背上的疮，全靠鸟时刻清理蛆虫，直到痊愈。羊脊背痒的时候，就扭身子，往天上望。鸟知道羊身上有虫子了，飞来落在羊背上，在厚厚的绒毛里啄食。

鸟很依赖羊。有的鸟老了，飞不动，站在羊背上，搭便车。从春牧场到夏牧场，又回来。就差没在羊毛里做窝下蛋。

四 转场

同一张皮里，羊瘦十次胖十次。到春天又瘦了。

春天是羊难过的季节。转场开始了。牧民收起过冬的毡房。羊群自己掉转头，跟着消融的冰雪往上走。雪从羊度过漫长冬季的"冬窝子"，一寸寸往远处山坡上消融。那是一条羊眼睛看见的融雪线。深陷绒毛的羊眼睛里，一个雪白世界在走远。羊的一天是从洼地到山坡那么长，一年则是一棵草长到头那么短。看不见下一个春天的羊，会在一个春天里遇见所有春天。这个人羊疲乏的季节，羊耳朵里装满雪线塌落、冬天从漫山遍野撤退的声音。

羊就跟着融雪声往上走，雪消到哪儿，羊的嘴跟到哪儿。大雪埋藏了一冬的干草，是留给羊在泥泞春天的路上吃的。羊啃几口草，喝一口汪在牛蹄窝里的雪水。牛蹄窝是羊喝水的碗，把最早消融的雪水接住，把最后消融的雪水留住。当羊群走远，汪过水的牛蹄窝长出一窝一窝的嫩草，等待秋天转场的牛羊回来。羊蹄窝也汪水，那是更小动物的水碗。

转场对牧人来说是快乐的事，毡包拆了搭，搭了拆，经过一片又一片别人的草地，赶着自己的羊，吃着别人的草，哼着悠长的歌，一切都是天给的。羊动动嘴，人动动腿，就啥都有了。

洼地的冬窝子寂寞了。芦苇、芨芨草、碱蒿、骆驼刺，不受打扰地长个子，长叶子结草籽，这些在冬天不会被雪埋住的高个子草，是留给羊回来过冬的。一般年份，盆地的雪不会深过羊腿，羊在白茫茫的雪地吃草，羊嘴笨，不会伸进雪中拱草吃。羊有自己的办法，前面的羊会为后面的羊蹚开雪，牛和马也是羊过冬的好伴儿，牛马走过的雪地上，深雪被蹚开，雪下的枯草露出来。当然，最好的帮手是风，一场一场的大风刮开积雪，把地上的干草递给羊嘴。

遇到不好的年成，大雪没过羊腿，托住羊肚子，羊在雪地上寸步难行。所有的草被埋没，牛和马都找不到草吃，牧民也束手无策，这就是雪灾了，只有等政府的人来救助。一旦困在大雪暴中，主人唯一能做的事就是张望，牛和羊也跟着望。有时候，果真望见有推雪机开路过来，后面装着干草的汽车开到羊圈旁，一捆一捆干草扔下来。面和清油卸下来。羊和人都得救了。

远近牧场的羊，在老风口的主牧道汇集。在到达老风口前的一个月里，羊群就排好了队，一群挨一群过去。刮风时停下等风。遇山洪停下避水。羊道比公路拥挤。人的路坏了修，修了坏，羊道从来不坏。羊的四只蹄子不会走坏自己的路，只会越走越深，越走越远。人修路挖坏或侵占了羊道，羊就走公路。一些狭窄山谷只容一条路通过，有人的就没羊的。羊只好与人争路。羊群一拥上公路，世界就慢下来，跑再快的车也得慢悠悠跟在羊群后面。那一刻，一群羊让人一下回到千年前的缓慢悠长里。

五　节绕

夏牧场的青草是给活到夏天的羊吃的。总有一群一群的羊走到夏天。夏牧场，在哈萨克语里叫"节绕"，有节日和喜庆连连的意思。一年四季的转场，就为转到花开草青的夏牧场。转到夏牧场，就是胜利。

新疆的春天从四月开始，七月到九月才是夏天。夏牧场，就是七月到九月的牧场。从春牧场开始，羊踏着泥泞走，追着草芽走，草长半寸，羊走十里，前面羊啃秃的草，又被后面的羊啃秃。一棵草被啃秃十次长出十次，别处的草结果了它还在努力地长叶子。一直长到草头伸向风中，看见最后的羊群走远，牧人驮在马背的毡包转过一个山弯，再看不见。

走到夏牧场的羊，是幸福的，所有所有的青草被羊追赶上。皮包骨头的羊，在绿油油的草场迅速吃胖。羊发愁吃胖。这个牧羊人知道。一场一场的婚礼割礼排成队，赛马、姑娘追、阿肯弹唱排成队。羊在一旁啃着草侧耳听人热闹。羊和人早就商量好了。啥叫牧羊人，就是给羊干活的人。人给羊搭羊圈、帮羊配种、接生、剪羊毛、起羊粪、喂草、看病。人给羊干的最后一个活是把羊宰了吃了，这也是羊唯一给人做的。羊知道被人养的这个结果。知道了就不去想，吃着草等着，等剪掉的毛长起来，等啃短的草长长，等毡房旁熄灭的炊烟又升起来，等到一个早晨牧人走进羊群，左看右看，盯上自己，伸手摸摸头，抓抓膘，照胖嘟嘟的尾巴拍一巴掌。时候终于到了。回头看看别的羊，耳朵里满是别的羊在叫。自己不叫，只是回头看。

托里萨子湖，那片被称为贵族草原的美丽夏牧场，是远近牛羊迁徙的目的地，尽管很多牛羊在这里被宰掉，但还是争相前往。在羊的记忆里，那片有湖泊湿地的山谷牧场，是天堂。每只羊都知道去萨子草原的路。知道去塔尔巴哈台和玛依勒牧场的路。塔城四个县的羊群汇聚在萨子。牧人说，羊夏天不吃一口萨子的草，会头疼一年。所有所有的羊都往萨子赶。羊一心要去的地方，谁能挡住。羊还有腿还有道呢。牧人只是跟在羊群后面，走到水草丰美的夏牧场。当天气转凉，在草木结籽牛羊发情的九月，膘肥体壮的羊交了欢怀了羔，转身走向回家之路。牧人依旧跟在羊群后面。夏牧场是羊夏天的家。冬牧场是冬天的窝。回到低洼的避风处，去冬吃秃的草，今年又长高了，草远远望见羊群回来，草被羊吃掉，就像羊被人吃掉一样自然。

六　牧游

塔玛牧道的发现和命名，只是一个开始。这个叫方如果的作家，一心想把这条牧道推出去，让世人知道它的价值，他写了长达十万字的纪实散文《发现塔玛牧道》，还针对塔玛牧道发明了一种新的旅游方式：牧游。

牧游，是将游牧倒过来读，从"牧"的尽头往回"游"，是一种全新的旅游理念。它的模式是由政府或公司负责培训管理牧户，让牧民在保持其原生态文化生活的基础上，具备一定的旅游接待能力。旅行社直接将游客导入牧民毡房，让游客在欣赏草原美景的同时，随牧民转场放牧，跟着羊群去旅游，羊走到哪，人跟到哪。过一把草原游牧生活的瘾。

牧游的路线就是牧道。在天山和阿尔泰山中，隐藏着一条条千年不变的古老牧道，有的长几十公里，有的几百公里，每条牧道都堪称隐秘绝美的旅游景观带，从冬牧场的山前平原丘陵，通往大山深处水草丰美的夏牧场。牧游便是引导人离开平坦大路，去走羊的崎岖小道。走羊的通天牧道。看羊眼睛里的草青花红，日出日落，听羊耳朵旁的风声水声，虫鸣鸟鸣。过前世里约定的草原游牧生活。

这种让游客直接进入牧民生活的体验旅游，也是让牧民直接受益的民生旅游。它的更大意义是，牧游的创生，将打破新疆现有的被景区控制的旅游格局，让有牧民转场的山谷，有牛羊放牧的草场都变成景区。靠一条条风光无限的转场牧道，和牧道上原生态的游牧生活，将整个天山、阿尔泰山、伊犁河谷、塔城盆地，全变成游客自由出入的旅游景区。

在距塔玛牧道两百多公里的和布克赛尔谷地，牧游试点在那里开始。随着草场退化和严重萎缩，以及牧民安居工程的落实，四季转场的游牧生活业已走到尽头。人类的游牧时代就要结束了。牧游，却在这时被创生出来。它是对西域古老游牧文明的一场回望和挽留。

在这个世界上,人在走路,羊也在走路。羊的路在走向哪里。你不想去看看吗?

一朵花向整个大地开放自己

我记住临近秋天的黄昏,天空逐渐透明,一春一夏的风把空气中的尘埃吹得干干净净。早黄的叶子开始往远处飘了。我的母亲,在每年的这个时节站在房顶,做着一件我们都不知道的事。

她把油菜种子绑在蒲公英种子上,一路顺风飘去。把榆钱的壳打开,换上饱满麦粒。她用这种方式向远处播撒粮食,骗过鸟、牲畜。在漫长的西风里,鸟朝南飞,承载麦粒、油菜的榆钱和蒲公英向东飘,在空中它们迎面相遇。鸟的右眼微眯,满目是迅疾飘近的东西,左眼圆睁,左眼里的一切都在远去。

我很早的时候,看见母亲等候外出的父亲,每个黄昏她做好晚饭等,铺好被褥等。我们睡着后她望着黑黑的屋顶等。我不知道远去的人中哪个是我的父亲。我不认识他。偶尔的一个夜晚他赶车回来,或许是经过这个有他的家和孩子的村庄。在我迷迷糊糊的梦中,听见马车吃进院子,听见他和母亲低声说话。他卸下几袋粮食装上几张皮子,换上母亲纳的新鞋,把他穿破的一双鞋脱在炕头。在我们来不及醒来的早晨,他的马车又赶出村子上路了。出门前他一定挨个地抚摸我们的头，从土炕的这边到那边，他的五个孩子，没有一个在那时候醒来，看他一眼，叫声爹。他走后的一年里，这个土炕上又会多一个孩子。每次经过村庄他都会让母亲再一次怀孕，从他离开的那一夜起，母亲的身体会一天天变重。她哪都去不了。我的母亲，只有在每年的五月，榆钱熟落时，成筐地收拾榆树种子。她早早把榆树下的地铲平，扫干净，等榆钱落了厚厚一层，便带我们来到树下。那时东风已刮得起劲了。我们在沙沙的飘落声里，把满地的榆钱扫成堆，一筐筐提回家。到了六月，早熟的蒲公英开始朝远处飘了。我的母亲，赶在它们飘飞前，把那些带小白伞的种子装进布袋，她用它给儿女们做枕头，让她的孩子夜夜梦见自己在天上飞，然后，她在早晨问他们看见了什么。

许多事情他们不知道。母亲，我看你站在高高的房顶，手一扬一扬，仿佛做着一件天上的事。风吹种子，许多事情没有弄清。一棵蒲公英只知道它的种子随风飘起，不知道每一颗都落向哪里。第二年春天，或夏天，有没有它们落地扎根的消息随风传来。就像我们的亲人，在千里外的甘肃老家，收到我们在虚土庄安家的消息。

那些信上说，我们已经在一道虚土梁上住下来，让他们赶紧来，我们在梁上等他们。虚土梁是一个显眼的高处，几十里外就能看见我们盖在梁上的房子，望见我们一早一晚的炊烟。

信里还说，我们在梁上顶多等五年。顶多五年，我们就搬到一个更好的地方。

他们说等五年的时候，只想到五年内故乡的亲人有可能到齐，地里的余粮够重新上路，房后的榆树长到可以做辕木。

可是，栽在屋前的桃树也会长大，第三年就开花结果。那些花和果会留人。今年的桃子吃完了，明年后年的鲜桃还会等他们。等待人们的不仅仅是远处的好地方，还有触手可及的身边事物。

一年年整平顺的地会留人，走熟的路会留人，破墙头会留人。即使等来的老家亲人，走到这里也早筋疲力尽，就像当初人们到来时一样，没有往前走的一丝力气。

不过，等到真正动身了，人就已经铁了心，什么东西都留不住了。铃铛刺撕扯衣襟也没用，门槛绊脚也没用，泪水遮眼也没用。

关键是人动身之前，下午照在西墙的一缕阳光，就把人牢牢留住。长在屋旁一棵小草的浅浅花香，就把人永远留住。

蒲公英从五月开始播撒种子。那时早熟的种子随东风飘向西边的广阔戈壁。到了七月南风起时，次熟的种子被刮到沙漠边的灌木丛，或更远的沙漠腹地。八九月，西风骤起，大量熟落的种子飘向东边的干旱荒野。十月，北风把最后的蒲公英刮向南山。南山是蒲公英最理想的生息地。吹到北沙漠的种子，也会在漫长的漂泊中被另一场风刮回来，落在水土丰美的南山坡地。

一年四季，一棵生长在虚土梁上的蒲公英，朝四个方向盛开自己。它巨大的开放被谁看见了。在一朵蒲公英的盛开里，我们生活多年。那朵开过头顶的花，覆盖了整个村庄荒野。那些走得最远的人，远远地落在一朵飘飞的蒲公英后面。它不住地回头，看见他们。看见和自己生存在同一片土梁的那些人，和自己一样，被一场一场的风吹远。又永远地跑不快跑不远。它为他们叹息，又无法自顾。

一粒种子在飘飞的路途中渐渐有了意识，知道自己要往哪去，在哪扎根。一粒种子在昏天暗地的大风中睁开眼睛，看见迅疾向后漂移的荒漠大地，看见匍匐的草，疯狂摇晃的树木，看见河流、深陷荒野的细细流水和向深扩展的莽莽两岸，看见一片土坡上，艰难活命的自己，一根歪斜的枝，几片皱巴巴的叶子。看见秋天从头顶经过，风声枯涩，带走夏天时就已坠地的几片黄叶——这就是我的命啊。一粒种子在落地的瞬间永远闭上眼睛。从此它再看不见自己。不知道自己是否发芽，是否长出叶子，是否未落稳又被另一场风刮走。它的生长，只是一场不让自己看见的黑暗的梦。

这就是一棵草。

它或许永远不知道自己怎样活着。它的叶子被一只羊看见，被飘过头顶的一粒自己的种子看见。

就在人们待在村里，梦想着怎样远走的那些年，一群鸟一次次飞到南方又回来。一窝蚂蚁，排起长队，拖家带口迁徙到戈壁那边的胡杨绿地。连爬得最慢的甲壳虫，也穿过荒滩去了趟沙漠边。每一朵花都向整个大地开放了自己。

我把路移到荒野上

我把穿过村子的路移到西戈壁上,在村中间的路上挖几个大坑。每家有一条小路通到院子。每条小路通到西戈壁的大路。这样外人便不知道从哪条路进村。撇开大路的每条小路只通到一户人家,而无法走进整个村庄。

从那时起,虚土庄像一个梦孤悬在土梁上。做顺风买卖回来的人,都无法走进村子。他们看见通向村子的大路被堵死,只有一条条小路通到村子,却不知道哪一条通到自己家。那些小路穿过密密的苞谷地、麦田和荒草伸进村子。跑买卖的人,拣一条小路往村子走。他以为每条路都通到村子,通到自己家,结果错走进别人家。再返回西戈壁上的大路,对着自家的房顶烟囱,进村子,又错走到别人的院子。

虚土庄在夕烟暮色里,渐渐黑下来。

许多人一次次走进别人家,倒头睡着,过着自己不知道的另一种生活。跑远路的人带回无穷的瞌睡。好像他们在外乡从未闭过眼睛。他们回来只是找一个炕,倒头大睡,所有白天被睡完,醒来依然是黑夜,到处是睡着的人,路上、院子、草垛房顶,横七竖八睡着人。睡在路上的人最多，因为许多人走着走着，一歪身倒在路上睡着了。夜行的马车，看见路上睡着人，远远绕开。如果有许多马车绕开，天亮后地上就出现一条新路。睡着人的那段路一夜间荒草丛生。每次醒来，谁都不敢保证自己只睡了一夜，这一觉醒来，是多少个白天黑夜之后，谁知道呢。梦中天亮过无数次又黑了。睡眠是多么地久天长的事情。总有人从别人家炕上醒来，揉揉眼睛又上路了。他找不到一个醒着的人，问：我怎么回不到自己家，一觉醒来总是在别人家炕上。

而在一片荒草、几棵树、半截篱笆墙外的自己家里，昏睡着一个陌生人。满院子是他的梦，屋顶上空是他如雷的鼾声。

更多在黑暗中回家的车马，顺着我移到村外的大路，嘚嘚地绕过村子，越走越远。

他们不知道我改变了村子。我用各种办法把村庄隐藏在荒野。你想想，村里就我一个成年人，其他老的老，小的小，万一别人知道底细，来欺负我们村子，我怎么办。跑掉，把村子扔给别人。那么多女人孩子，我舍得吗？打，我一个人，怎么打过别人。没办法，我只有把村子隐藏起来，等小一茬人长大，村子有劲儿了，再说。

我不光是把路移到村外。所有高过房顶的树梢上，都吊一块土块，不让树一直朝天上长。在路上泼水，尘土不飘起来。听说最早，人们从远处看见一阵一阵朝天扬起的尘土，知道虚土梁上有一群生人落住脚。随后跑买卖的外人，也是望着尘土和炊烟找到这个村子。

　　我还想办法管住了影子。无论早晨黄昏，所有东西的影子不会趴到村外，不能让荒野那头的人，看见虚土庄人的影子。我是怎么管住的呢，我在靠近村庄的四周种一圈麦子，麦子外种一圈棉花，棉花地外种一圈苞谷，苞谷地外种一圈高粱，一圈比一圈高，村庄围在中间。人和牲口的影子，房屋的影子，被一层层的庄稼挡住。伸到远处的，只有纷乱的庄稼和草的影子，庄稼地像藏人一样隐藏掉人的影子。从此虚土庄人在荒野上没影子了。而早些时候，村里一只老鼠的影子，都能穿过整个大地。

　　我让村庄在荒野中隐藏了几年，我做这些事时，身体里有一个五岁孩子。我一辈子的事都是做给他看的。

第二辑

路·大地上的家乡

寒风吹彻

雪落在那些年雪落过的地方,我已经不注意它们了。比落雪更重要的事情开始降临到生活中。三十岁的我,似乎对这个冬天的来临漠不关心,却又一直在倾听落雪的声音,期待着又一场雪悄无声息地覆盖村庄和田野。

我静坐在屋子里,火炉上烤着几片馍馍,一小碟咸菜放在炉旁的木凳上,屋里光线暗淡。许久以后我还记起我在这样的一个雪天,围抱火炉,吃咸菜啃馍馍想着一些人和事情,想得深远而入神。柴火在炉中啪啪地燃烧着,炉火通红,我的手和脸都烤得发烫了,脊背却依旧凉飕飕的。寒风正从我看不见的一道门缝吹进来。冬天又一次来到村里,来到我的家。我把怕冻的东西一一搬进屋子,糊好窗户,挂上去年冬天的棉门帘,寒风还是进来了。它比我更熟悉墙上的每一道细微裂缝。

就在前一天,我似乎已经预感到大雪来临。我劈好足够烧半个月的柴火,整齐地码在窗台下。把院子扫得干干净净,无意中像在迎接一位久违的贵宾——把生活中的一些事情扫到一边,腾出干净的一片地方来让雪落下。下午我还走出村子,到田野里转了一圈。我没顾上割回来的一地葵花秆，将在大雪中站一个冬天。每年下雪之前，都会发现有一两件顾不上干完的事而被搁一个冬天。冬天，有多少人放下一年的事情，像我一样用自己那只冰手，从头到尾地抚摸自己的一生。

屋子里更暗了，我看不见雪。但我知道雪在落，漫天地落。落在房顶和柴垛上，落在扫干净的院子里，落在远远近近的路上。我要等雪落定了再出去。我再不像以往，每逢第一场雪，都会怀着莫名的兴奋，站在屋檐下观看好一阵，或光着头钻进大雪中，好像有意要让雪知道世上有我这样一个人，却不知道寒冷早已盯住了自己活蹦乱跳的年轻生命。

经过许多个冬天之后，我才渐渐明白自己再躲不过雪，无论我蜷缩在屋子里，还是远在冬天的另一个地方，纷纷扬扬的雪，都会落在我正经历的一段岁月里。当一个人的岁月像荒野一样敞开时，他便再无法照管好自己。

就像现在，我紧围着火炉，努力想烤热自己。我的一根骨头，却露在屋外的寒风中，隐隐作痛。那是我多年前冻坏的一根骨头，我再不能像捡一根牛骨头一样，把它捡回到火炉旁烤热。它永远地冻坏在那段天亮前的雪路上了。

那个冬天我十四岁，赶着牛车去沙漠里拉柴火。那时一村人都靠长在沙漠里的一种叫梭梭的灌木取暖过冬。因为不断砍挖，有柴火的地方越来越远。往往要用一天半夜时间才能拉回一车柴火。每次去拉柴火，都是母亲半夜起来做好饭，装好水和馍馍，然后叫醒我。有时父亲也会起来帮我套好车。我对寒冷的认识是从那些夜晚开始的。

牛车一走出村子，寒冷便从四面八方拥围而来，把我从家里带出的那点温暖搜刮得一干二净，浑身上下只剩下寒冷。

那个夜晚并不比其他夜晚更冷。

只是这次，是我一个人赶着牛车进沙漠。以往牛车一出村，就会听到远远近近的雪路上其他牛车的走动声，赶车人隐约的吆喝声。只要紧赶一阵路，便会追上一辆或好几辆去拉柴的牛车，一长串，缓行在铅灰色的冬夜里。那种夜晚天再冷也不觉得。因为寒风在吹好几个人，同村的、邻村的、认识和不认识的，好几架牛车在这条夜路上抵挡着寒冷。

而这次，一野的寒风吹着我一个人。似乎寒冷把其他一切都收拾掉了。现在全部地对付我。

我披着羊皮大衣，一动不动趴在牛车里，不敢大声吆喝牛，免得让更多的寒冷发现我。从那个夜晚我懂得了隐藏温暖——在凛冽的寒风中，身体中那点温暖正一步步退守到一个隐秘得连我自己都难以找到的深远处——我把这点隐深的温暖节俭地用于此后多年的爱情和生活。我的亲人们说我是个很冷的人，不是的，我把仅有的温暖全给了你们。

许多年后有一股寒风，从我自以为火热温暖的从未被寒冷浸入的内心深处阵阵袭来时，我才发现穿再厚的棉衣也没用了。生命本身有一个冬天，它已经来临。

天亮后，牛车终于到达有柴火的地方。我的一条腿却被冻僵了，失去了感觉。我试探着用另一条腿跳下车，拄着一根柴火棒活动了一阵，又点了一堆火烤了一会儿，勉强可以行走了，腿上的一块骨头却生疼起来，是我从未体验过的一种疼，像一根根针刺在骨头上又狠命往骨髓里钻——这种疼感一直延续到以后所有的冬天以及夏季里阴冷的日子。

太阳落地时，我装着半车柴火回到家里，父亲一见就问我：怎么拉了这点柴，不够两天烧的。我没吭声。也没向家里说腿冻坏的事。

我想很快会暖和过来。

那个冬天要是稍短些，家里的火炉要是稍旺些，我要是稍把这条腿当回事些，或许我能暖和过来。可是现在不行了。隔着多少个季节，今夜的我，围抱火炉，再也暖不热那个遥远冬天的我，那个在上学路上不慎掉进冰窟窿，浑身是冰往回跑的我，那个跺着冻僵的双脚，捂着耳朵在一扇门外焦急等待的我……我再不能把他们唤回到这个温暖的火炉旁。我准备了许多柴火，是准备给这个冬天的。我才三十岁，肯定能走过冬天。

但在我周围，肯定有个别人不能像我一样度过冬天。他们被留住了。冬天总是一年一年地弄冷一个人，先是一条腿、一块骨头、一副表情、一种心境……而后整个人生。

我曾在一个寒冷的早晨，把一个浑身结满冰霜的路人让进屋子，给他倒了一杯热茶。那是个上了年纪的人，身上带着许多个冬天的寒冷，当他坐在我的火炉旁时，炉火须臾间变得苍白。我没有问他的名字，在火炉的另一边，我感觉到迎面逼来的一个老人的透骨寒气。

他一句话不说。我想他的话肯定全冻硬了，得过一阵才能化开。

大约坐了半个时辰，他站起来，朝我点了一下头，开门走了。我以为他暖和过来了。

第二天下午，听人说村西边冻死了一个人。我跑过去，看见这个上了年纪的人躺在路边，半边脸埋在雪中。

我第一次看到一个人被冻死。

我不敢相信他已经死了。他的生命中肯定还深藏着一点温暖，只是我们看不见。一个人最后的微弱挣扎我们看不见，呼唤和呻吟我们听不见。

我们认为他死了。彻底地冻僵了。

他的身上怎么能留住一点点温暖呢。靠什么去留住。他的烂了几个洞、棉花露在外面的旧棉衣？底磨得快通、一边帮已经脱落的那双鞋？还有他的比多少个冬天加起来还要寒冷的心境……

落在一个人一生中的雪，我们不能全部看见。每个人都在自己的生命中，孤独地过冬。我们帮不了谁。我的一小炉火，对这个贫寒一生的人来说，显然微不足道。他的寒冷太巨大。

我有一个姑妈，住在河那边的村庄里，许多年前的那些个冬天，我们兄弟几个常手牵手走过封冻的玛河去看望她。每次临别前，姑妈总要说一句：天热了让你妈过来喧喧。

姑妈年老多病，她总担心自己过不了冬天。天一冷她便足不出户，偎在一间矮土屋里，抱着火炉，等待春天来临。

一个人老的时候,是那么渴望春天来临。尽管春天来了她没有一片要抽芽的叶子,没有半瓣要开放的花朵。春天只是来到大地上,来到别人的生命中。但她还是渴望春天,她害怕寒冷。

我一直没有忘记姑妈的这句话,也不止一次地把它转告给母亲。母亲只是望望我,又忙着做她的活。母亲不是一个人在过冬,她有五六个没长大的孩子,她要拉扯着他们度过冬天,不让一个孩子受冷。她和姑妈一样期盼着春天。

……天热了,母亲会带着我们,蹚过河,到对岸的村子里看望姑妈。姑妈也会走出蜗居一冬的土屋,在院子里晒着暖暖的太阳和我们说说笑笑……多少年过去了,我们一直没有等到这个春天。好像姑妈那句话中的"天"一直没有热。

姑妈死在几年后的一个冬天。我回家过年,记得是大年初四,我陪着母亲沿一条即将解冻的马路往回走。母亲在那段路上告诉我姑妈去世的事。她说:"你姑妈死掉了。"

母亲说得那么平淡,像在说一件跟死亡无关的事情。

"咋死的?"我似乎问得更平淡。

母亲没有直接回答我。她只是说:"你大哥和你弟弟过去帮助料理了后事。"

此后的好一阵,我们再没说话,只顾静静地走路。快到家门口时,母亲说了句:"天热了"。

我抬头看了看母亲,她的身上正冒着热气,或许是走路的缘故,不过天气真的转热了。对母亲来说,这个冬天已经过去了。

"天热了过来喧喧。"我又想起姑妈的这句话。这个春天再不属于姑妈了。她熬过了许多个冬天还是被这个冬天留住了。我想起爷爷奶奶也是分别死在多年前的冬天。母亲还活着。我们在世上的亲人会越来越少。我告诉自己，不管天冷天热，我都常过来和母亲坐坐。

母亲拉扯大她的七个儿女。她老了。我们长高长大的七个儿女，或许能为母亲挡住一丝的寒冷。每当儿女们回到家里，母亲都会特别高兴，家里也顿时平添热闹的气氛。

但母亲斑白的双鬓分明让我感到她一个人的冬天已经来临，那些雪开始不退、冰霜开始不融化——无论春天来了，还是儿女们的孝心和温暖备至。

随着三十年的人生距离，我感受着母亲独自在冬天的透心寒冷。我无能为力。

雪越下越大。天彻底黑透了。

我围抱着火炉，烤热漫长一生的一个时刻。我知道这一时刻之外，我其余的岁月，我的亲人们的岁月，远在屋外的大雪中，被寒风吹彻。

剩下的事情

一　剩下的事情

他们都回去了。我一个人留在野地上,看守麦垛。得有一个月时间,他们才能忙完村里的活儿,腾出手回来打麦子。野地离村子有大半天的路,也就是说,一个人不能在一天内往返一次野地。这是大概两天的路程,你硬要一天走完,说不定你走到什么地方,天突然黑了,剩下的路可就不好走了。谁都不想走到最后,剩下一截子黑路。是不是。

紧张的麦收结束了。同样的劳动,又在其他什么地方开始,这我能想得出。我知道村庄周围有几块地。他们给我留下够吃一个月的面和米,留下不够炒两顿菜的小半瓶清油。给我安排活儿的人,临走时又追加了一句:别老闲着望天,看有没有剩下的活儿,主动干干。

第二天,我在麦茬地走了一圈,发现好多活儿没有干完,麦子没割完，麦捆没有拉完。可是麦收结束了，人都回去了。

在麦地南边，扔着一大捆麦子。显然是拉麦捆的人故意漏装的。地西头则整齐地长着半垄麦子。即使割完的麦垄，也在最后剩下那么一两镰，不好看地长在那里。似乎人干到最后已没有一丝耐心和力气。

我能想到这个剩下半垄麦子的人，肯定是最后一个离开地头。在那个下午的斜阳里，没割倒的半垄麦子，一直望着扔下它们的那个人，走到麦地另一头，走进或蹲或站的一堆人里，再也认不出来。

麦地太大。从一头几乎望不到另一头。割麦的人一人把一垄，不抬头地往前赶，一直割到天色渐晚，割到四周没有了镰声，抬起头，发现其他人早割完回去了，剩下他孤零零的一垄。他有点急了，弯下腰猛割几镰，又茫然地停住。地里没一个人。干没干完都没人管了。没人知道他没干完，也没人知道他干完了。验收这件事的人回去了。他一下泄了气，瘫坐在麦茬上，愣了会儿神：球，不干了。

我或许能查出没干完这个活儿的人。

我已经知道他是谁。

但我不能把他喊回来，把剩下的麦子割完。这件事已经结束，更紧迫的劳动在别处开始。剩下的事情不再重要。

以后几天，我干着许多人干剩下的事情，一个人在空荡荡的麦地里转来转去。我想，许多轰轰烈烈的大事之后，都会有一个收尾的人，他远远地跟在人们后头，干着他们自以为干完的事情。许多事情都一样，开始干的人很多，到了最后，便成了某一个人的。

二　远离村人

我每天的事：早晨起来望一眼麦垛。总共五大垛，一溜排开。整个白天可以不管它们。到了下午，天黑之前，再朝四野里望一望，看有无可疑的东西朝这边移动。

这片大野隐藏着许多东西。一个人，五垛麦子，也是其中的隐匿者，谁也不愿让谁发现。即使是树，也都蹲着长，躯干一曲再曲，枝丫匍着地伸展。我从没在荒野上看见一棵像杨树一样高扬着头，招摇而长的植物。有一种东西压着万物的头，也压抑着我。

有几个下午，我注意到西边的荒野中有一个黑影在不断地变大。我看不清那是什么东西，它孤孤地蹲在那里，让我几个晚上没睡好觉。若有个东西在你身旁越变越小最后消失了，你或许一点不会在意。有个东西在你身边突然大起来，变得巨大无比，你便会感到惊慌和恐惧。

早晨天刚亮我便爬起来，看见那个黑影又长大了一些。再看麦垛，似乎一夜间矮了许多。我有点担心，扛着锨小心翼翼地走过去，穿过麦地走了一阵，才看清楚，是一棵树。一棵枯死的老胡杨树突然长出许多枝条和叶子。我围着树转了一圈。许多叶子是昨晚上才长出来的，我能感觉到它的枝枝叶叶还在长，而且会长得更加蓬蓬勃勃。我想这棵老树在熬过了一个干旱夏天后，它的某一条根，突然扎到了土地深处的一个旺水层。我想一定是这样的。

能让一棵树长得粗壮兴旺的地方，也一定会让一个人活得像模像样。往回走时，我暗暗记住了这个地方。那时，我刚刚开始模糊地意识到，我已经放任自己像植物一样去随意生长。我的胳膊太细，腿也不粗，胆子也不大，需要长的东西很多。多少年来我似乎忘记了生长。

随着剩下的事情一点一点地干完，莫名的空虚感开始笼罩草棚。活儿干完了，镰刀和铁锨扔到一边。孤单成了一件事情。寂寞和恐惧成了一件大事情。

我第一次感到自己是一个，而它们——成群、连片、成堆地对着我。我的群落在几十里外的黄沙梁村里。此时此刻，我的村民帮不了我，朋友和亲人帮不了我。

我的寂寞和恐惧是从村里带来的。

每个人最后都是独自面对剩下的寂寞和恐惧，无论在人群中还是在荒野上。那是他一个人的。

就像一粒虫、一棵草，在它浩荡的群落中孤单地面对自己的那份欢乐和痛苦。其他的虫草不知道。

一棵树枯死了，提前进入了比生更漫长的无花无叶的枯木期。其他的树还活着，枝繁叶茂。阳光照在绿叶上，也照在一棵枯树上。我们看不见一棵枯树在阳光中生长着什么。它埋在地深处的根在向什么地方延伸。死亡以后的事情，我们不知道。

一个人死了，我们把他搁过去——埋掉。

我们在坟墓旁边往下活。活着活着，就会觉得不对劲：这条路是谁留下的。那件事谁做过了。这句话谁说过。那个女人谁爱过。

我在村人中生活了几十年，什么事都经过了，再待下去，也不会有啥新鲜事。剩下的几十年，我想在花草中度过，在虫鸟水土中度过。我不知道这样行不行，或许村里人会把我喊回去，让我娶个女人生养孩子。让我翻地，种下一年的麦子。他们不会让我闲下来，他们必做的事情，也必然是我的事情。他们不会知道，在我心中，这些事情早就结束了。

如果我还有什么剩下要做的事情，那就是一棵草的事情，一粒虫的事情，一片云的事情。

我在野地上还有十几天时间，也可能更长。我正好远离村人，做点自己的事情。

三　风把人刮歪

刮了一夜大风。我在半夜被风喊醒。风在草棚和麦垛上发出恐怖的怪叫，像女人不舒畅的哭喊。这些突兀地出现在荒野中的草棚麦垛，绊住了风的腿，扯住了风的衣裳，缠住了风的头发，让它追不上前面的风。她撕扯，哭喊。喊得满天地都是风声。

我把头伸出草棚，黑暗中隐约有几件东西在地上滚动，滚得极快，一晃就不见了。是风把麦捆刮走了。我不清楚刮走了多少，也只能看着它刮走。我比一捆麦子大不了多少，一出去可能就找不见自己了。风朝着村子那边刮。如果风不在中途拐弯，一捆一捆的麦子会在风中跑回村子。明早村人醒来，看见一捆捆麦子躲在墙根，像回来的家畜一样。

每年都有几场大风经过村庄。风把人刮歪，又把歪长的树刮直。

风从不同方向来，人和草木，往哪边斜不由自主。能做到的只是在每一场风后，把自己扶直。一棵树在各种各样的风中变得扭曲，古里古怪。你几乎可以看出它沧桑躯干上的哪个弯是南风吹的，哪个拐是北风刮的。但它最终高大粗壮地立在土地上，无论南风北风都无力动摇它。

我们村边就有几棵这样的大树，村里也有几个这样的人。我太年轻，根扎得不深，躯干也不结实，担心自己会被一场大风刮跑，像一棵草一片树叶，随风千里，飘落到一个陌生地方。也不管你喜不喜欢，愿不愿意，风把你一扔就不见了。你没地方去找风的麻烦，刮风的时候满世界都是风，风一停就只剩下空气。天空若无其事，大地也像什么都没发生。只有你的命运被改变了，莫名其妙地落在另一个地方。你只好等另一场相反的风把自己刮回去。可能一等多年，再没有一场能刮起你的大风。你在等待飞翔的时间里不情愿地长大，变得沉重无比。

去年，我在一场东风中，看见很久以前从我们家榆树上刮走的一片树叶，又从远处刮回来。它在空中翻了几个跟头，摇摇晃晃地落到窗台上。那场风刚好在我们村里停住，像是猛然刹住了车。许多东西从天上往下掉，有纸片——写字的和没写字的纸片、布条、头发和毛，更多的是树叶。我在纷纷下落的东西中认出了我们家榆树上的一片树叶。我赶忙抓住它，平放在手中。这片叶的边缘已有几处损伤，原先背阴的一面被晒得有些发白——它在什么地方经受了什么样的阳光。另一面粘着些褐黄的黏土。我不知道它被刮了多远又被另一场风刮回来，一路上经过了多少地方，这些地方都是我从没去过的。它飘回来了，这是极少数的一片叶子。

风是空气在跑。一场风一过，一个地方原有的空气便跑光了，有些气味再闻不到，有些乐曲再看不到——昨天弥漫村巷的谁家炒菜的肉香。昨晚被一个人独享的女人的体香。下午晾在树上忘收的一块布。早上放在窗台上写着几句话的一张纸。风把一个村庄酝酿许久的、被一村人吸进呼出弄出特殊味道的一窝子空气，整个地搬运到百里千里外的另一个地方。

每一场风后，都会有几朵我们不认识的云，停留在村庄上头，模样怪怪的，颜色生生的，弄不清啥意思。短期内如果没风,这几朵云就会一动不动赖在头顶,不管我们喜不喜欢。我们看顺眼的云,在风中跑得一朵都找不见。

风一过,人忙起来,很少有空看天。偶尔看几眼,也能看顺眼,把它认成我们村的云,天热了盼它遮遮阳,地旱了盼它下点雨。地果真就旱了,一两个月没水,庄稼一片片蔫了。头顶的几朵云,在村人苦苦的期盼中果真有了些雨意,颜色由雪白变铅灰再变墨黑。眼看要降雨了,突然一阵北风,这些饱含雨水的云跌跌撞撞,飞速地离开村庄,在荒无人烟的南梁上,哗啦啦下了一夜雨。

我们望着头顶腾空的晴朗天空,骂着那些养不乖的野云。第二天全村人开会,做了一个严厉的决定:以后不管南来北往的云,一律不让它在我们村庄上头停,让云远远滚蛋。我们不再指望天上的水,我们要挖一条穿越戈壁的长渠。

那一年,村长是胡木,我太年轻,整日缩着头,等待机会来临。

我在一场南风中闻见浓浓的鱼腥味。遥想某个海边渔村,一张大网罩着海,所有的鱼被网上岸,堆满沙滩。海风吹走鱼腥,鱼被留下来。

各种各样的风经过了村庄。屋顶上的土,吹光几次,住在房子里的人也记不清楚。无论南墙北墙东墙西墙都被风吹旧,也都似乎为一户户的村人挡住了南来北往的风。有些人不见了,更多的人留下来。

什么留住了他们。

什么留住了我。

什么留住了风中的麦垛。

如果所有粮食在风中跑光,所有的村人,会不会在风停之后远走他乡,留一座空荡荡的村庄。

早晨我看见被风刮跑的麦捆,在半里外,被几棵铃铛刺拦住。

这些一墩一墩长在地边上的铃铛刺,多少次挡住我们的路,挂烂手和衣服,也曾多少次被我们的镢头连根挖除,堆在一起一把火烧掉。可是第二年它们又出现在那里。

我们不清楚铃铛刺长在大地上有啥用处。它浑身的小小尖刺,让企图吃它的嘴、折它的手和践它的蹄远离之后,就闲闲地端扎着,刺天空,刺云,刺空气和风。现在它抱住了我们的麦捆,没让它在风中跑远。我第一次对铃铛刺深怀感激。

也许我们周围的许多东西,都是我们生活的一部分,生命的一部分,关键时刻挽留住我们。一株草,一棵树,一片云,一只小虫……它替匆忙的我们在土中扎根,在空中驻足,在风中浅唱……

任何一株草的死亡都是人的死亡。

任何一棵树的夭折都是人的夭折。

任何一粒虫的鸣叫也是人的鸣叫。

四　铁锨是个好东西

我出门时一般都扛着铁锨。铁锨是这个世界伸给我的一只孤手,我必须牢牢握住它。

铁锨是个好东西。

我在野外走累了,想躺一阵,几锨就会铲出一块平坦的床来。顺手挖两锨土,就垒一个不错的枕头。我睡着的时候,铁锨直插在荒野上,不同于任何一棵树、一杆枯木。有人找我,远远会看见一把锨。有野驴野牛飞奔过来,也会早早绕过铁锨,免得踩着我。遇到难翻的梁,虽不能挖个洞钻过去,碰到挡路的灌木,却可以一锨铲掉。这棵灌木也许永不会弄懂挨这一锨的缘故——它长错了地方,挡了我的路。我的铁锨毫不客气地断了它一年的生路。我却从不去想我是走错了路,来到野棘丛生的荒地。不过,第二年这棵灌木又会从老地方重长出一棵来,还会长到这么高,长出这么多枝杈,把我铲开的路密密封死。如果几年后我从原路回来,还会被这一棵挡住。树木不像人,在一个地方吃了亏下次会躲开。树仅有一条向上的生路。我东走西走,可能越走越远,再回不到这一步。

在荒野上我遇到许多动物,有的头顶尖角,有的嘴龇利牙,有的浑身带刺,有的飞扬猛蹄,我肩扛铁锨,互不相犯。

我还碰到过一匹狼。几乎是迎面遇到的。我们在相距约二十米处同时停住。狼和我都感到突然——两匹低头赶路的敌对动物猛一抬眼,发现彼此已经照面,绕过去已不可能。狼上上下下打量着我。我从头到尾注视着狼。这匹狼看上去就像一个穷叫花子,毛发如秋草黄而杂乱,像是刚从刺丛中钻出来,脊背上还少了一块毛。肚子也瘪瘪的,活像一个没支稳当的骨头架子。

看来它活得不咋样。

这样一想倒有了一点优越感。再看狼的眼睛,也似乎可怜兮兮的,像在乞求:你让我吃了吧。你就让我吃了吧。我已经几天没有吃东西了。

狼要是吃麦子,我会扔给它几捆子。要是吃饭,我会为它做一顿。问题是,狼非要吃肉。吃我腿上的肉,吃我胸上的肉,吃我胳膊上的肉,吃我脸上的肉。在狼天性的孤独中我看到它选择唯一食物的孤独。

我没看出这是匹公狼还是母狼。我没敢把头低下朝它的后裆里看,我怕它咬断我的脖子。

在狼眼中我又是啥样子呢。狼那样认真地打量着我,从头到脚,足足有半小时,最后狼悻悻地转身走了。我似乎从狼的眼神中看见了一丝失望——一个生命对另一个生命的失望。我不清楚这丝失望的全部含意。我一直看着狼翻过一座沙梁后消失。我松了一口气,放下肩上的铁锨,才发现握锨的手已出汗。

这匹狼大概从没见过扛锨的人,对我肩上多出来的这一截东西眼生,不敢贸然下口。狼放弃了我。狼是明智的。不然我的锨刃将染上狼血,这是我不愿看到的。

我没有狼的孤独。我的孤独不在荒野上,而在人群中。人们干出的事情放在这里,即使最无助时我也不觉孤独和恐惧。假若有一群猛兽飞奔而来,它会首先惊愕于荒野中的这片麦地,以及耸在地头的高大麦垛,而后对站在麦垛旁手持铁锨的我不敢轻视。一群野兽踏上人耕过的土地,踩在人种出的作物上,也会像人步入猛兽出没的野林一样惊恐。

人们干出的事情放在土地上。

人们把许多大事情都干完了。剩下些小事情。人能干的事情也就这么多了。

而那匹剩下的孤狼是不是人的事情。人迟早还会面对这匹狼,或者消灭或者让它活下去。

我还有多少要干的事情。哪一件不是别人干剩下的——我自己的事情。如果我把所有的活儿干完,我会把铁锨插在空地上远去。

曾经干过多少事情,刃磨短磨钝的一把铁锨,插在地上。

是谁最后要面对的事情。

五　野兔的路

上午我沿一条野兔的路向西走了近半小时,我想去看看野兔是咋生活的。野兔的路窄窄的,勉强能容下我的一只脚。要是迎面走来一只野兔,我只有让到一旁,让它先过去。可是一只野兔也没有。看得出,野兔在这条路上走了许多年,小路陷进地面有一拳深。路上撒满了黑豆般大小的粪蛋。野兔喜欢把粪蛋撒在自己的路上,可能边走边撒,边跑边撒,它不会为排粪蛋这样的小事停下来,像人一样专门找个隐蔽处蹲半天。野兔的事可能不比人的少。它们一生下就跑,为一口草跑,为一条命跑,用四只小蹄跑。结果呢,谁知道跑掉了多少。

一只奔波中的野兔,看见自己上午撒的粪蛋还在路上新鲜地冒着热气是不是很有意思。

不吃窝边草的野兔,为一口草奔跑一夜回来,看见窝边青草被别的野兔或野羊吃得精光又是什么感触。

兔的路小心地绕过一些微小东西,一棵草、一截断木、一个土块就能让它弯曲。有时兔的路从挨得很近的两棵刺草间穿过,我只好绕过去。其实我无法看见野兔的生活,它们躲到这么远,就是害怕让人看见。一旦让人看见或许就没命了。或许我的到来已经惊跑了野兔。反正,一只野兔没碰到,却走到一片密麻麻的铃铛刺旁,打量了半天,根本无法过去。我蹲下身,看见野兔的路伸进刺丛,在那些刺条的根部绕来绕去不见了。

往回走时,看见自己的一行大脚印深嵌在窄窄的兔子的小路上,突然觉得好笑。我不去走自己的大道,跑到这条小动物的路上闲逛啥,把人家的路踩坏。野兔要来来回回走多少年,才能把我的一只深脚印踩平。或许野兔一生气,不要这条路了。气再生得大点,不要这片草地了,翻过沙梁远远地迁居到另一片草地。

你说我这么大的人了，干了件啥事。

过了几天，我专程来看了看这条路，发现上面又有了新鲜的小爪印，看来野兔没放弃它。只是我的深脚印给野兔增添了一路坎坷，好久都觉得不好意思。

六　对一朵花微笑

我一回头，身后的草全开花了。一大片。好像谁说了一个笑话，把一摊草惹笑了。

我正躺在土坡上想事情。是否我想的事情——一个人头脑中的奇怪想法让草觉得好笑，在微风中笑得前仰后合。有的哈哈大笑，有的半掩芳唇，忍俊不禁。靠近我身边的两朵，一朵面朝我，张开薄薄的粉红花瓣，似有吟吟笑声入耳。另一朵则扭头掩面，仍不能遮住笑颜。我禁不住也笑了起来。先是微笑，继而哈哈大笑。

这是我第一次在荒野中，一个人笑出声来。

还有一次，我在麦地南边的一片绿草中睡了一觉。我太喜欢这片绿草了，墨绿墨绿，和周围的枯黄野地形成鲜明对比。

我想大概是一个月前，浇灌麦地的人没看好水，或许他把水放进麦田后睡觉去了。水漫过田埂，顺这条干沟漫流而下。枯萎多年的荒草终于等来一次生机。那种绿，是积攒了多少年的，一如我目光中的饥渴。我虽不能像一头牛一样扑过去，猛吃一顿。但我可以在绿草中睡一觉。和我喜爱的东西一起睡一觉，做一个梦，也是满足。

一个在枯黄田野上劳忙半世的人，终于等来草木青青的一年。一小片。草木会不会等到我出人头地的一天。

这些简单地长几片叶，伸几条枝，开几瓣小花的草木，从没长高长大，没有茂盛过的草木，每年每年，从我少有笑容的脸和无精打采的行走中，看到的是否全是不景气。

我活得太严肃，呆板的脸似乎对生存已经麻木，忘了对一朵花微笑，为一片新叶欢欣和激动。这不容易开一次的花朵，难得长出的一片叶子，在荒野中，我的微笑可能是对一个卑小生命的欢迎和鼓励。就像青青芳草让我看到一生中那些还未到来的美好前景。

以后我觉得，我成了荒野中的一个。真正进入一片荒野其实不容易，荒野旷敞着，这个巨大的门让你在努力进入时不经意已经走出来，成为外面人。它的细部永远对你紧闭着。

走进一株草、一滴水、一粒小虫的路可能更远。弄懂一棵草，并不仅限于把草喂到嘴里嚼几下，尝尝味道。挖一个坑，把自己栽进去，浇点水，直愣愣站上半天，感觉到的可能只是腿酸脚麻和腰疼，并不能断定草木长在土里也是这般情景。人没有草木那样深的根，无法知道土深处的事情。人埋在自己的事情里，埋得暗无天日。人把一件件事情干完，干好，人就渐渐出来了。

我从草木身上得到的只是一些人的道理，并不是草木的道理。我自以为弄懂了它们，其实我弄懂了自己。我不懂它们。

七　三只虫

一只八条腿的小虫，在我的手指上往前爬，爬得慢极了，走走停停，八只小爪踩上去痒痒的。停下的时候，就把针尖大的小头抬起往前望。然后再走。我看得可笑。它望见前面没路了吗，竟然还走。再走一小会儿，就是指甲盖，指甲盖很光滑，到了尽头，它若悬崖勒不住马，肯定一头栽下去。我正为这粒小虫的短视和盲目好笑，它已过了我的指甲盖，到了指尖，头一低，没掉下去，竟从指头底部慢慢悠悠向手心爬去了。

这下该我为自己的眼光羞愧了，我竟没看见指头底下还有路。走向手心的路。

人的自以为是使人只能走到人这一步。

虫子能走到哪里，我除了知道小虫一辈子都走不了几百米，走不出这片草滩以外，我确实不知道虫走到了哪里。

一次我看见一只蜣螂滚着一颗比它大好几倍的粪蛋，滚到一个半坡上。蜣螂头抵着地，用两只后腿使劲往上滚，费了很大劲才滚动了一点点。而且，只要蜣螂稍一松劲，粪蛋有可能原滚下去。我看得着急，真想伸手帮它一把，却不知蜣螂要把它弄到哪。朝四周看了一圈也没弄清哪是蜣螂的家，是左边那棵草底下，还是右边那几块土坷垃中间。假如弄明白的话，我一伸手就会把这个对蜣螂来说沉重无比的粪蛋轻松拿起来，放到它的家里。我不清楚蜣螂在滚这个粪蛋前，是否先看好了路，我看了半天，也没看出朝这个方向滚去有啥好去处，上了这个小坡是一片平地，再过去是一个更大的坡，坡上都是草，除非从空中运，或者蜣螂先铲草开一条路，否则粪蛋根本无法过去。

或许我的想法天真，蜣螂根本不想把粪蛋滚到哪去。它只是做一个游戏，用后腿把粪蛋滚到坡顶上，然后它转过身，绕到另一边，用两只前爪猛一推，粪蛋骨碌碌滚了下去，它要看看能滚多远，以此来断定是后腿劲大还是前腿劲大。谁知道呢。反正我没搞清楚，还是少管闲事。我已经有过教训。

那次是一只蚂蚁，背着一条至少比它大二十倍的干虫，被一个土块挡住。蚂蚁先是自己爬上土块，用嘴咬住干虫往上拉，试了几下不行，又下来钻到干虫下面用头顶，竟然顶起来，摇摇晃晃，眼看顶上去了，却掉了下来，正好把蚂蚁碰了个仰面朝天。蚂蚁一轱辘爬起来，想都没想，又换了种姿势，像那只蜣螂那样头顶着地，用后腿往上举。结果还是一样。但它一刻不停，动作越来越快，也越来越没效果。

我猜想这只蚂蚁一定是急于把干虫搬回洞去。洞里有多少孤老寡小在等着这条虫呢。我要能帮帮它多好。或者，要是再有一只蚂蚁帮忙，不就好办多了吗。正好附近有一只闲转的蚂蚁，我把它抓住，放在那个土块上，我想让它站在上面往上拉，下面的蚂蚁正拼命往上顶呢，一拉一顶，不就上去了吗。

可是这只蚂蚁不愿帮忙，我一放下，它便跳下土块跑了。我又把它抓回来，这次是放在那只忙碌的蚂蚁的旁边。我想是我强迫它帮忙，它生气了。先让两只蚂蚁见见面，商量商量，那只或许会求这只帮忙，这只先说忙，没时间。那只说，不白帮，过后给你一条虫腿。这只说不行，给两条。一条半。那只还价。

我又想错了。那只忙碌的蚂蚁好像感到身后有动静，一回头看见这只，二话没说，扑上去就打。这只被打翻在地，爬起来仓皇而逃。也没看清咋打的，好像两只牵在一起，先是用口咬，接着那只腾出一只前爪，抢开向这只脸上扇去，这只便倒地了。

那只连口气都不喘，回过身又开始搬干虫。我真看急了，一伸手，连干虫带蚂蚁一起扔到土块那边。我想蚂蚁肯定会感激这个天降的帮忙。没想到它生气了，一口咬住干虫，拼命使着劲，硬要把它原搬到土块那边去。

我又搞错了。也许蚂蚁只是想试试自己能不能把一条干虫搬过土块，我却认为它要搬回家去。真是的，一条干虫，我会搬它回家吗。

也许都不是。我这颗大脑袋，压根不知道蚂蚁那只小脑袋里的事情。

八　老鼠应该有一个好收成

我用一个下午，观察老鼠洞穴。我坐在一蓬白草下面，离鼠洞约二十米远。这是老鼠允许我接近的最近距离。再逼近半步老鼠便会仓皇逃进洞穴，让我什么都看不见。

老鼠洞筑在地头一个土包上，有七八个洞口。不知老鼠凭什么选择了这个较高的地势。也许是在洞穴被水淹多少次后，知道了把洞筑在高处。但这个高度它是怎样确定的。靠老鼠的寸光之目，是怎样对一片大地域的地势作高低判断的。它选择一个土包，爬上去望望，自以为身居高处，却不知这个小土包是在一个大坑里。这种可笑的短视行为连人都无法避免，况且老鼠。

但老鼠的这个洞的确筑在高处。以我的眼光，方圆几十里内，这也是最好的地势。再大的水灾也不会威胁到它。

这个蜂窝状的鼠洞里住着大约上百只老鼠，每个洞口都有老鼠进进出出，有往外运麦壳和杂渣的，有往里搬麦穗和麦粒的。那繁忙的景象让人觉得它们才是真正的收获者。

有几次我扛着锹过去，忍不住想挖开老鼠的洞看看，它到底贮藏了多少麦子。但我还是没有下手。

老鼠洞分上中下三层，老鼠把麦穗从田野里运回来，先贮存在最上层的洞穴。中层是加工作坊。老鼠把麦穗上的麦粒一粒粒剥下来，麦壳和杂渣运出洞外，干净饱满的麦粒从一个垂直洞口滚落到最下层的底仓。

每一项工作都有严格的分工，不知这种分工和内部管理是怎样完成的。在一群匆忙的老鼠中，哪一个是它们的王，我不认识。我观察了一下午，也没有发现一只背着手迈着方步闲转的官鼠。

我曾在麦地中看见一只当搬运工具的小老鼠，它仰面朝天躺在地上，四肢紧抱着两支麦穗，另一只大老鼠用嘴咬住它的尾巴，当车一样拉着它走。我走近时，拉的那只扔下它跑了，这只不知道发生了啥事，抱着麦穗躺在地上发愣。我踢了它一脚，它才反应过来，一骨碌爬起来，扔下麦穗便跑。我看见它的脊背上磨得红稀稀的，没有了毛。跑起来一歪一斜，很疼的样子。

以前我在地头见过好几只脊背上没毛的死老鼠，我还以为是它们相互厮打致死的，现在明白了。

在麦地中，经常能碰到几只匆忙奔走的老鼠，它们让我停住脚步，想想自己这只忙碌的大老鼠，一天到晚又忙出了啥意思。我终生都不会走进老鼠深深的洞穴，像个客人，打量它堆满底仓的干净麦粒。

老鼠应该有这样的好收成。这也是老鼠的土地。

我们未开垦时，这片长满苦豆和艾蒿的荒地上到处是鼠洞，老鼠靠草籽和草秆为生，过着富足安逸的日子。我们烧掉蒿草和灌木，毁掉老鼠洞，把地翻一翻，种上麦子。我们以为老鼠全被埋进地里了。当我们来割麦子的时候，发现地头筑满了老鼠洞，它们已先我们开始了紧张忙碌的麦收。这些没草籽可食的老鼠，只有靠麦粒为生。被我们称为细粮的坚硬麦粒，不知合不合老鼠的口味。老鼠吃着它胃舒不舒服。

这些匆忙的抢收者，让人感到丰收和喜悦不仅仅是人的，也是万物的。

我们喜庆的日子，如果一只老鼠在哭泣，一只鸟在伤心流泪，我们的欢乐将是多么的孤独和尴尬。

在我们周围，另一种动物，也在为这片麦子的丰收而欢庆，我们听不见它们的笑声，但能感觉到。

它们和村人一样期待了一个春天和一个漫长夏季。它们的期望没有落空。我们也没落空。它们用那只每次只能拿一支麦穗、捧两颗麦粒的小爪子，从我们的大丰收中，拿走一点儿，就能过很好的日子。而我们，几乎每年都差那么一点儿，就能幸福美满地——吃饱肚子。

九　孤独的声音

有一种鸟，对人怀有很深的敌意。我不知道这种鸟叫什么。它们常站在牛背上捉虫子吃，在羊身上跳来跳去，一见人便远远飞开。

还爱欺负人，在人头上拉鸟屎。

它们成群盘飞在人头顶，发出悦耳的叫声。人陶醉其中，冷不防，一泡鸟屎落在头上。人莫名其妙，抬头看天上，没等看清，又一泡鸟屎落在嘴上或鼻梁上。人生气了，捡一个土块往天上扔，鸟便一只不见了。

还有一种鸟喜欢亲近人，对人说鸟语。

那天我扛着锨站在埂子上，一只鸟飞过来，落在我的锨把上，我扭头看着它，是只挺大的灰鸟。我一伸手就能抓住它。但我没伸手。

灰鸟站稳后便对着我的耳朵说起鸟语，声音很急切，一句接一句，像在讲一件事，一种道理。我认真地听着，一动不动。灰鸟不停地叫了半个小时，最后声音沙哑地飞走了。

以后几天我又在别处看见这只鸟，依旧单单的一只。有时落在土块上，有时站在一根枯树枝上，不住地叫。还是给我说过的那些鸟语。只是声音更沙哑了。

离开野地后，我再没见过和那只灰鸟一样的鸟。这种鸟可能就剩下那一只了，它没有了同类，希望找一个能听懂它话语的生命。它曾经找到了我，在我耳边说了那么多动听的鸟语。可我，只是个种地的农民，没在天上飞过，没在高高的树枝上站过。我怎会听懂鸟说的事情呢。

不知那只鸟最后找到知音了没有。听过它孤独鸟语的一个人，却从此默默无声。多少年后，这种孤独的声音出现在他的声音中。

十　最大的事情

我在野地只待一个月（在村里也就住几十年），一个月后，村里来一些人，把麦子打掉，麦草扔在地边。我们一走，不管活儿干没干完，都不是我们的事情了。

老鼠会在仓满洞盈之后，重选一个地方打新洞。也许就选在草棚旁边，或者草垛下面。草棚这儿地势高，干爽，适合人筑屋鼠打洞。麦草垛下面隐蔽、安全，麦秆中少不了有一些剩余的麦穗麦粒，足够几代老鼠吃。

鸟会把巢筑在草棚上，在伸出来的那截木头上，涂满白色鸟粪。

野鸡会从门缝钻进来，在我们睡觉的草铺上，生几枚蛋，留一地零乱羽毛。

这些都是给下一年来到的人们留下的麻烦事情。下一年，一切会重新开始。剩下的事将被搁在一边。

如果下一年我们不来。下下一年还不来。

如果我们永远地走了，从野地上的草棚，从村庄，从远远近近的城市。如果人的事情结束了，或者人还有万般未竟的事业但人没有了。再也没有了。

那么，我们干完的事，将是留在这个世界上的——最大的事情。

别说一座钢铁空城、一个砖瓦村落，仅仅是我们弃在大地上的一间平常的土房子，就够它们多少年收拾。

草大概用五年时间，长满被人铲平踩瓷实的院子。草根蛰伏在土里，它没有死掉，一直在土中窥听地面上的动静。一年又一年，人的脚步在院子里走来走去，时缓时快，时轻时沉。终于有一天，再听不见了。草根试探性地拱破地面，发一个芽，生两片叶，迎风探望一季，确信再没锨来铲它，脚来踩它，草便一棵一棵从土里钻出来。这片曾经是它们的土地已面目全非，且怪模怪样地耸着一间土房子。

草开始从墙缝往外长，往房顶上长。

而房顶的大木梁中，几只蛀虫正悄悄干着一件大事情。它们打算用七八十年，把这棵木梁蛀空。然后房顶塌下来。

与此同时，风四十年吹旧一扇门上的红油漆。雨八十年冲掉墙上的一块泥皮。

厚实的墙基里，一群蝼蚁正一小粒一小粒往外搬土。它们把巢筑在墙基里，大蝼蚁在墙里死去，小蝼蚁又在墙里出生。这个过程没有谁能全部经历，它太漫长，大概要一千八百年，墙根就彻底毁了。曾经从土里站起来，高出大地的这些土，终归又倒塌到泥土里。

但要完全抹平这片土房子的痕迹，几乎是不可能。

不管多大的风，刮平一道田埂也得一百年工夫。人用旧扔掉的一只瓷碗，在土中埋三千年仍纹丝不变。而一根扎入土地的钢筋，带给土地的将是永久的刺痛。几乎没有什么东西能够消磨掉它。

除了时间。

时间本身也不是无限的。

所谓永恒，就是消磨一件事物的时间完了，这件事物还在。

时间再没有时间。

桥断了

我原以为，会比他们先走到村子。

那时天没有全黑，头顶的云还是红的。我们一长溜人，朝西边日落处走。一件什么事让我们走到这么晚，我记不清了。正好走到一个沙沟沿上，路分成了两条。

"右边这条路很难走。"

我听见有人在背后说。前面的几个人，已经走上左边的路，我一扭身踏上右边的这条。

难走的路通常是捷径，我心里想着。后面有脚步声跟了上来，我没有回头，不知道哪几个人跟我走上了这条路。

穿过一片玉米地后，我们发现大渠上的桥断了。几根木头斜插进水里，渠水黑黑地向远处流。我们听见另一条路上的说话声。夜晚使远处的声音显得很近。田野已经变得灰沉沉。星星出来了。星星像一些走远的灯，让地变得更加黑沉。

我们被挡住了。

离村子还有一大段路，要穿过一片碱地，再过一个沙沟。能清晰地听见那条路上的说话声，听见村子里的狗叫，说明他们进村了。我们全默默站在渠边，过了一会儿，前面的村子安静下来，先到家的那些人已经睡觉了，或许不会睡着，全躺在炕上，侧耳听我们的动静，听着听着睡过去。他们知道我们走上了另一条路，还知道这条路走不通。

我一直没朝后看，也没往左右看，不知有几个人站在我身边，他们都是谁。我们全黑黑地站着，没谁说一句话。

多少年后我回想这个夜晚，我的记忆到此中断了，不知道那以后我们去了哪里。

渠水又深又急，无法蹚过去。天黑得什么都看不见。我们是否黑摸着退回去，在沙沟沿下找到分岔的另一条路。是否顺着渠沿，一直向下游走，找到他们刚刚走过的那座桥。有没有人在那个夜晚，走出村子找我们。我们中间谁的父亲，半夜发现儿子没回家，提着马灯，或举着火把，从那片荒野上呼喊着找过来。那以后的事我全记不清，像一个梦做到那里醒了。我回想一同往回走的那些人，好像全是同村的，又好像一个都不认识。再回想水渠那边，响起人声狗吠的村子，我的家并不在那里。

我回忆那个晚上我的模样——我好像站在对面，清楚地看见那个夜晚渠边的我，大概十几岁，又好像只有五岁的样子。我看不清我的衣服，或许皱巴巴的，很旧。看不清融在夜色中的头发。但我清楚地看见那就是我，瘦削的脸庞，一双眼睛黑亮黑亮地望着什么都望不见的远处。

我问过我母亲，在我小的时候，有没有一个夜晚我没回来。有没有这样一件事，村里出去好多孩子，一些回来了，一些被一渠水挡住。

那个晚上一过，村里少了许多人，好多母亲没有了孩子，过去多少年后，这种缺少愈显得大。村庄越来越空荡，那时走失一个人，多少年后就少一个家，子子孙孙少下去，这种缺失在时间中无限扩大。

迟早有一天，会有人走入那片荒芜的时间。几乎没有谁能穿过它。

有时我又觉得，我的家就在渠对面那个村子。我常常在黑夜回去，走进一间没灯的房子。我好像从来没有在那间房子里醒来过，只是一次次地回去，睡着。接下来的记忆全是黑夜，我不知道以后的早晨是什么样子。和我睡在一起的那一村庄人，最后谁听到了鸡叫，醒过来。又开始春播了。土地冒着热气。或许我跟人们一起醒来，日复一日地生活，我长大，娶妻生子，只是我不知道。我早已忘记模样的女人，在哪个村庄里抚养着我的一群儿女。他们等我回去。

可是，连我都不知道我在哪里。我也在等自己回来。除了那座桥断了，那以后的生活又发生了什么。

那个晚上，我好像就睡在村里。哪都没去。我只是看见我从远处回来，被一渠水挡住。我安安静静，没有喊一声，也没起身，提一盏灯走出去。我的记忆在那一刻中断了。以后我去了哪里，回到哪个村庄，我记不清了。我老了以后，时常靠在墙根，晒着太阳，想不清曾经的哪一种生活，使我变成现在的样子。我的腿是在梦中跑老的，还是现实的一件小事把腿跑坏了。我真正的生活我从来没有看见过。

人畜共居的村庄

有时想想，在黄沙梁做一头驴，也是不错的。只要不年纪轻轻就被人宰掉，拉拉车，吃吃草，亢奋时叫两声，平常的时候就沉默，心怀驴胎，想想眼前嘴前的事儿。只要不懒，一辈子也挨不了几鞭。况且现在机器多了，驴活得比人悠闲，整日在村里村外溜达，调情撒欢。不过，闲得没事对一头驴来说是最最危险的事。好在做了驴就不想这些了，活一日乐一日，这句人话，用在驴身上才再合适不过。

做一条小虫呢，在黄沙梁的春花秋草间，无忧无虑把自己短暂快乐的一生蹦跶完。虽然只看见漫长岁月悠悠人世间某一年的光景，却也无憾。许多年头都是一样的，麦子青了黄，黄了青，变化的仅仅是人的心境。

做一条狗呢？

或者做一棵树，长在村前村后都没关系，只要不开花，不是长得很直，便不会挨斧头。一年一年地活着，叶落归根，一层又一层，最后埋在自己一生的落叶里，死和活都是一番境界。

如此看来，在黄沙梁做一个人，倒是件极普通平凡的事。大不必因为你是人就趾高气扬,是狗就垂头丧气。在黄沙梁,每个人都是名人,每个人都默默无闻。每个牲口也一样。就这么小小的一个村庄,谁还能不认识谁呢。谁和谁多少不发生点关系,人也罢,牲口也罢。

你敢说张三家的狗不认识你李四。它只是叫不上你的名字——它的叫声中有一句可能就是叫你的,只是你听不懂。也从不想去弄懂一头驴子,见面更懒得抬头和它打招呼。可那驴却一直惦记着你,那年它在你家地头吃草,挨过你一锨。好狠毒的一锨,你硬是让这头爱面子的驴死后不能留一张完整的好皮。这么多年它一直在瞅机会给你一蹄子呢。还有路边泥塘中的那两头猪,一上午哼哼唧唧,你敢保证它们不是在议论你们的事。猪夜夜卧在窗根,你家啥事它们不清楚。

对于黄沙梁,其实你不比一只盘旋其上的鹰看得全面,也不会比一匹老马更熟悉它的路。人和牲畜相处几千年,竟没找到一种共同语言,有朝一日坐下来好好谈谈。想必牲口肯定有许多话要对人说,尤其人之间的是是非非,牲口肯定比人看得清楚。而人,除了要告诉牲口"你必须顺从"外,肯定再不愿与牲口多说半句。

人畜共居在一个小小村庄里。人出生时牲口也出世,傍晚人回家牲口也归圈。弯曲的黄土路上,不是人跟着牲口走便是牲口跟着人走。

人踩起的尘土落在牲口身上。牲口踩起的尘土落在人身上。

家和牲口棚是一样的土房,墙连墙,窗挨窗。人忙急了会不小心钻进牲口棚，牲口也会偶尔装糊涂走进人的居室。看上去似亲戚如邻居，却又根本不是那么回事，日子久了难免会认成一种动物。

比如你的腰上总有股用不完的牛劲。你走路的架势像头公牛，腿叉得很开，走路一摇三摆。你的嗓音中常出现狗叫鸡鸣。别人叫你"瘦狗"是因为你确实不像瘦马瘦骡子。多少年来你用半匹马的力气和女人生活。你的女人，是只老鸟了还那样依人。

数年前一个冬天，你觉得有一匹马在某个黑暗角落盯着你。你有点怕它做了一辈子牲口，是不是后悔了，开始揣摸人。那时你的孤独和无助确实被一匹马看见了。周围的人，却总以为你是快乐的，像一只无忧无虑的夏虫，一头乐不知死的驴子、猪……

其实这些活物，都是从人的灵魂里跑出来的。它们没有走远，永远和人待在一起，让人从这些动物身上看清自己。

而人的灵魂中，还有一大群惊世的巨兽被禁锢着，如藏龙如伏虎。它们从未像狗一样咬脱锁链，跑出人的心宅肺院。偶尔跑出来，也会被人当疯狗打了，消灭了。

在人心中活着的，必是些巨蟒大禽。

在人身边活下来的，却只有这群温顺之物了。

人把它们叫牲口，不知道它们把人叫啥。

一截土墙

我走的时候还年轻,二十来岁。不知我说过的话在以后多少年里有没有人偶尔提起。我做过的事会不会一年一年地影响着村里的人。那时我曾认为什么是最重要迫切的,并为此付出了多少青春时日。现在看来,我留在这个村庄里影响最深远的一件事,是打了这堵歪扭的土院墙。

我能想到在我走后的二十年里,这堵土墙每天晌午都把它的影子,从远处一点一点收回来,又在下午一寸寸地覆盖向另一个方向。它好像做着这样一件事:上午把黑暗全收回到墙根里,下午又将它伸到大地的极远处。一堵土墙的影子能伸多远谁也说不清楚,半下午的时候,它的影子里顶多能坐三四个人,外加一条狗,七八只鸡。到了午后,半个村庄都在阴影中。再过一会儿,影子便没了尽头。整个大地都在一堵土墙的阴影里,也在和土墙同高的一个人或一头牛的阴影里。

我们从早晨开始打那截墙。那一年四弟十一岁,三弟十三岁,我十五岁。没等我们再长大些那段篱笆墙便不行了。根部的枝条朽了，到处是豁口和洞。几根木桩也不稳，一刮风前俯后仰，呜呜叫。那天早晨篱笆朝里倾斜，昨天下午还好端端，可能夜里风刮的。我们没听见风刮响屋檐和树叶。可能一小股贼风，刮斜篱笆便跑了。父亲打量了一阵，过去蹬了一脚，整段篱笆齐齐倒了。靠近篱笆的几行菜也压倒了。我们以为父亲跟风生气，都不吭声地走过去，想把篱笆扶起来，再栽几个桩，加固加固。父亲说，算了，打段土墙吧。

母亲喊着吃早饭啦。

太阳从我们家柴垛后面，露出小半块脸。父亲从邱老二家扛来一个梯子，我从韩四家扛来一个梯子。打头堵墙得两个梯子，一头立一个，两边各并四根直椽子，拿绳绑住，中间槽子里填土，夯实，再往上移椽子，墙便一截一截升高。

我们家的梯子是用一根独木做的，打墙用不着。木头在一米多高处分成两叉，叉上横绑了几根木棍踏脚，趴在墙上像个头朝下的人，朝上叉着两条腿，看着不太稳当，却也没人掉下来过。梯子稍短了些，搭斜了够不着，只能贴墙近些，这样人爬上去总担心朝后跌过去。梯子离房顶差一截子，上房时还容易，下的时候就困难，一只脚伸下来，探几下挨不着梯子。挨着了，颤颤悠悠不稳实。

只有我们家人敢用这个梯子上房。它看上去确实不像个梯子。一根木头顶着地，两个细叉挨墙，咋看都不稳当。一天中午正吃午饭，韩三和婆姨吵开了架，我们端碗出来看，没听清为啥。架吵到火爆处，只听韩三大叫一声"不过了"，砰砰啪啪砸了几个碗,顺手一提锅耳,半锅饭倒进灶坑里,激起一股烟灰。韩三提着锅奔到路上,抡圆了一甩,锅落到我们家房顶上,腾的一声响。我父亲不愿意了,跑出院子。

"韩三,你不过了我们还要过,房顶砸坏了可让你赔。"

下午,太阳快落时,我们在院子里乘凉,韩三进来了,向父亲道了个歉,说要把扔到房顶上的锅取回去做饭。婆姨站在路上,探着头望,不好意思进来。父亲说,你自己上去拿吧。我这房顶三年没漏雨,你一锅砸的要是漏开了雨,到时候可要你帮着上房泥。韩三端详着梯子不敢上,回头叫来了儿子韩四娃,四娃跟我弟弟一样大,爬了两下,赶紧跳下来。

"没事。没事。"我们一个劲喊着,他们还是不敢上,望望我们,又望望梯子,好像认为我们有意要害他们。

后来四娃扛来自家的梯子,上房把锅拿下来。第二年秋天那块房顶果然漏雨了。第三年夏天上了次房泥,我们兄弟四个上的,父亲也参加了。那时我觉得自己已经长大,没什么是我不能干的。

原以为父亲会带着我们打那堵墙。他栽好梯子,椽子并排绑起来,后退了几步,斜眼瞄了几下,过来在一边架子上跺了两脚,往槽子里扔了几锨土,然后扛着锨下地去了。

父亲把这件活扔给我们兄弟仨了。

我提夯,三弟四弟上土。一堵新墙就在那个上午缓慢费力地向上升起。我们第一次打墙,但经常看大人们打墙,所以不用父亲教就知道怎样往上移椽子,怎样把椽头用绳绑住,再用一个木棍把绳绞紧别牢实。我们劲太小,砸两下夯就得抱着夯把喘三口气。我们担心自己劲小,夯不结实,所以每一处都多夯几次,结果这堵墙打得过于结实,以至多少年后其他院墙早倒塌了,这堵墙还好端端站着,墙体被一场一场的风刮磨得光光溜溜,像岩石一样。只是墙中间那个窟窿,比以前大多了,能钻过一条狗。

这个窟窿是我和三弟挖的,当时只有锨头大,半墙深。为找一把小斧头我们在刚打好的墙上挖了一个洞。墙打到一米多高,再填一层土就可以封顶时,那把小斧头不见了。

"会不会打到墙里去了。"我望着三弟。

"刚才不是你拿着吗,快想想放到哪了。"三弟瞪着四弟。

四弟坐在土堆上,已经累得没劲说话。眼睛望着墙,愣望了一阵,站起来,举个木棍踮起脚尖在墙中间画了一个斧头形状。我和三弟你一锨我一锨,挖到墙中间时,看见那把小斧头平躺在墙体里,像是睡着了似的。

斧头掏出后留下的那个窟窿,我们用湿土塞住,用手按瓷实。可是土一干边缘便裂开很宽的缝隙,没过多久就脱落下来。我们再没去管它,又过了许久,也许是一两年,或者三五年,那个窟窿竟通了,变成一个洞。三弟说是猫挖通的,有一次他看见黑猫趴在这个窟窿上挖土。我说不是,肯定是风刮通的。我第一次扒在这个洞口朝外望时,一股西风猛蹿进来,水桶那么粗的一股风,夹带着土。其他的风正张狂地翻过院墙,顷刻间满院子是风,树疯狂地摇动,筐在地上滚,一件蓝衣服飘起来,袖子伸开，像个半截身子的人飞在天上。我贴着墙，挨着那个洞站着。风吹过它时发出"喔喔"的声音，像一个人鼓圆了嘴朝远处喊。夜里刮风时这个声音很吓人，像在喊人的魂，听着听着人便走进一场遥远的大风里。

后来我用一墩骆驼刺把它塞住，根朝里，刺朝外，还在上面糊了两锨泥，刮风时那种声音就没有了。我们搬家那天看见院墙上蹲着坐着好些人，才突然觉得这个院子再不是我们的了，那些院墙再也阻挡不住什么，人都爬到墙头上了。我们在的时候从没有哪个外人敢爬上院墙。从它上面翻进翻出的，只有风。在它头上落脚、身上栖息的只有鸟和蜻蜓。

现在那些蜻蜓依旧爬在墙上晒太阳，一动不动。它们不知道打这堵墙的人回来了。

如果没有这堵墙，没有二十年前那一天的劳动，这个地方可能会长几棵树、一些杂草。也可能光秃秃，啥也没有。

如果我乘黑把这堵墙移走，明天蜻蜓会不会飞来，一动不动，爬在空气上。

如果我收回二十年前那一天（那许多年）的劳动，从这个村庄里抽掉我亲手给予它的那部分——韩三家盖厨房时我帮忙垒的两层土块抹的一片墙泥、冯七家上屋梁时我从下面抬举的一把力气、我砍倒或栽植的树、踏平或踩成坑凹的那段路、我收割的那片麦地、乘夜从远处引来的一渠水、我说过的话、拴在门边柱子上的狗、我吸进和呼出的气、割草喂饱的羊和牛——黄沙梁会不会变成另个样子。

或许已经有人，从黄沙梁抽走了他们给予它的那部分。有的房子倒了，有的路不再通向一个地方，田野重新荒芜，树消失或死掉。有的墙上出现豁口和洞，说明有人将他们垒筑的那部分抽走了。其他人的劳动残立在风雨中。更多的人，没有来得及从黄沙梁收回他们的劳动。或许他们忘记了，或许黄沙梁忘记了他们。

过去千百年后，大地上许多东西都会无人认领。

村庄的劲

一个村庄要是乏掉了,好些年缓不过来。首先庄稼没劲长了,因为鸡没劲叫鸣,就叫不醒人,一觉睡到半晌午。草狂长,把庄稼吃掉。人醒来也没用,无精打采,影子皱巴巴拖在地上——人连自己的影子都拖不展。牛拉空车也大喘粗气,一头一头的牛陷在多年前的一个泥潭。

这个泥潭现在干涸了。它先是把牛整乏,牛的活儿全压到人身上,又把人整乏。一个村庄就这样乏掉了。

牛在被整乏的第二年,还相信自己能缓过劲儿来。牛像渴望青草一样渴望明年。牛真憨,总以为明年是一个可以摆脱去年的远地,低着头,使劲跑。可是,第三年牛就知道那个泥潭的厉害了,不管它走哪条路,拉哪架车,车上装草还是沙土,它的腿永远在那片以往的泥潭中,拔不出来。

刘二爷说,牛得死掉好几茬,才能填平那个泥潭。这个泥潭的最底层,得垫上他自己和正使唤的这一茬牲畜的骨头。第二层是他儿子和还未出生那一茬牲畜的骨头。数百年后,曾深陷过我们的大坑将变成一座高山。它同样会整乏那时的人。

过去是一座越积越高，最后无论我们费多大劲都无法翻过的大山。我们在未来遇见的，全是自己的过去。它最终挡住我们。

王四当村长那年，动员全村人在玛纳斯河上压坝，把水聚起来浇地。这事得全村人上阵，少一个都无法完成。仅压坝用料——红柳条1420捆，木桩890根，抬把子800个，铁锹、坎土曼各300把，绳子500根（每根长4米）——就够全村人准备两年。

王五爷出来说话了。

王五爷说，不能把一个村庄的劲全用完。

再大的事也不能把全村人牵扯进去，也不能把牲口全牵扯进去。

有些人的劲是留给明年、后年用的。有些人，白吃几十年饭，啥也不干。不能小看这种人，他干的事我们看不清，多少年后我们才有可能知道他在往哪儿用劲。

确实这样，一个没有劲的村庄里，真有一两个有劲的人，在人们风风火火干大事的年代，这个人垂头丧气，无所事事。他把劲攒下了。

现在，所有人都疲乏得抬不起头时，这个人的腰突然挺直了，他的劲一下子派上用途。那些没劲的人扔在路边的木头，没力气收回的粮食，都被这个有劲的人弄了回来，他空荡多年的院子顷刻间堆满东西。

这个人是谁我就不说了,他没有名字。

因为他从不跟村里人一块干事情,就没人叫过他名字。他等这一天肯定等了好多年,别人去北沙漠拉柴火,到西戈壁砍胡杨树,他躺在路边的土堆上,像个累坏的人,连眼睛都没力气睁大。有柴火、木头的地方越来越少,那些人就越走越远,在几十里几百里外砍倒大树,扔掉枝丫,把粗直的干锯成木头装上车。在千里外弄到磨盘或铁钻子。这些好东西一天天朝村庄走近,人马一天天耗掉力气。那些路有多远谁也说不清楚。即使短短一截路,长年累月,反反复复地跑,也跑成了远路。那些负载重物的人马,有些就在离村子不远处,人累折腰,牲口跑断腿,车散架,满载的东西扔到一边。离村庄不远的路上,扔着好多好东西,人们没力气要它了。

有些弄到门口的大东西,比如大木梁,也没劲担到墙壁,任其在太阳下干裂、朽掉。

村子里看见最多的是没封顶的房子,可以看出动工前的雄心,厚实的墙基,宽大的院子,坚固的墙壁,到了顶上却只胡乱搭个草棚,或干脆朝天敞着。人在干许多事情前都没细想过自己的寿命和力气。有些事情只是属于某一代人,跟下一辈人没关系。尽管一辈人的劲用完了,下一辈人的劲又攒足了。但上辈人没搬动的一块石头,下辈人可能不会接着去搬它。他们有自己的事。

一个村庄某一些年朝哪个方向哪些事上用劲,从村庄的架势可以看出来。从路的方向和路上的尘土可以看出来，从人鞋底上的泥土一样能看出来。

有一些年西边的地荒掉了，朝西走的路上长满草，人被东边的河湾地吸引，种啥成啥，连新盖的房子都门朝东开。村里的地面变成褐黄色，因为人的鞋底和牲口的蹄子，从河湾带回太多的褐黄泥土。又过了几年，人们撂荒东边的地，因为常年浇灌含碱的河水让地变成碱滩，北沙漠的荒滩又成了人挥锨舞锄的好场所。村里的地面也随之变成银灰的沙子色。

并不是把村里所有人和牲口的劲全加起来，就是村庄的劲。如果两个村庄打一架，也不能证明打赢的那个村子就一定劲大。一个村庄的劲有时蓄在一棵树上，在一地节关粗壮的苞谷秆上，还有可能在一颗硕大的土豆上。

村庄每时每刻都在使劲。鸟的翅膀、炊烟、树、人的头发和喊叫，这些在向上用劲，而根、房基、死人、人的年龄都往下沉。朝各个方向伸出去的路，都只会把村庄固定在原地。

一个人要找到自己的劲，就有奔头了。村庄也这样，光狠劲吃粮食不行。

远远的敲门声

一

我时常怀想起这样一个场景:我从屋里出来,穿过杂草拥围的沙石小路,走向院门……我好像去给一个人开门,我不知道来找我的人是谁。敲门声传到屋里,有种很远的感觉。我一下就听出是我的院门发出的声音——它不同于村里任何一扇门的声音——手在不规则的门板上的敲击声夹杂着门框松动的哐啷声。我时常在似睡非睡间,看见自己走在屋门和院门之间的那段路上。透过木板门的缝隙,隐约看见一个晃动的人影。有时敲门人等急了,会扯嗓子喊一声。我答应着,加快步子。有时来人在外面跳个蹦子,我便看见一个认识或不认识的人头猛然蹿过墙头又落下去,我紧走几步。但在多少次的回想中,我从没有走到院门口,而是一直在屋门和院门间的那段路上。

我不理解自己为什么牢牢记住了这个场景,每当想起它,都会有种依依不舍、说不出滋味的感觉。后来,有事无事,我都喜欢让这个情节浮现在脑海里，我知道这种回味对我来说已经是一种享受。

我从屋门出来，走向院门……两道门之间的这段距离，是我一直不愿走完、在心中一直没让它走完的一段路程。

多少年后我才想明白：这是一段家里的路。它不同于我以后走在世界任何一个地方。我趿拉着鞋、斜披着衣服，或许刚从午睡中醒来，迷迷糊糊，听到敲门声，屋门和院门间有一段距离，我得走一阵子才能过去。在很长一段年月中，我拥有这样的两道门。我从一道门出来，走向另一道门——用一根歪木棍牢牢顶住的院门。我要去打开它，看看是谁，为什么事来找我。我走得轻松自在，不像是赶路，只是在家园里的一次散步。一出院门，就是外面了。马路一直在院门外的荒野上横躺着，多少年后，我就是从这道门出去，踏上满是溏土的马路，变成一个四处奔波的路人。

二

那是我离开父母独立生活的第四个年头。我在一个城郊乡农机站当管理员。一切都没有理出头绪，我正处在一生中最散乱的时期。整天犹犹豫豫，不知道自己该干什么，能干成什么。诗也写得没多大起色，虽然出了一本小诗集，但我远没有找到自己。

我想，还是先结婚吧。婚是迟早要结的，况且是人生中数得过来的几件大事之一，办完一件少一件。

现在我依然认为这个选择是多么正确。当时若有一件更大更重要的事把结婚这件事耽搁了，那我的这辈子可就逊色多了。我可能正生活在别的地方，干着截然不同的事，和另一个女人生儿育女，过着难以想象的日子。那将是多大的错误。

我这一生干得最成功的一件事，是娶了我现在的妻子。她是这一带最好最美的女子，幸亏我早下手，早早娶到了她。不然，像我这样的人哪配有这种福分。尤其当我老了之后，坐在依然温柔美丽的妻子身旁，回想几十年来那些平常温馨的日日夜夜，这是我沧桑一生的唯一安慰。我没有扔掉生活，没有扔掉爱。

那时正是为了结婚，为了以后的这一切，我开始了一生中第一件大工程：盖房子。

三

妻子在县城一家银行工作，我想把房子盖得离她近一些。

我找到了城郊村的村长阿不拉江，他是我的朋友，我给他送了一只羊，他非常够朋友地指给我村庄最后面的一块地方。

那是一个淤满细沙的沟，有一小股水从沟底流到村后的田野里。我坐在沟沿上犹豫了半天，最后还是决定动手吧。

我从邻村叫来了一辆推土机，用了整整一天时间把沟填平。那时我管着这一带拖拉机的油料供应，驾驶员们都愿意帮我的忙。

砌房基的时候，过来一个放羊老汉。他告诉我，这条沟是个老河床，不能在上面盖房子。我问为啥，他说河水迟早还要来，你不能把水道堵了。我问他河水多久没走这个道了。他说已经几十年了。我说，那它再不会走这个道了。水早从别处走了，它把这个道忘了。

放羊老汉没再跟我说下去，他的一群羊已走得很远了，望过去羊群在朝一个方向流动，缓缓地，像有意放慢着流逝的速度，却已经到了远处。

这个跟着羊群走了几十年的老汉，对水也一定有他超乎常人的见解。可惜他追羊群去了。

我还是没敢轻视老汉的话，及时地挖了一个小渠，把沟底的那股水引过去。我看着水很不情愿地从新改的渠道往前流，流了半个小时，才绕过我的宅基地，回到房后的老渠道里。水一进老渠道，一下子流得畅快了。

我让水走了一段弯路，水会不会因此迟到呢。

水流在世上，也许根本没有目的。尤其这些小渠沟里的水，我随便挖两锨就能把它引到别处去。遇到房子这样的大东西，水只能绕着走。我不知道时间是怎样流过村庄的。它肯定不会像水一样、路一样绕过一幢幢房子一个个人。时间是漫过去的。我一直想问问那个放羊人，他看到时间了吗。在时间的河床上我能不能盖一间房子。

但在这条旧河床上我盖起了一院新房子。我在这个院子里成了家，有了一个女儿，我们一起度过了多年的幸福安逸生活。

四

第一次听到敲门声，是在房子盖好后第二年的夏天，我刚安上院门不久。

我的房子后面有一个大坑，是奠房基时挖的，有一人多深，坑底长着枯黄的杂草。我常下到坑里方便，有几次被过路人看见，让我很不心安。我想，要是坑里的草长高长密些，我蹲进去就不会担心了。

在一个下午，我挖了一截渠，把小渠沟的水引到坑里。这个大坑好像没有底似的，水淌进去冒个泡就不见了。我也没耐心等，第二天也没去管它。到了第三天中午，我正收拾菜地，院门响了，我愣了一下。院门又响了起来，比上次更急。我慌忙扔下活走过去，移开顶门棍，见一个扛锨的人气冲冲地站在门口。

"是你把水放到坑里的？"

我点了点头。

"我的十几亩地全靠这点水浇灌，你却把它放到坑里泡石头，你不想让我活命了是不是。"

他越说越激动，那架势像要跟我打架。我害怕他肩上的铁锹，赶紧笑着把他让进院子，摘了两根黄瓜递给他，解释说，我以为水是闲流着呢。水在房子边上流了几年都没见人管过。

"哪有闲流的水啊。"他的语气缓和多了。

"老早以前那水才叫闲流呢，那时你住的这个房子下面就是一条河，一年四季水白白地流，连头都不回。后来，来了许多人在河边开荒种地，还建起了村子。可是，地没种多少年，河水没了。水不知流到哪去了，把这一带的土地都晾干了。"

他边说边巡视我的院子，好像我把那一河水藏起来了。

"那你觉得，河水还会不会再来。"我想起那个放羊老汉的话，随便问了一句。

他一撇嘴："你说笑话呢。"

我一直没有顺着这条小渠走到头，去看看这个人种的地。不知道他收的粮够不够一家人吃。春天的某个早晨我抬起头，发现屋后的那片田野又绿了。秋天的某个下午它变黄了。我只是看两眼而已。我很少出门。从那以后来找我的人逐渐多起来，敲门声往往是和缓轻柔的。我再不像第一次听到自己的门被人敲响时那样慌忙。我在一阵阵的敲门声中平静下来。有时院门一天没人敲，我会觉得清寂。

我似乎在这里等待什么。盖好房子住下来等，娶妻生女一块儿等，却又不知等待的到底是什么。

门响了，我走过去，打开门，不是。是一个邻居，来借东西。

门又响了……还不是。是个问路的人，他打问一个我不知道的地方。我摇摇头。过了一会儿,邻居家的门响了。

其实那段岁月里我等来了一生中最重要的东西。只是我自己浑然不知。

我的女儿一天天长大,变得懂事而可爱。妻子完全适应了跟我在一起的生活,她接受了我的闲散、懒惰和寡言。我开始了我的那些村庄诗的写作。我最重要的诗篇都是在这个院子里完成的。

有一首题为《一个夜晚》的小诗,记录了发生在这个院子里一个夜晚的平凡事件。

你和孩子都睡着了
妻　这个夜里
我听见我们的旧院门
被风刮开
外面很不安静
我们的老黄狗
在远远的路上叫了两声
我从你身旁爬起来
去关那扇院门

我们的院子
有一辆摔破的老马车
和一些去年的干草

矮矮的土院墙围在四周

每天进来出去

我们都要把院门关好

用一根歪木棍牢牢顶住

我们一直活得小心翼翼

没有更多东西

放在院子

妻 这个夜里

若你一个人醒来

听见外面很粗很粗的风声

那一定是我们的旧院门

挡住了什么

风在夜里刮得很费劲

这种夜晚你不要一个人睡醒

第二天早晨我们一块儿出去

看刮得干干净净的院子

几片很远处的树叶

落到窗台上

你和女儿高兴地去捡

许多年后,重读这首诗的时候,我被感动了。这个平凡的小事件在我心中变得那么重大而永恒。读着这首诗，曾经的那段生活又完整地回来了。

五

那是一个冬天的早晨，我打开屋门，看见院内积雪盈尺，院门大敞着。一夜的大风雪已经停歇，雪从敞开的大门涌进来，在墙根积了厚厚一堆。一行动物的脚印清晰地留在院子里。看得出，它是在雪停之后进来的，像个闲散的观光者，在院子里转了一圈，还在墙角处撕吃了几口草，礼节性地留下几枚铜钱大的黑色粪蛋儿，权当草钱。我追踪到院门外，看见这行蹄印斜穿过马路那边的田野，一直消失在地尽头。这是多么遥远的一位来客，它或许在风雪中走了一夜，想找个地方休息。它巡视了我的大院子，好像不太满意，或许觉得不安全，怕打扰我的生活。它不知道我是个好人，只要留下来，它的下半生便会像我一样悠闲安逸，不再东奔西跑了。我会像对我的鸡、牛和狗一样对待它的。

可是它走了，永远不会再走进这个院子。我像失去了一件自己未曾留意的东西，怅然地站了好一阵。

另外一个夜晚，我忘了关大门。早晨起来，院子里少了一根木头。这根木头是我从一个赶车人手里买来的，当时也没啥用处，觉着喜欢就买下了。我想好木头迟早总会派上好用处。

我走出院门看了看,大清早的,路上没几个人。地上的脚印也看不太清。我爬上屋顶,把整个村子观察了一遍,发现村南边有一户人正在盖房子,墙已经砌好了,几个人站在墙头上吆喝着上大梁。

我从房顶下来,背着手慢悠悠地走过去,没到跟前便一眼认出我的那根木头,它平展展地横在房顶上,因为太长,还被锯掉了一个小头。我看了一眼站在墙头上的几个人,全是本村的,认识。他们见我来了都停住活,呆呆地立在墙上。我也不理他们,两眼直直地盯住我的木头,一声不吭。

过了几分钟,房主人——一个叫胡木的干瘦老头勾着腰走到我跟前。

"大兄弟,你看,缺根大梁,一时急用买不上,大清早见你院子里扔着一根,就拿来用了,本打算等你睡醒了去给你送钱,这不……"说着递上几张钱来。我没接,也没吭声,一扭头原背着手慢悠悠地回来了。

快中午时,我正在屋子里想事情,院门响了,敲得很轻,听上去远远的。我披了件衣服,不慌不忙地走过去,移开顶门的木棒。胡木家的两个儿子扛着根大木头直端端进了院子。把木头放到墙根,而后走到我跟前,齐齐地鞠了一躬,啥都没说就走了。

我过去看了看,这根木头比我的那根还粗些,木质也不错。我用草把它盖住,以防雨淋日晒。后来有几个人看上了这根木头,想买去做大梁,都被我拒绝了。我想留下自己用,却一直没派上用场,这根木头就这样在墙根躺了许多年,最后朽掉了。

我离开那个院子时，还特意过去踢了它一脚。我想最好能用它换几个钱。我不相信一根好木头就这样完蛋了。我弓下身把木头翻了个个，结果发现下面朽得更厉害，恐怕当柴火都烧不出烟火了。

这时，我又想起了被那户人家扛去做了大梁的那根木头，它现在怎么样了呢。

一根木头咋整都是几十年的光景，几十年一过，可能谁都好不到哪去。

我当时竟没想通这个道理。我有点可惜自己，不愿像那根木头一样朽在这个院子里。我离开了家。再后来，我就到了一个乌烟瘴气的城市里。我常常坐在阁楼里怀想那个院子，想从屋门到院门间的那段路。想那个红红绿绿的小菜园。那棵我看着它长大的沙枣树……我时常咳嗽，一到阴天就腿疼。这时我便后悔自己不该离开那个院子满世界乱跑，把腿早早地跑坏。我本来可以自然安逸地在那个院子里老去。错在我自视太高，总觉得自己是块材料，结果给用成这个样子。

现在我哪都去不了了，唯一的事情就是修理自己，像修理一架坏掉的老机器，这儿修好了，那儿又不行了。生活把一个人用坏便扔到一边不管了，剩下的都是你自己的事了。

我也像城市人一样，在楼房门外加一道防盗门，两门间仅一拳的距离，有人找我，往往不敲外边的铁制防盗门，而是把手伸进来，直接敲里面的木门。我一开门就看见楼梯，一迈步就到外面了。

生活已彻底攻破了我的第一道门，一切东西都逼到了跟前。现在，我只有躲在唯一的一道门后面。

一切都没有过去

我对库车的兴趣缘于许多年前的一次南疆之行。那时我刚从新疆北部一个偏僻小村庄走出，天山以南的南疆于我还是一片完全陌生的地域，我对迎面而来的更广阔无边的戈壁荒漠惊叹不已。那是一次漫长而紧促的行旅。几千公里的路途，几乎没有在哪儿停顿过，沿途一阵风一样穿过的那些维吾尔族人居住的村落城镇，就像曾经的梦境般熟悉亲切。低矮破旧的土房子、深陷沙漠的小块田地、环屋绕树的袅袅炊烟，以及赶驴车下地的农人——仿佛我是生活其中的一个人，又永远地置身其外。一切都像一场梦一样飘忽，一阵风一样没有着落。也许为弥补那次行旅的紧促，梦中我又沿那条长路走过无数次。

我记得我们在一个周五的黄昏到达库车老城，满街的毛驴车正在散去。那是老城每周一次的巴扎（集市）日。我们停车在库车河边，在写有"龟兹古渡"桥头旁的一家维吾尔饭馆吃晚饭，街上一片零乱，没卖掉的农具、手工制品和农产品正被收拾起来，装上毛驴车。赶集的人渐渐走散，消失在夕阳尘土里，临街的门窗悄然关闭，仿佛库车的热闹到此为止。只有街对面，一位维吾尔族妇女依旧端坐在那里，她的褐色纱巾一直垂到膝盖，卖剩的半筐馕摆在面前，街上离散的人群似乎跟她没有关系。

那时我对库车的历史知之甚少，现在仍不会知道更多。除了史书上有关库车——古龟兹国的一些片段文字，以及残存在这块土地上让人吃惊的千佛洞窟和古城遗址，库车的历史从来就没被谁清晰地看见过。

而比历史更近的，坐在街边卖馕的那个维吾尔族妇女的生活，已经离我十分遥远了。在我看来。她披在头上的纱巾并不比两千年的历史帷幕单薄。她从哪里来，她叫什么名字，在这座老城的低矮土巷里，她过着怎样一种生活。她的红柳条筐是千年前的模样，她卖剩的馕仿佛放了几个世纪。还有，那纱巾后面，一双怎样的眼睛在看着我们，看着这个黄昏人世。

我禁不住走过去，向她买一块馕。多少钱一个？我想听见纱巾背后的声音，却没有，她只微微抬臂，伸出一个指头。我递给她一块钱。

那块馕上肯定落了一天的尘土，我看不见。馕是麦黄色的。她递给我时用手拍打了两下，我接过来，也学她的样子拍打两下，又嘴对着吹了几口，也不见有土吹打下来，只有昏黄的暮色落在上面。

我转过身。街上已经空荡荡了，临街的几家饭馆亮起了灯。我们原打算在库车住一夜。吃了一大盘抓饭后，都有了精神，便又决定继续赶路,库车城就这样埋在身后的长夜里。

那时我想,我或许是一个运气不好的人,紧赶慢赶,赶在了一个黄昏末世。我喜欢的那些延续久远的东西正在消失,而那些新东西,过多少年才会被我熟悉和认识。我不一定会喜欢未来,我渴望在一种人们过旧的年月里安置心灵和身体。如果可能,我宁愿把未来送给别人,只留下过去,给自己。

库车老城是一处难得的昔年旧址。我想象中的古老生活,似乎就在那些土街土巷里完整地保存着。有时我会想起那个卖馕的维吾尔族妇女,她纱巾后面的一双眼睛,她永远卖不完、剩下一个等着谁的麦黄圆馕。想起摆在老城街边的手工农具、铜器,那一切,会不会在我偶然途经的那个黄昏,永远消失?

直到这次,我再来到库车,看到多年前我一晃而过的老城还在那里。穿城而过的库车河,龟兹古渡,清真寺,满街的毛驴车,仿佛时光在这里停住,一切都没有过去,只有我的年华在流失。

随着中年来临,我正一点点地接近那些古老事物。我和它们就像曾经沧海的一对老人一样一见如故。我走了那么多地方,看了那么多书,思考了那么多事情,到头来我的想法和那个坐在街边打盹的老人一模一样。你看他一动不动,就到了我一辈子要走到的地方。

而我,还在半路上呢。

托包克游戏

吐尼亚孜给我讲过一种他年轻时玩的游戏——托包克。游戏流传久远而广泛，不但青年人玩，中年人、老年人也在玩。因为游戏的期限短则二三年，长则几十年，一旦玩起来，就无法再停住。有人一辈子被一场游戏追逐，到老都不能脱身。

托包克游戏的道具是羊腿关节处的一块骨头，叫羊髀矢，像色子一样有六个不同的面，常见的玩法是打髀矢，两人、多人都可玩。两人玩时，你把髀矢立在地上，我抛髀矢去打，打出去三脚远这块髀矢便归我。打不上或没打出三脚，我就把髀矢立在地上让你打，轮回往复。从童年到青年，几乎每个人都拥有过一书包各式各样的羊髀矢，染成红色或蓝色，刻上字。到后来又都输得精光，或丢得一个不剩。

另一种玩法跟掷色子差不多。一个或几个髀矢同时撒出去，看落地的面和组合，髀矢主要的四个面分为窝窝、背背、香九、臭九，组合好的一方赢。早先好赌的人牵着羊去赌髀矢，围一圈人，每人手里牵着根绳子，羊跟在屁股后面，也伸进头去看。几块羊腿上的骨头，在场子里抛来滚去，一会儿工夫，有人输了，手里的羊成了别人的。

托包克的玩法就像打髀矢的某个瞬间被无限延长、放慢，一块抛出去的羊髀矢，在时间岁月中飞行，一会儿窝窝背背，一会儿臭九香九，那些变幻人很难看清。

吐尼亚孜说他玩托包克，输掉了五十多只羊。吐尼亚孜是库车城里有点名气的铜匠兼木卡姆歌手，常受邀演出木卡姆，也接触过上层社会里一些有脑子的人。他的托包克游戏，便是跟一个有脑子的人一起玩的。在他们约定的四十年时间里，那个跟他玩托包克的人，只给了他一小块羊骨头，便从他手里牵走了五十多只羊。

真是小心翼翼、紧张却有趣的四十年。一块别人的羊髀矢，藏在自己腰包里，要藏好了，不能丢失，不能放到别处。给你髀矢的人一直暗暗盯着你，稍一疏忽，那个人就会突然站在你面前，伸出手：拿出我的羊髀矢。你若拿不出来，你的一只羊就成了他的。若从身上摸出来，你就赢他的一只羊。

托包克的玩法其实就这样简单。一般两人玩，请一个证人，商量好，我的一块羊髀矢，刻上记号交给你。在约定的时间内，我什么时候要，你都得赶快从身上拿出来，拿不出来，你就输，拿出来，我就输。

关键是游戏的时间。有的定两三年，有的定一二十年，还有定五六十年的。在这段漫长的相当于一个人半生甚至一生的时间里，托包克游戏可以没完没了地玩下去。

吐尼亚孜说他遇到真正玩托包克的高手了，要不输不了这么多。

第一只羊是他们订好协议的第三天输掉的，他下到库车河洗澡，那个人游到河中间，伸出手要他的羊髁矢。

输第二只羊是他去草湖割苇子。那时他已有了经验，在髁矢上系根皮条，拴在脚脖上。一来迷惑对方，使他看不见髁矢时，贸然地伸手来要，二来下河游泳也不会离身。去草湖割苇子要四五天，吐尼亚孜担心髁矢丢掉，便解下来放在房子里，天没亮就赶着驴车去草湖了。回来的时候，他计算好到天黑再进城，应该没有问题。可是，第三天中午，那个人骑着毛驴，在一人多深的苇丛里找到了他，问他要那块羊髁矢。

第三只羊咋输的他已记不清了。输了几只之后，他就想方设法赢回来，故意露些破绽，让对方上当。他也赢过那人两只羊，当那人伸手时，他很快拿出了羊髁矢。可是，随着时间推移，吐尼亚孜从青年步入中年。有时他想停止这个游戏，又心疼输掉的那些羊，老想着扳本儿。况且，没有对方的同意，你根本就无法擅自终止，除非你再拿出几只羊来，承认你输了。有时吐尼亚孜也不再把年轻时随便玩的这场游戏当回事儿了，甚至一段时间，那块羊髁矢放哪了他都想不起来。结果，在连续输掉几只肥羊后，他又在家里的某角落找到了那块羊髁矢，并且钻了个孔，用一根细铁链牢牢拴在裤腰带上。吐尼亚孜从那时才清楚地认识到，那个人可是认认真真在跟他玩托包克。尽管两个人的青年已过去，中年又快过去，那个人可从没半点儿跟他开玩笑的意思。

有一段时间，那个人好像装得不当回事儿了。见了吐尼亚孜再不提托包克的事，有意把话扯得很远，似乎他已忘了曾经给过吐尼亚孜一块羊髀矢。吐尼亚孜知道那人又在耍诡计，麻痹自己。他也将计就计，髀矢藏在身上的隐秘处，见了那人若无其事。有时还故意装得心虚紧张的样子，就等那人伸出手来，向他要羊髀矢。

那人似乎真的遗忘了，一年、两年、三年过去了，都没向他提过羊髀矢的事，吐尼亚孜都有点绝望了。要是那人一直沉默下去，他输掉的几十只羊，就再没机会赢回来了。

那时库车城里已不太兴托包克游戏。不知道小一辈人在玩什么，他们手上很少看见羊髀矢，宰羊时也不见有人围着抢要那块腿骨，它和羊的其他骨头一样随手扔到该扔的地方。扑克牌和汉族人的麻将成了一些人的热手爱好，打托拉斯、跑得快、诈金花，看不吃自摸和。托包克成了一种不登场面的隐秘游戏。只有在已成年或正老去的一两代人中，这种古老的玩法还在继续。磨得发亮的羊髀矢在一些人身上隐藏不露。在更偏远的农牧区，靠近塔里木河边的那些小村落里，还有一些孩子在玩这种游戏，一玩一辈子，那种快乐和担惊受怕我们无法知道。

随着年老体弱，吐尼亚孜的生活越来越不好过，儿子长大了，没地方去挣钱，还跟没长大一样需要他养活。而他自己，除了偶尔被人请去唱一场木卡姆，给个小红包，再就是花一礼拜时间打一只铜壶，卖几十块钱，也再没挣钱的地方了。

这时他就常想起输掉的那几十只羊，要是不输掉，养到现在，也一大群了。想起跟他玩托包克的那个人，因为赢去的那些羊，他已经过上好日子，整天穿戴整齐，出入上层场所，已经很少走进这些老街区，来看以前的穷朋友了。

有时吐尼亚孜真想去找到那个人，向他说，求求你了，快向我要你的羊髀矢吧，但又觉得不合时宜。人家也许真的把这件早年游戏忘记了，而吐尼亚孜又不舍得丢掉那块羊髀矢，他总幻想着那人还会向他伸出手来。

吐尼亚孜和那个人长达四十年的托包克游戏，在一年前的秋天终于到期了。那个人带着他们当时的证人，一个已经胡子花白的老汉来到他家里，那是他们少年时的同伴，为他们作证时还是嘴上没毛，十六七岁的小伙子。三个人回忆了一番当年的往事，证人说了几句公证话，这场游戏嘛就算吐尼亚孜输了。不过，玩嘛，不要当回事，想再玩还可以再定规矩重新开始。

吐尼亚孜也觉得无所谓了。玩嘛，什么东西玩几十年也要花些钱，没有白玩儿的事情。那人要回自己的羊髀矢，吐尼亚孜从腰带上解下来，那块羊髀矢已经被他玩磨得像玉石一样有光泽。他都有点舍不得给他，但还是给了。那人请他们吃了一顿抓饭烤包子，算是对这场游戏圆满结束的庆祝。

为啥没说出这个人的名字，吐尼亚孜说，他考虑到这个人就在老城里，年轻时很穷，现在是个有头面的人物，光羊就有几百只，雇人在塔里木河边的草湖放牧。而且，他还在玩着托包克游戏，同时跟好几个人玩。在他童年结束，刚进入青年的那会儿，他将五六块刻有自己名字的羊髀矢，给了城里的五六个人，他同时还接收了别人的两块羊髀矢。游戏的时间有长有短，最长的定了六十年，到现在才玩到一半。对于那个人，吐尼亚孜说，每块羊髀矢都是他放出去的一群羊，它们迟早会全归到自己的羊圈里。

在这座老城，某个人和某个人，还在玩着这种漫长古老的游戏，别的人并不知道。他们衣裤的小口袋里，藏着一块有年有月的羊髀矢。在他们年轻不太懂事的年龄，凭着一时半会儿的冲动，随便捡一块羊髀矢，刻上名字，就交给了别人。或者不当回事地接收了别人的一块髀矢，一场游戏便开始了，谁都不知道游戏会玩到什么程度。青年结束了，游戏还在继续。中年结束了，游戏还在继续。

生活把一同长大的人们分开，让他们各奔东西，做着完全不同的事。一些早年的伙伴，早忘了名字相貌。青年过去，中年过去，生活被一段一段地埋在遗忘里。直到有一天，一个人从远处回来，找到你，要一块刻有他名字的羊髀矢，你怎么也想不起来，他提到的证人几年前便已去世。他说的几十年前那个秋天，你们在大桑树下的约定仿佛是一个跟自己毫无关系的故事。你在记忆中找不到那个秋天,找不到那棵大桑树,也找不到眼前这个人的影子,你对他提出的给一只羊的事更是坚决不答应。那个人只好起身走了。离开前给你留了一句话:哎,朋友,你是个赖皮,亲口说过的事情都不承认。

你的自尊心受到了伤害。白天心神不宁,晚上睡不着觉,整夜整夜地回忆往事。过去的岁月多么辽阔啊,你差不多把一生都过掉了,它们埋在黑暗中,你很少走回去看看。你带走太阳,让自己的过去陷入黑暗,好在回忆能将这一切照亮。你一步步返回的时候,那里的生活一片片地复活了。终于,有一个时刻,你看见那棵大桑树,看见你们三个人,十几岁的样子,看见一块羊髀矢,被你接在手里。一切都清清楚楚了。你为自己的遗忘羞愧、无脸见人。

第二天,你早早地起来,牵一只羊,给那个人送过去。可是,那人已经走了。他生活在他乡远地,他对库车的全部怀念和记忆,或许都系在一块童年的羊髀矢上,你把他一生的念想全丢掉了。

还有什么被遗忘在成长中了,在我们不断扔掉的那些东西上,带着谁的念想,和比一只羊更贵重的誓言承诺。生活太漫长,托包克游戏在考验着人们日渐衰退的记忆。现在,这种游戏本身也快被人遗忘了。

五千个买买提

巴扎日,站在库车河大桥上喊一声买买提,至少有五千个人答应。

维吾尔人重名多。无论走到南疆哪座城镇、哪个乡村,都有许多叫库尔班、司马义、玉素甫这些名字的人。

叫买买提的人就更多了。

库车老城短短的一条小街上,就有几十个做生意的买买提。这么多买买提怎么区分呢。我的维语翻译库尔班·买买提是县政府退休干部,他父亲就叫买买提。维吾尔人的起名习惯是把父亲的名字缀在后面。库尔班在库车工作生活了几十年,他认识的买买提就有上千个。一天我们转累了,在老城街边的"买买提饭馆"吃烤包子,然后就听他讲起有关买买提的故事。

这家饭馆的老板就叫买买提,你看,脖子上搭块毛巾,又黑又壮的那个,人们叫他"喀拉买买提",意思是"黑买买提"。那个倒茶的伙计,白白胖胖的,都叫他"阿克买买提"(白买买提)。

街对面那两个卖馕的买买提，一大一小，大的叫"琼买买提"（大买买提），小的叫"克齐克买买提"（小买买提）。大家都这样叫，他们也就接受了。要不然没办法，叫一个买买提，过来一群。

还有按职业来区分的。街南边，那个小巷子里打铁的买买提叫"铁匠买买提"。整天穿着制服，在街上收税的买买提叫"工商局的买买提"。斜对过的市场里，一排坐着五个鞋匠，其中有两个买买提。如果都叫"鞋匠买买提"，便又分不清了。正好一个从轮台来的，轮台的补鞋生意全叫内地来的鞋匠抢了，他只好跑到库车。库车老城的鞋匠全是维吾尔族人，他们牢牢占据着墙根街角的有利位置，靠一毛钱两毛钱的小生意维持生计。人们叫他"买买提比古勒"（轮台的买买提）。

更多的是以外号来区分，这条街上几乎每个人都有外号。

街那头，拐过去那条小巷子里，有个做驴拥子的买买提，有名的酒鬼，做一个驴拥子，能喝掉两瓶酒。他的驴拥子顶多能换回酒钱。

所以，做了大半辈子皮活儿，还是个穷光蛋。

他做驴拥子时，酒瓶子酒碗放在身边，缝几针，喝一口。一拃长的大铁针，穿上鞋带一般粗的皮条线，针用得发烫了就伸进酒碗里蘸一下。买他的驴拥子根本不用看，鼻子凑上去闻一下，一股酒香气，压过皮子的膻臊味。这样的拥子驴也爱戴，人自然喜欢买。有趣的是，买买提酒喝得越多，皮活儿做得越细。两瓶酒下肚，身子不晃，手不抖，针脚走得又匀又细，驴拥子上的酒香味也更足。人们给他的外号叫"肖旁"(酿酒房)——买买提肖旁。

还有一个买买提,整天没事干,在街上闲转,看哪家饭馆哪个烤肉摊上有认识的人,就凑上去白吃白喝。人们都叫他"哈勒达"(口袋)。

另外一个爱混饭吃的买买提,混了一个"波劳"(抓饭)的外号。他的真名都没人叫了。

早几年,街上有个卖烤肉的买买提,每逢巴扎日,他的烤肉摊前便摆满卖衣服杂货的地摊。他发现有个卖"卡拉西"(套鞋)的,生意特好,他卖十串烤羊肉,人家就卖两三双套鞋,他过去一打问,人家卖一双套鞋挣的钱,比他卖十串烤肉的利润还高。买买提一下子动了心,烤肉炉子停掉,租了辆卡车,从乌鲁木齐贩了一车"卡拉西",堆在烤肉炉子旁叫卖。

当地的维吾尔人喜欢在鞋或靴子外套一双鞋,主要为了保护皮靴子。套鞋多用橡胶制作,一种圆头的叫"玉德克卡拉西",套在马靴或皮鞋外面穿。一种尖头的叫"买赛卡拉西",套在较体面的软底皮靴上,多为老年人和阿訇穿。伊斯兰教徒到清真寺做礼拜,要脱鞋才能进大殿。如果穿高勒皮鞋,外面套套鞋,只需脱掉套鞋便可进入,没穿套鞋的则要全部脱掉。

到维吾尔人家做客,有穿鞋上炕的习惯,光脚上炕被认为是不礼貌。炕上铺地毯或花毡,穿鞋上去很容易弄脏。所以,有了套鞋便方便了,上炕只需脱掉套鞋就可以了。

那些土巷土路上行走的维吾尔人,雨天蹚泥,晴天蹚土,幸亏有一双套鞋护着鞋子。维吾尔人爱惜自己的鞋子，一双好皮靴穿半辈子，套鞋磨破一双又一双，皮靴的底还好好的，跟新的一样。

买买提的那一车套鞋却把自己套了进去，他进价太高，没人要。嗓子都叫哑了，也没卖掉几双。全库车人都知道这条街上有个卖烤肉的买买提，卸了一大车卡拉西在卖，却没人过来买一双，人们给他起了个外号，叫"卡拉西"（套鞋）。尽管他现在早不卖套鞋，又架起炉子卖烤肉了，人们还这样叫他，恐怕要叫一辈子。

还有一些买买提，名字后面缀上自己妻子的名字，就像买买提·阿依古丽、买买提·热依汗。都是些没名气的买买提，一没特长，二没缺陷，不好区别。妻子的名声都比他大，只好把妻子的名字带上，不然就混到千万个买买提中找不见了。

女人的重名更多。库车四十万人，二十万女人，大概有十万个"古丽"（花朵）。要区分起来，比买买提更复杂，也更有意思。好在我们一辈子认识不了多少个古丽，那些千姿百态争芳斗妍的古丽，见一面就能记住，有多少也不会忘记。

最后的铁匠

铁匠比那些城外的农民们,更早地闻到麦香。在库车,麦芒初黄,铁匠们便打好一把把镰刀,等待赶集的农民来买。铁匠赶着季节做铁活儿,春耕前打犁铧、铲子、刨锄子和各种农机具零件。麦收前打镰刀。当农民们顶着烈日割麦时,铁匠已转手打制他们刨地挖渠的坎土曼了。

铁匠们知道,这些东西打早了没用。打晚了,就卖不出去,只有挂在墙上等待明年。

吐尔洪·吐迪是这个祖传十三代的铁匠家庭中最年轻的小铁匠。他十三岁跟父亲学打铁,今年二十四岁。成家一年多了,有个不到一岁的儿子。吐尔洪说,他的孩子长大后说啥也不让他打铁了,教他好好上学,出来干别的去。吐尔洪说他当时就不愿学打铁,父亲却硬逼着他学。打铁太累人,又挣不上钱。他们家打了十几代铁了,还住在这些破烂房子里,他结婚时都没钱盖一间新房子。

吐尔洪的父亲吐迪·艾则孜也是十二三岁学打铁。他父亲是库车城里有名的铁匠，一年四季，来定做铁器的人络绎不绝。那时的家境比现在稍好一些，妇女们头戴面纱，在家做饭看管孩子，从不到铁匠炉前去干活。父亲的一把锤子养活一家人，日子还算过得去。吐迪也是不愿跟父亲学打铁，没干几天就跑掉了。他嫌打铁锤太重，累死累活挥半天才挣几块钱，他想出去做买卖。父亲给了他一点钱，他买了一车西瓜，卸在街边叫卖。结果，西瓜一半是生的，卖不出去。生意做赔了，才又垂头丧气回到父亲的打铁炉旁。

父亲说，我们就是干这个的，祖宗给我们选了打铁这一行都快一千年了，多少朝代灭掉了，我们虽没挣到多少钱，却也活得好好的。只要一代一代把手艺传下去，就会有一口饭吃。我们不干这个干啥去。

吐迪就这样硬着头皮干了下来，从父亲手里学会了打制各种农具。父亲去世后，他又把手艺传给四个弟弟和一个妹妹。他们又接着往下一辈传。如今在库车老城，他们家族共有十几个打铁的。吐迪的两个弟弟和一个侄子，跟他同在沙依巴克街边的一条小巷子里打铁，一人一个铁炉，紧挨着。吐迪和儿子吐尔洪的炉子在最里边，两个弟弟和侄子的炉子安在巷口，一天到晚炉火不断，铁锤叮叮当当。吐迪的妹妹在另一条街上开铁匠铺，是城里有名的女铁匠，善做一些小农具，活儿做得精巧细致。

吐迪说他儿子吐尔洪坎土曼打得可以，打镰刀还不行，欠点儿功夫。铁匠家有自己的规矩，每样铁活都必须学到师傅满意了，才可以另立铁炉去做活。不然学个半吊子手艺，打的镰刀割不下麦子，那会败坏家族的荣誉。吐迪是这个家族中最年长者，无论说话还是教儿子打镰刀，都一脸严肃。他今年五十六岁，看上去还很壮实。他正把自己的手艺一样一样地传给儿子吐尔洪·吐迪。从打最简单的蚂蟥钉，到打坎土曼、镰刀，但吐迪·艾则孜知道，有些很微妙的东西，是无法准确地传给下一代的。铁匠活儿就这样，锤打到最后越来越没力气。每一代间都在失传一些东西。比如手的感觉，一把镰刀打到什么程度刚好。尽管手把手地教，一双手终究无法把那种微妙的感觉传给另一双手。

还有，一把镰刀面对广阔的田野，各种各样的人。每一把镰刀都会不一样，因为每一只用镰刀的手不一样，每只手的习惯不一样。打镰刀的人，靠一双手，给千万只不一样的手打制如意家什。想到远近田野里埋头劳作的那些人，劲儿大的、劲儿小的，女人、男人、未成年的孩子……铁匠的每一把镰刀，都针对他想到的某一个人。从一块废铁烧红，落下第一锤，到打成成品，铁匠心中首先成形的是用这把镰刀的那个人。在飞溅的火星和叮叮当当的锤声里，那个人逐渐清晰，从远远的麦田中直起身，一步步走近。这时候铁匠手中的镰刀还是一弯扁铁，但已经有了雏形，像一个幼芽刚从土里长出来。铁匠知道它会长成怎样的一把大弯镰，铁匠的锤从那一刻起，变得干脆有力。

这片田野上，男人大多喜欢用大弯镰，一下搂一大片麦子，嚓的一声割倒。大开大合的干法。这种镰刀呈抛物形，镰刀从把手伸出，朝后弯一定幅度，像铅球运动员向后倾身用力，然后朝前直伸而去，刀刃一直伸到用镰者性情与气力的极端处。每把大镰刀又都有微小的差异。也有怜惜气力的人，用一把半大镰刀，游刃有余。还有人喜欢蹲着干活儿，镰刀小巧，一下搂一小把麦子，几乎能数清自家地里长了多少棵麦子。还有那些妇女，用耳环一样弯弯的镰刀，搂过来的每株麦穗都不会散失。

打镰刀的人，要给每一只不同的手准备镰刀，还要想到左撇子、反手握镰的人。一把镰刀用五年就不行了，坎土曼用七八年。五年前在这儿买过镰刀的那些人，今年又该来了，还有那个短胳膊买买提，五年前定做过一只长把子镰刀，也该用坏了。也许就这一两天，他正筹备一把镰刀的钱呢。这两年棉花价不稳定，农民一年比一年穷。麦子一公斤才卖几毛钱。割麦子的镰刀自然卖不上好价。七八块钱出手，就算不错。已经好几年，一把镰刀卖不到十块钱。什么东西都不值钱，杏子一公斤四五毛钱。卖两筐杏子的钱，才够买一把镰刀。因为缺钱，一把该扔掉的破镰刀也许又留在手里，磨一磨再用一个夏季。

不论什么情况，打镰刀的人都会将这把镰刀打好，挂在墙上等着。不管这个人来与不来。铁匠活儿不会放坏。一把镰刀只适合某一个人，别人不会买它。打镰刀的人，每年都剩下几把镰刀，等不到买主。它们在铁匠铺黑黑的墙壁上，挂到明年，挂到后年，有的一挂多年。铁匠从不轻易把他打的镰刀毁掉重打，他相信走远的人还会回来。不管过去多少年，他曾经想到的那个人，终究会在茫茫田野中抬起头来，一步一步向这把镰刀走近。

在铁匠家族近一千年的打铁历史中,还没有一把百年前的镰刀剩到今天。

只有一回,吐迪的太爷掌锤时,给一个左撇子打过一把歪把子大弯镰。那人交了两块钱定金,便一去不回。吐迪的太爷打好镰刀,等了一年又一年,等到太爷下世,吐迪的爷爷掌锤,他父亲跟着学徒时,终于等来一个左撇子,他一眼看上那把镰刀,二话没说就买走了。这把镰刀等了整整六十七年,用它的人终于又出现了。

在那六十七年里,铁匠每年都取下那把镰刀敲打几下。打铁的人认为,他们的敲打声能提醒远近村落里买镰刀的人。他们时常取下找不到买主的镰刀敲打几下,每次都能看出一把镰刀的欠缺处:这个地方少打了两锤,那个地方敲偏了。手工活就是这样,永远都不能说完成,打成了还可以打得更精细。随着人的手艺进步和对使用者的认识理解不同,一把镰刀可以永远地敲打下去。那些锤点,落在多少年前的锤点上。叮叮当当的锤声,在一条窄窄的胡同里流传,后一声追赶着前一声。后一声仿佛前一声的回音。一声比一声遥远、空洞。仿佛每一锤都是多年前那一锤的回声,一声声地传回来,沿我们看不见的一条古老胡同。

吐迪·艾则孜打镰刀时眼皮低垂,眯成细细弯镰的眼睛里,只有一把逐渐成形的镰刀。儿子吐尔洪就没这么专注了,手里打着镰刀,心里不知道想着啥事情,眼睛东张西望。铁匠炉旁一天到晚围着人,有来买镰刀的,有闲得没事看打镰刀的。天冷了还是烤火的好地方，无家可归的人，冻极了挨近铁匠炉，手伸进炉火里燎两下，又赶紧塞回袖筒赶路去了。

　　麦收前常有来修镰刀的乡下人，一坐大半天。一把卖掉的镰刀，三五年后又回到铁匠炉前，用得豁豁牙牙，木把也松动了。铁匠举起镰刀，扫一眼就能认出这把是不是自己打的。旧镰刀扔进炉中，烧红、修刃、淬火，看上去又跟新的一样。修一把旧镰刀一两块钱，也有耍赖皮不给钱的，丢下一句好话就走了，三五年不见面，直到镰刀再次用坏。一把镰刀顶多修两次，铁匠就再不会修了。修好一把旧镰刀，就等于少卖一把新的。

　　吐迪家的每一把镰刀上，都留有自己的记痕。过去三十年五十年，甚至一二百年，他们都能认出自己家族打制的镰刀。那些记痕留在不易磨损的镰刀臂弯处，像两排月牙形的指甲印，千年以来他们就这样传递记忆。每一代的印记都有所不同，一样的月牙形指甲印，在家族的每一个铁匠手里排出不同的形式。没有具体的图谱记载每一代祖先打出的印记是怎样的形式。这种简单的变化，过去几代人数百年后，肯定会有一个后代打在镰刀弯臂上的印记与某个祖先的完全一致，冥冥中他们叠合在一起。那把千年前的镰刀，又神秘地、不被觉察地握在某个人手里。他用它割麦子、割草、芰树枝、削锨把儿和鞭杆……千百年来，就是这些永远不变的事情在磨损着一把又一把镰刀。

　　打镰刀的人把自己的年年月月打进黑铁里，铁块烧红、变冷、再烧红，锤子落下、挥起、再落下。这些看似简单，千年不变的手工活，也许一旦失传便永远地消失了，我们再不会找回它。那是一种生活方式。它不仅仅是架一个打铁炉，掌握火候，把一块铁打成镰刀这样简单的一件事。更重要的是打铁人长年累月，一代一代积累下来的那种心理。通过一把镰刀对世界人生的理解与认识，到头来真正失传的是这些东西。

吐尔洪·吐迪家的铁匠铺，还会一年一年敲打下去。打到他跟父亲一样的年岁还有几十年时间呢，到那时不知生活变成什么样子。他是否会像父亲一样，虽然自己当初不愿学打铁，却又硬逼着儿子去学这门累人的笨重手艺。在这段漫长的铁匠生涯中，一个人的想法或许会渐渐地变得跟祖先一样古老。不管过去多少年，社会怎样变革，我们总会在一生的某个时期，跟远在时光那头的祖先们，想到一起。

吐尔洪会从父亲吐迪那里，学会打铁的所有手艺，他是否再往下传，就是他自己的事了。那片田野还会一年一年地生长麦子，每家每户的一小畦麦地，还要用镰刀去收割。那些从铁匠铺里，一锤一锤敲打出来的镰刀，就像一弯过时的月亮，暗淡、古老、陈旧，却永不会沉落。

生意

只是不能让自己闲下来。仅仅是这样。生意做到如今已没什么利润。

在龟兹古渡西边，一间不足十平方米的低矮房子里，从新疆大学法律系毕业的买买提，在做着不挣钱的剃头生意。他毕业三年了，找不到工作。头两年四处奔波，参加各种招工应聘考试。后来就死心了，开了这间理发店。他上了三年大学，花掉了母亲一生的积蓄，还欠了不少钱。他不想再回到库车河边那帮游手好闲的青年中去。他上了大学，原想能走出库车，跟他们不一样。现在，其实他又变得跟他们一样了，在这条老街的尘土中混日子。

这条不长的街道上开着九家理发店。一个人长长胡子要十天，长长头发要一个多月。那么多剃头刮胡刀等着他们。剃一个头一块钱，刮脸一块五。好多脸一辈子不刮一次。

买买提的剃刀常常闲得生锈。房租一年一千二百块，工商税每月二十块，税务税二十块，水、电费三十五块。买买提一天到晚挣五块十块钱，几乎在白干，但是没这件活儿人就闲住了。他的师傅牙生对他说，人得有件事情在手上，大事小事都行。没钱花穷一点可以过去，没肉吃啃干馕嘛，没事情做这一天可咋过去。买买提才二十五岁，活到跟他师傅牙生一般大，还有四五十年，这可不是个小数字。

打发这么多年月得有一件日久天长的大事，可大事在哪呢。靠个小理发店打发这么长的一辈子他真不愿意，但他的师傅牙生就是靠剃头活了一辈子。十五岁学徒，现在七十五岁，带着几个徒弟，很多老顾客的头，还是他亲自剃。他剃过的头有一半已经不在人世。另一半，从黑发剃到白头。师傅对人头脑里的想法，比买买提知道的多。许多躺在椅子上让他剃头的人，情愿把脑子里的想法说给他听。只要他的剃刀挨近头皮，那些人就会滔滔不绝地说起往事。你看，我哪儿都没去过，守一件剃头的小生意，却知道库车城里的许多事。那些管历史的人都没我知道的多，我只是不说出去，那些来剃头的人都愿把埋了好多年的话说给我听，他们知道我不会说出去。我一天到晚都在理发店，不会闲得没事跑到街上传闲话，这都是我的收获呀。钱嘛，算啥。师傅牙生经常对买买提说，你要有件事情在手上，牢牢守住。

你看那个收旧货的玉素甫，每天一大早，把毛驴车停在巷子口，车上放几个旧录音机、破木箱子，自己躺在一边睡觉。他从不乱跑，不满巷子吆喝。他的毛驴车在巷子口停了许多年了。全库车的人都知道这个巷子口有个收旧货的老头，有卖的旧东西他们会自己搬过来，或者说一声让他赶驴车去拉。他把那块地方守住了。毛驴车和车上的几件旧货是他永远不变的招牌。

库车老城里有卖不完的旧东西。从两千年前的汉代马钱、龟兹古币，到明清时期的瓷器，以及伊斯兰风格的各种铜器，还有现代电器、废铁烂桌椅，玉素甫见什么收什么。他知道谁家有哪些东西，哪些东西已经用旧，该换新的了。那些人家的新电视机从巷子口抬进去的时候，玉素甫就知道，这件东西迟早是他的。别看他们几千块钱买来，过不了十年，他几十块钱甚至几块钱就收购了。他有的是时间等那些东西变旧、变坏。还有他们舍不得卖的老古董，祖传的金银铜器，这需要更长久的耐心等待。他从不上门吆喝，他的毛驴车一天到晚停在巷口。家中有旧货的人，从毛驴车旁过来过去，总有耐不住诱惑的，把存藏多年的旧东西抱出来。玉素甫眯缝着眼睛，一直等这个人走近，喊一声，他还不起来，直到人家把东西放下，蹬一脚毛驴车，他才慢腾腾地坐起，睁一睁眼睛。

买买提的理发店斜对面，龟兹古渡桥头，是每个巴扎（集市）日的鸡市、鸽子市。买买提经常看见一个长胡子老汉，怀里抱一只鸡，从早坐到晚，还没卖出去。买买提有时替那个老人着急，真想把那只鸡买回来。可是，买买提一天的收入，顶多够买半只鸡。巴扎日也是剃头生意最好的日子，远近村庄的农民，把头发胡子留着，到巴扎上来剃。卖点农产品，吃一碗抓饭，再刮净脸、剃光头，换个人一样地坐毛驴车回去。

一次，买买提问一个来剃头的买卖人。那个长胡子老汉的鸡嘛，他大概是不想卖，一开口要价四十块钱。买卖人说，这个价格是不想出手,他在靠那只鸡熬日子,家里大概就一只鸡。一大早把鸡卖了,剩下一整天他干啥去。响午把鸡卖了,下午干啥去。这个巴扎日把鸡卖了,下个巴扎日他又干啥去。反正,鸡抱在怀里,又飞不掉。只要坐在那里,总会有人过来跟他说这只鸡的事。有时会有几十个人围着他,讨价还价。有的是真买,有的只是讨讨价,磨磨嘴皮子。就像他怀里有一只压根不卖的鸡,那些人的脑子里,也仅有一个买鸡的想法。无论价杀到多少,都不会掏出钱来。

长胡子老汉兜儿里装着苞谷豆,不时捏出几粒,塞到鸡嘴里。鸡在怀里长肉呢,还是只红花母鸡。说不定熬到下午,下一个蛋,四毛钱又回来了。

桥头除了卖乡下土鸡的,还有卖斗鸡的,装在麻袋或笼子里,样子很凶,见别的鸡就想扑过去。斗鸡售价很高。在库车河边几个隐秘处,每个巴扎都有玩斗鸡的,多带赌博。玩者往鸡身上押注,在一阵鸡毛乱飞的叨斗中获得输赢。

生意最火的是买卖鸽子。库车维吾尔人喜欢养鸽、玩鸽。肉鸽五块钱八块钱一只,信鸽和玩赏鸽就无价了。卖鸽的人将鸽子藏在袖筒里,露一个鸽头,其余的全在他的话语里:这只鸽子嘛,飞到天上,翻几个跟头,直直栽下来,快碰到地了嘛,一抬头,直直地又上去了,鹞子都追不上。卖鸽人不会把鸽子放到天上做这些动作,所有鸽子都靠卖鸽人的嘴,在想象的天空飞舞。还有帮腔的，以更坚定的口吻证明这些话的真实。鸽子只是转动着一对小眼睛，看看人，又看看别的鸽子。人的大话可能进不到它的小耳朵里。炒一只鸽子，就像炒一只股，炒起来就能卖掉，跌到谁手里谁倒霉。

买买提以前跟几个朋友在鸽市上混过，知道那些卖鸽人的把戏。一只鸽子早晨在阿不都的袖筒里，不到中午又到了米吉提的袖筒，下午，它不知又在谁的袖筒里咕咕叫呢。也可能天黑前，又回到阿不都手里。这个过程中有人赚了五块十块，有人赔了两三块，有人不赔不赚。

这种买卖虽有趣好玩，但总觉得不踏实，不是件正经事。那些钱票子，就像鸽子身上掉下的毛，不知啥时会落到自己手里，到手了也还会飘去。鸽市上的人五花八门，有的是小偷、吸白面的，弄不好就把自己栽进去。

买买提就是在一个赔了几十块钱的巴扎日下午，离开鸽市走进牙生的小理发店，剃完头，刮过脸，然后就做了牙生的徒弟。那是他大学毕业的第二年秋天。现在，买买提也收了一个小徒弟，十四五岁，小巴朗（男孩）聪明能干，很快就能单独剃头了。一般的活儿，买买提就让徒弟干了，自己靠在背椅上看书，跟顾客聊天。他很少碰到师傅牙生说的"把满脑子想法说给自己听的"那种人，找他理发的人大多沉默寡语，他问一句，人家答一句，不问便没话了。他的小理发店一天到晚静静的，他和小徒弟也很少说话，没活儿干时两个人就面朝窗口看着街，看停在门口待客的毛驴车，有时驴叫声会让他稍稍兴奋。

买买提还没想好该怎样度过一辈子，不能像师傅教导他一样教导自己的徒弟。师傅的所有意图是让他安下心来，把一件事做到底。做到底又能怎么样呢，会不会像师傅牙生一样，握把小剃刀忙了一辈子，没挣上啥钱，只装了一脑子生活道理。这些道理说不上有多好，也说不上有啥不好。那种生活，适合人慢慢地去过。只是买买提还年轻，有许多梦没有醒。俗话说，腿好的时候多走路，牙好的时候多吃肉。买买提腿和牙都好得很，可是，路和肉在哪里。

买买提知道师傅所说的，是老城人都在过的一种最后的生活——当你在外面实在没啥奔头了，回到这条老街的尘土中，做一件小事情，一直到老。况且，人不会一直不停忙地上的俗事，到了一定年龄，你会听到上天的召唤。那时，身边手边的事就不重要了，再大的事都成了小事。

车户

经常外出的人有好几个名字。尤其车户，十个车户九个贼，一个不偷也拿过几回。他们做贼时用一个名字，做买卖时用一个名字，找女人又用另外的名字。那些人，真名真姓放在家，一个名字的声誉坏了，换上另一个名字。不知底细的人会以为，路上过去了多少人，多少名字留在路上，其实就那几个人，几辆车，来回地跑。

多数名字用一次就扔了。可是，人用过的名字是有生命的，像草籽一样落地生根。在那些少有人去的荒村野店，过往的每个人都被牢牢记住，多年不忘。那里的人老实、木讷，活儿干完蹲在路边，朝空空的路上望，盼着一年中有几辆车经过村庄，最好在村里住几晚上，听车户天南海北胡诌。车户嘴里没实话，十句话里九句假。一句不假也是胡话。那些孤远村落的人，通过车户的胡吹乱诌，知道他们从未去过的外面世界。他们对车户的话深信不疑，记住车户的名字和讲的每一句话，日积月累，对车户的记忆像草一样长满脑子。

冯七早已忘了在这条路上用过多少名字，信口胡说过多少事。多少年后，再次经过只有几户人的荒远村落时，他的名字叫王五或李六子。那里的人望着他说，几年前有一个叫王多的人，长得和你很像，他卖掉一车皮子，买了一车麦子走了。他路过三道坡时，那里的人又说，几年前有一个叫刘八的人，长得和你一模一样，在村里过了一夜，他显得比你年轻，就是他告诉我们，天从南边可以上去。

在柳户地，有人望着他惊异地说，前年秋天，也是这个时候，有个长得像你的人，在我们家要了一碗水喝，他叫胡木。经过我们村子的人，都会让他留下名字。他再次经过时，我们会用这个名字喊住他。刚才，我喊你胡木，你不答应。你说你叫黄四。这就怪了。

冯七对这样的遭遇并不在意，那也许是以前的自己，叫了别的名字，就被人当成另一个人。可是，相同的遭遇一再出现在前面的村庄时，冯七渐渐地感到了恐怖，总觉得有一个和自己一模一样的人，已经卖掉一车皮子，买走一车麦子，他永远在他前面，他追上的只是关于他的消息。在这条路上走得越远，和自己一样的人便越多。有许多个名字的自己，在前面干着他正干的事。开始冯七只想尽快做完这趟买卖，回到村里。走着走着车上的东西变轻，买卖不重要了。冯七像追赶自己的影子一样，不停地朝前赶。他觉得要追上那个和自己一模一样的人，看看他到底是谁。他可能就在前面的村庄，他在路上看见他的马车印，甚至听到前面的马蹄声了。在柳户地，他听说那个长得和他一样的人，前年秋天经过村子时，他觉得那个人已经不远了，只隔了两年。两年时光，也就是麦子黄两茬，树落两次叶子，房后的红柳朝上长一拃。其实并不远，只要那个人在前面，被事耽搁些日子，他保管能追上。

什么事能把他耽搁一两年呢。

想想。路上的一个坑，把车辕木颠断。他得停下换一条辕木吧。不会有现成的。先找一棵榆树，粗细、形状和没断的那根相配。要些日子去找吧。即使运气好找到了，也不能马上用，把树砍倒，皮剥掉，放到荫凉处阴干。必须要阴干，不能扔在太阳地暴晒，那样木头会裂，不结实了。阴干要时间，一般几个月。几个月呢，就算四个月吧。不过，做马车的行家从不用当年的木头做辕木。树砍倒后，头一年还没死彻底。也许树干不知道自己被砍倒了，它的体内还有旺盛的生长力。它还发芽、长枝，那些枝能长到一尺高，长着长着，枝就蔫了，叶子跟着死掉了。有的树，砍倒后的第二年，还发芽，长叶子。好像不相信自己死了。这样的木头，匠人都不敢轻易用，尤其不能派大用，比如当房梁，做辕木。它没死干净。一部分已经是木头了，变干，裂口子。一部分还是树，活的，时刻会走形。一棵树被砍倒，彻底变成木头，至少要两年。放两年的木头，匠人就敢放心用了，那时它是弯的就再直不了，是直的也不会轻易变弯。

那个人会不会为一根木头，在一个地方等两年。也许他会凑合着换根辕木，继续赶路。但凑合的东西很快又会坏。他不在这个地方耽搁,就会在另一个地方耽搁。一旦一根辕木断了,要么老老实实等两年,换根可靠的,一用许多年。要么凑合换一根,跑一段路,在前面的什么地方坏掉,再停下折腾。不论怎样,都会耽搁一两年,那样他就会追上那个人。

即使路上没坑。有坑他绕过去了。仍然有许多的事会发生。随便碰上一件小事,一两年就耽搁掉了。比如一场雨,几百里的路上都是泥泞。人马停在一个地方,等雨停。等风把路吹干。这耽搁不了几天。关键是几场雨后就是夏天。遍野的庄稼和草疯长起来,路上也是草,墙缝房顶也是草,人会被一个季节挡住。所有生命都往上长,麦子未黄,牛羊缺膘,跑买卖的人也瘦骨伶仃,需要停在一个地方,和草木牛羊一起长。人停下来会看到生长,走在路上看见的全是消亡。看到生长人的心就变了。

时间凹下去的地方,就是坑。

那些常有车过的村庄,路上布满大坑小坑,人守在坑旁,等载满货物的马车颠簸摇晃着走过,车上的东西掉下来。都是有用的好东西,摇晃下一点点就不算白等一年。

那些路上的坑,在夜晚被月光铺平,不会颠簸梦中的车,但会颠醒车上做梦的人。那样的漫长路途,车户一次次睡着,马自个儿朝前走,遇到岔路口站住,等车户发令,"噢"还是"吁"。等半天没声音,马自选一条路走了。

有时候,马走着走着也睡着了,马蹄声一点点变轻,车马停在荒野中。车上是一场人的梦。车辕里一场马的梦。马站着做梦。太阳迅速地移过头顶，黑夜从四面八方围过来。

还有时候，人一觉醒来发现车停在院子里。马在人睡着时掉转车头，踏上了回家的路。但更多时候，马把车拉到一个陌生地方，停住。接下来的时光，人四处打听回家的路。荒野上大多是新建的村庄，村庄的名字还没有传到远处，打听一个村庄就像打听一只鸟一样没有着落。车户一旦迷向，唯一的办法是顺着自己的车辙印往回走。或者，干脆睡着，车交给马，马会认路。可是马也常常睡着，醒来不知身在何处。好多车户就这样走丢了，在一个不认识的村庄住下，随便叫个名字，车马卖掉，置一块地，娶妻荫子，过着另一种生活。

冯七走到最远的荒舍时，早已换上自己的真名字：冯富贵。这是他的大名，几十年没用了，把它说给别人时，就像掏出一块变馊的馍馍。

荒舍被自己的声音封锁在黄沙深处，冯七在一声马嘶里走进村子，那里的人见了他说，大概十几年前，一个有点像你的人，来过我们村子，他叫刘五，在村里住了两天，又调头回去了，什么都没买，也没卖给我们什么，白吃了几顿饭，睡了两场觉，就走了。他进村时车空空的，我们以为他会买一大车东西。已经好多年没人来我们村买东西，十几年前的余粮，还存在仓里。我们年年吃陈粮，把新收的麦子、稻米存进仓里放旧。粮仓早盛不下，炕上地下，房顶，牲口棚，到处是粮食，那些旧粮食的味道把我们带到陈年往事里。我们害怕新一年到来，害怕春耕秋收。

每当温暖的春风刮起时,我们就乞求上天,让我们休歇一阵吧,把这个春天给别人,给别的村庄,我们不要了。可是,每年每年,上天把春种秋收硬塞给我们。扔都扔不掉。

再这样下去,我们就被自己种出来的粮食吃掉了。

就在这时,一辆空马车赶进村子,我们高兴坏了,这下可以卖掉些东西了。不光粮食,牛羊也一茬茬长老,没人来买。

我们好吃好喝招待他。就是那个长得像你的人,他空车走掉了。

那个人走后,我们开始怀疑自己的村子,我们派人出去,假装成外人,四处打问荒舍的事。没人知道荒舍,这个村庄传到外面的只是狗叫和马嘶。

后来终于打问到,好多年前,有个叫刘二的人在我们村外割了几亩麦子,没要到工钱,让人家又饥又渴,睡在路上,还乘人睡着时,拉到荒野上扔了。

这个人醒来后气极了,屁股撅起对我们村子放了几个屁,还恶狠狠瞪了几眼。从此村庄的粮食变臭,肉变苦。可是,我们自己并不知道。

那以后我们全村人出动,找这个被我们得罪的人,给他赔罪,付双倍工钱,让他把那个屁收回去。我们找遍了这片荒野,最后找到虚土庄。问一个叫刘二的人,问遍了村子,都说好像有这样一个人,一直没长大。后来听说长大走了,却没和我们走在一起。

"这个人多少年前就不和我们在一起了。"一个叫王五的老人说,"有时感觉他在我们前面的某个地方,或某一年,我们隐约听着他的声音,踩着他的脚印往前走。有时又觉得他在后面,我们过掉的年月里。他被我们扔在那里。"

我们找到他的家,院子空空的,门被风刮开又关上。一棵巨大的沙枣树,多少年的果子结在上面,枝都压弯了。

冯七听他们说到虚土庄时,突然心跳了一下,这是他在外面第一次听人说自己的村子。但对他们说的事却没多少兴趣,他只关心空车回去的那个像自己的人。十几年前。这说明我往前赶追他的时候,他已经调头往回走,路上我和那个人肯定相遇过。他的马车从我马车旁过去,他肯定注意到了我,想,这个人怎么和我长得一样,只是老一些。怎么会有这种事呢,是否有一个人已经把我前面的日子过掉了。这样想时,他就会急急往回走。现在他早已到家。

许多年后,冯七再不出远门。他的马老死,车辕朽掉。早年跑过的路重新荒芜。那时他在村里,走东家串西家,一遍遍地转,走到谁家天黑了,就住下。村里人已经很少了,有的人家房子空空的,门窗被风刮开又关上。有的人家剩下一半人,炕一半空着,被褥空着,粮食余出来。几乎所有人家都愿意留宿冯七,他有一肚子讲不完的故事,全是远路上的事,他讲的时候,屋外刮着一场风,一盏油灯摇摇晃晃挂在柱子上。炕上地下,蹲满了人,黑乎乎的,好像那些走掉的人也蹲在地上,多年不见的人也悄然回来。他们静静倾听。冯七讲完了人们还在听。冯七睡着了人们还在听。

可能冯七并不知道,人们只想从他嘴里,听到自己和有关家人的哪怕一点点消息。可是,他讲述的所有远处的故事中,没有虚土庄的一个人。也没有冯七自己。只有一座座梦一样悬浮在荒野的村庄,一个叫着不同名字的人,来回地穿越其间。

大地上的家乡

一

二十七年前的一个秋天,我辞去沙湾县城郊乡农机管理员的工作,孤身一人到乌鲁木齐打工。在这之前,我是一个闲散的乡村诗人,我用诗歌呈现自己内心的想象和情感。除诗之外,不屑于其他任何文体。我觉得诗歌那一句摞一句可以垒到天上的诗句,是一种形式也是仪式,它太适合盛放一个乡村青年的孤傲内心。可是,我的诗歌写作到乌鲁木齐打工后便终结了,我放下一个诗人的架子改写散文。

现在回想起来,我的第一本散文集《一个人的村庄》的写作契机,或许就是我在乌鲁木齐打工期间的某个黄昏,我奔波在这座陌生城市的街道上,一扭头,看见了落向天边的夕阳,那个硕大的、跃过城市落到地平线上的夕阳,它正落向我的家乡。因为我的家乡沙湾县在乌鲁木齐西边。那缓缓西沉的太阳,像一张走远的脸,蓦然回转,我被它看见,看得泪流满面。

那一刻，我知道每个黄昏的太阳，其实都落在我的家乡。那里的弯曲道路，土墙房屋，以及鸡鸣狗吠的声音，孩子哭喊的声音，牛哞马嘶的声音，都被落日照亮，一片辉煌。那个被我扔在远处的家乡，让我从小长到青年的遥远村庄，在一个午后的夕照中，被我看见。我开始写它。那样的写作如有天启，我几乎不用去想如何写，村庄事物熟透于心，无论我从哪一年哪一件事写起，我都会写尽村庄的一切。

那么，这本书究竟写了什么，这样一个扔到大地边沿，几乎没有颜色，甚至没有多少故事的村庄，能写出什么。

我没有去写这个村庄的四季劳作，没有去写乡村的风俗文化，也没有写数百年或者数十年来村庄的遭遇和变迁。当我着手写作时，我觉得这个村庄的农耕生活，它跟中国任何一个村庄有着一样的乡土命运，以及经过村庄的一场一场的政治运动和变革，都变轻了、变小了，它甚至小到没有刮过村庄的一场风大。

那么什么是最重要的。

是时间。

时间在一年年地经过村庄，用一场一场风的方式，用人们睡着醒来的方式，用四季花开和虫鸣鸟叫的方式，也用一个孩子孤独寂寞的长大，和一村庄人悄无声息地老去的方式。时间把它的愁苦和微笑留在人脸上，也留在路边一根朽木头上，时间的面目被一个乡村少年所看见。整个村庄大地是时间的容颜，一村庄人的生老病死是时间的模样。我写了时间经过一个村庄和一颗孤独心灵的永恒与消耗。也看见人和万物纷纷奔赴的时间岁月中的家乡。

就这样一篇篇的去写，村庄的时间在写作者笔下慢下来，安静下来，又快速地在某个瞬间里过去了百年千年。这本书我写了十年，也把我从青年写到了中年。

这是我在远离家乡的陌生城市，对家乡的一场回望。或许只有离开家乡，才能看见家乡，懂得家乡，最终认领家乡。《一个人的村庄》，是我在异乡对家乡的深情认领。当我在那个陌生城市的街道上，遥想落日余晖中的家乡时，就像想起了一场梦。我知道，那个尘土草木中的家乡，已远在时间外，又近在心灵中。我能触摸到她了。

二

五年前一个冬天的夜晚，我的后父不在了。得知消息后，我连夜驱车往沙湾县赶，那夜正刮着北风，漫天大雪，在昏暗的车灯中，从黑暗落向黑暗。那场雪仿佛是落给一个人的，因为有一个人已经离开了这个世界。

赶到沙湾县时，后父的遗体已被家人安置在殡仪馆，他老人家躺在新买来的红色老房（棺材）里，面容祥和，嘴角略带微笑，像是笑着离开的。

后来听母亲说，半下午的时候，我后父把自己的衣物全收拾起来，打了包。

母亲问他，你收拾衣服做什么？

后父说，马车都来了，在路上等着呢，他要回家。

我母亲说，你活糊涂了，现在啥年代了，哪有马车。

后父说，他听到马车轱辘的声音了，马车在路上来回地走，那些人在喊他，他要回家。

又过了几个小时，后父安静地离开了人世。

我后父年轻时在村里赶过马车，马车轱辘在地上滚动的声音，也许一直留在他的心中。在他生命的最后几个小时，他听到了那辆他曾经赶过、在乡村大道上奔走多年的马车，过来接他了，他被那辆马车接回了家。

后来，我们给后父操办那个还算体面的葬礼时，我想我们所做的一切，都跟他没有了关系。他已经坐着那辆马车回到家乡。那个家乡，是他从小长到老，葬有他母亲和父亲的太平渠村，也是我在《一个人的村庄》中所写的那个地方。

在县城殡仪馆的喧嚣声中，我想远在县城近百公里之外的太平渠村，葬有我后父家人的墓地上，他早年去世的母亲，一定会听到自己儿子的脚步声从远处走来。一个儿子的魂，在最后那一刻回到了家乡。

后父是太平渠村的老户，几代人的祖坟都在那里。

我八岁时先父不在，十二岁时母亲带着我们到了后父家。记忆中我没有去过后父家的祖坟，只是远远地看见过，有几个坟头伫在村北边的碱蒿芦苇中，想起来都觉得荒凉。后父是家里的独子，每年清明，他一个人去上自家的坟。我们去上先父和奶奶的坟。平常我们像是一家人，到这一天突然成了两家人。

我们在这个村庄生活了十年。这也是我从少年长大到青年，对我的人生影响最深的十年。我工作之后，把家从太平渠村搬迁到离县城较近的村庄，过几年又搬迁到城郊村，后来终于进了城。

后父跟我们在县城生活了三十年，一开始住平房，后来住楼房。我们居住的环境远比以前的村庄要好许多。他跟我们生活的时候，尽管也时常赶马车回太平渠村，去看他那院已经卖给别人的老房子。我后父的马车，直到家搬进县城前才卖掉。他活着时没有抱怨过现在的家，也没说过要离开我们回他的村里去。但是，临死前他说出了要回去的那个家。

后父的话让我顿时心生悲凉。这么多年来我们在县城和他一起生活的那个家，那个有儿有女有妻子的家，就这样不作数了？在他离开人世的时候，这个家可以轻易被他扔掉。他要去回另一个家，那个早已没有了亲人，只留有父母墓地的荒芜家园。

那个家是他一个人的，那条路也只有他自己知道，跟我们都没有关系。

他的死分开了我们，但我又分明感到他的死亡在连接起我们。

前不久我去养老院看望老丈人，他因脑梗不能自理生活而住进养老院。

我陪老丈人在院子散步时，碰见一个老奶奶，她向我打听去一个团场的路怎么走。那个团场的名字我好像听说过，却又不知道在哪里，便只好对她摇头。后来院里的负责人告诉我，这个老奶奶在养老院住了七八年了，她见人就问去那个团场的路怎么走，院里的人都被她问遍了，那是她的家，自从进了养老院就再没回去过，她每天都想着要回去。可是，没人告诉她那个团场怎么走。那个她只记住名字却忘了道路的团场，被养老院的人隐瞒起来了。养老院成了她最后的家。

后来，我再去养老院时，那个老奶奶已经不在了。

我想在她生命的最后时刻，她会回到那个天天念叨的地方，那是她的家乡，被她忘却的道路会在那一刻全部地回想起来，没有谁能阻挡她的灵魂回乡。

三

也是在几年前的冬天，我经历了一个老太太的死亡。

那个老太太住在我们书院后面的路边上，每次经过我都看到她端坐在西墙根晒太阳，我知道下午的太阳把西墙晒热的时候，老太太脊背靠在土墙上会很温暖，那是我奶奶早年经常做的。我从这个老太太身上又看见了我奶奶的晚年光景。那个老太太看上去干干净净的，仿佛她一生在土里操劳，却没有一丝的土气沾染在身。我还想着哪天闲下来，去跟这个老人家聊聊天。可是她突然就不在了。

我记得那是一个中午，我开车经过老太太家门口，路边停了有上百辆车，看车牌，有从乌鲁木齐来的，有从昌吉木垒来的，还有从更远地方来的。这些人或是老太太的远近亲戚，或是她儿女的同事朋友。我想在老太太活着的时候，除了自己的儿女，其他人可能都不会来看她，老太太的生跟他们没有关系，她只是在这个小山沟里不为人知地生活着。但是，她的死却引来这么多的人，让他们从远远近近的地方赶来奔她的丧事。她活着是她个人的事，小事。她的死成了全家族全村庄的大事。

葬礼举行了三天三夜，下葬那天一大早，长长的送葬队伍从家门口排到了山梁上。人们抬着老人的寿房，走在深雪中新踩出来的道路上。那个山梁后面是她家的祖坟，她先走的亲人都在那里。

我在这个老人的葬礼上，想到她一生中曾有过多少跟自己有关的礼仪场面啊，出生礼、成年礼、婚礼、寿礼，一个比一个热闹。最后这个自己撒手由别人来操办的葬礼应该最为隆重，从这个隆重的葬礼望回去，一生中所有的礼仪，似乎都是为最后这场自己看不见的葬礼所做的预演。

这是我们身边一个普普通通人的生老病死。从一个村庄到一座城市，再到一个国家，我们都在这样活，也这样死。

死是天大的事。

这位老太太的死亡让那么多人去奔赴的时候，死亡本身成了一处家乡。那些早年离开这个村庄，从来都不知道回来的人，因为这个老太太的死亡，他们再一次回到家乡。也因为一个人的死，家乡又复活了一次。

这位老太太有幸老死在家乡，安葬在埋有亲人的祖坟。当她最后离开这个世界的时候，她会不会像我后父一样说要回去。如果她说了，那她回去的路是多么地近，无须坐着马车，她的后辈们靠肩扛手抬，便已经将她护送到了那个家。

在这场葬礼中，我看到我们乡村文化体系中，安顿人死亡的最后一环，还在这个小村庄完整保留着。会操办丧事的老人还在，入土为安的祖坟还在。还有那些懂得回家来的人，他们在外面谋生，把老宅子和祖坟留在村里，他们知道有一天自己会回来。

我在这个人头攒动的热闹葬礼上，又一次看到死亡和每个人的深层联系。

四

我是在七年前的冬天，来到木垒英格堡乡菜籽沟村的。当时这个村庄给我的感觉，就像到了时间尽头，那些人把所有房子住旧，房子也把人住老，屋梁的木头跟人老朽在一起。年轻人都走了，大院子里剩下两个老人。老人也在走。然后院子就空了，荒芜了。一个曾经烟火相传的百年庭院，从此变成老鼠、蚂蚁、麻雀和茂密荒草的家园。

可我，却是看上这个村庄的老和旧，才决定在这里安家。我这个年龄，喜欢老东西旧事物，也能看懂老与旧。因为老旧事物中，有远去家乡的影子。

我们都注定是要失去家乡的人。当以前的村庄不能再回去，家乡只是破碎地残存于大地上那些像家乡的地方。菜籽沟便是这样一个我能在恍惚间认作家乡的村庄，她保留了太多的我小时候的村庄记忆。但是，那些承载早年记忆的事物，却都老旧到了头。

我自己也在这个老旧村庄面前，突然地老了，走不动了。我在村里收购了一所六七十年的老学校，做了一个书院，在这里耕读养老。

我在这个有菜地和果园的大院子里，读书写作劳动时，我又看见自己年青时的劳碌，看见我在写《一个人的村庄》时所拥有的，可以看见时间的眼光和心境，又看见大地上完整的黑夜和天亮。我在满村庄的旧事物中，闻到我曾经生活的那个村庄的味道，它让我虽然身处异乡，却有了一种回到家乡的感觉。

记得在书院的第一年秋天，我看到一片长得旺势的灰条草，就像见到了亲人。我小时候灰条是最平常的植物，在门前菜地，田间地头荒野中，到处都是。我们拔灰条喂猪，手上身上都是灰条的绿色草汁。我在这个刚刚落脚的陌生村庄，不认识几个人，不熟悉它的路，却看见一片熟悉的灰条草长在这里。还有遍地的蒲公英和苍耳，还有牵牛花和扯扯秧，这个长着熟悉草木的地方，让我仿佛身处家乡。

我还看见过一只老乌鸦。

经常有一群乌鸦在院子上空"哑哑"地叫着飞过去。有一刻，我听到一只嗓子沙哑的乌鸦叫声，我想这群乌鸦中一定有一只老乌鸦，它的叫声和我一样带着沙哑和苍老。等它们再飞过来时，我看到那只老乌鸦了，它飞在一群年青的乌鸦后面，迟钝地扇着翅膀，歪歪斜斜，仿佛天空已经不能托住它，它要落下来。

我这样看着它时，发现它也在看我，用它那双乌鸦的黑亮眼睛，看着地上一个行将老去的人，抱着膀子、弓着腰，形态跟它一模一样。那一刻，地上的人与天上的鸟，在相望中看到了自然世界中最后要发生的事情，那就是衰老。

老是可以缓缓期待的。那个生命中的老年，是一处需要我们一步步耐心走去的家乡。

我在这个村庄，一岁一岁地感受自己的年龄，也在悉心感受着天地间万物的兴盛与衰老。我在自己逐渐变得昏花的眼睛中，看到身边树叶在老，屋檐的雨滴在老，虫子在老，天上的云朵在老，刮过山谷的风声也显出苍老，这是与万物终老一处的大地上的家乡。

今年五月，我到甘肃平凉采风，当地人知道我的祖籍是甘肃，就说你回到老家了。其实我的老家甘肃酒泉金塔县，离平凉千里之遥，我怎敢把平凉当成家乡呢。但后来，我从平凉人说话的口音中，听出我老家酒泉的乡音，那是我去世的父亲曾经说的方言，是我的母亲和叔叔们在说的方言，听着它我仿佛回到那个语言里的家乡。

我平常说着不太标准的普通话，语音中总能听出家乡话的味道，这是脱不干净的乡音胎记。尤其当我写作时，我的语言会不知觉地回到早年生活的村庄里，回到我母亲和家人的日常话语中。

写作是一场语言的回乡。

我写的每一个句子都在回乡之路上，每一部我喜欢的书，都回到语言的家乡。

五

大概二十年前的冬天，我陪母亲回甘肃老家。这是我母亲逃荒到新疆半个世纪后第一次回老家。我们一路到酒泉，再到金塔县，然后到父亲家所在的山下村，找到叔叔刘四德家。

进屋后，叔叔先带我们到家里的堂屋祭拜祖先。

叔叔家是四合院，进大门一方照壁，照壁后面是正堂，堂屋正中的供桌上，摆着刘氏先祖的灵位，一排一排，几百年前的先祖都在这里。老家的村子乡村文化保存完整，家家的先人都供奉在堂屋里。家里做好吃的，会端过来让祖先享用。有啥喜事灾事，会跟祖宗念叨。家里出了不好的事，主人最怕的是跟祖宗没法交代。这是我们的传统。祖先供在上房，家里人住在两厢。祖先没丢下我们，我们也没丢掉祖先。

我在叔叔的引导下，给祖先灵位上香。

那是我第一次祭拜自己的祖宗，恭恭敬敬上了香，然后磕头，双膝跪地，双手伏地，头碰到地上，听见响声，抬起来时，看见祖宗的名字立在上头，都望着我。头"轰"的一下，像又碰到地上。

敬过祖先，叔叔带我们到刘氏家族祖坟。叔叔说，原来的祖坟被村里开成了田地，祖坟占的都是好地，每家一片，新出生的人都没有地种，便从先人那里要地。我们刘氏祖宗便迁到叔叔家的田地里。

叔叔指着最头上的坟说，这是刘家太爷辈以上的祖先，都归到一个坟里。

我们跪下磕头、烧香、祭酒。

叔叔又指着后面的坟说，这是你二爷的墓，二爷膝下无子，从亲戚家过继一个儿子来，顶了脚后跟。我这才知道顶脚后跟是怎么回事。如果一个家族的男人没有儿子，得从亲戚家过继一个儿子来，等这个儿子百年后，要头顶着养父的脚后跟葬在后面，这叫后继有人。

我叔叔又指着旁边的坟说，这是你爷爷的，后面是你父亲的，你爷爷就你父亲一个独子，逃荒新疆把命丢在那里，但坟还是给他起了。

我看着紧挨着爷爷墓的这一堆空坟,想到我们年年清明,去烧纸祭奠的那个新疆沙湾县柳毛湾乡皇渠六队河湾里的坟,也许只是埋着父亲的一具躯体,他的魂早已回归到这里。

然后,叔叔指着我父亲坟堆后面的空地说,这块地就是留给你的。

听到这句话,我的头发瞬间竖了起来。我原本认为,我的家乡是北疆沙漠边的那个村庄,我在那里出生长大,甘肃金塔县的那个村庄,只是我父亲的家乡,跟我没有多少关系。可是,当叔叔说出给我留的那块墓地时,我知道我和我父亲,都没有逃出甘肃的这个家乡。他为了活命逃饥荒到新疆,把我们生在那里,他也把命丢在了那里。可是,家乡用祖坟族谱、祖宗灵位又把他招了回来,包括他的儿子,都早已被圈定在老家的祖坟里。

老家用这种方式惦记着她的每一个儿子,谁都没有跑掉。那天我们坐在叔叔家棉花地中间的一小块家坟中,与先人同享着婶子带来的油饼和水果。坟地挨着村庄,坟头与屋檐和炊烟相望。我想能够安葬在这里,即使是死也仿佛是生,那样的死就像一场回家。在自己家的棉花玉米地下面安身,作物生长的声音、村里的鸡鸣狗吠声、人的走路声,时刻传到地下。离别的人世并未走远。先人们会时刻听到地上的声音,听到一代人来了,一代一代的人回到了家,那个家就在伸展着作物根须的温暖厚土中,千秋万代的祖先都在那里,辈分清晰,秩序井然。

后来,我在叔叔家看到我们刘家的家谱。先祖在四百年前,从山西某一棵大槐树下出发，走过漫长的河西走廊，一路朝西北，来到了甘肃酒泉金塔县山下村。家谱用小楷毛笔字写在一张大白布上。叔叔说这是我父亲写的，他是刘家唯一会文墨的人，全家族人供他上学，一度把他看作刘家未来的希望，他却跑到新疆不在了。

以前我只看过装订成书的家谱，那是一页一页同姓人的名字。当我看到写在大白布上的刘姓家谱时，我突然看懂了。在那块白布最上面，是我们家族来到酒泉的第一个先祖的名字，这位先祖名字下面，生命开始分叉，一层一层，就像一棵大树的根系，扩散再扩散，等到快到这块白布的底部的时候，这些姓刘的人的名字，已经密密麻麻爬满整块白布。

我知道，所有写在这张家谱里的人，都已经在地下了，他们组成刘氏家族繁复庞大的根系。而这个庞大根系的上面，是活在世上、人数众多、住满了一个又一个村庄的刘姓后人。他们组成一棵家族大树的粗壮树干和茂盛枝杈。每过一段时间，这棵大树上会有枝叶枯萎，落叶归根，成为家族根系的一部分。

我想，多年之后，当我的名字出现在家谱上时，我已安稳地回到地下，回到刘姓家族庞大的根系中，过着比生更漫长恒久的土里的日子。那时我眼睛闭住，耳朵朝上，像我无数的先祖一样，去听地上的声音，听那些姓刘的后人，在头顶走来走去。我在他们脚下踏实的厚土中，又在他们跪拜供奉的高堂上。我默不作声，听他们哭诉，听他们欢笑也听他们流泪，听他们高歌也听他们号哭，听他们悲伤也听他们快乐。

这是我们的乡村文化所构建的温暖家园。在这个家园中，每个人都知道要回去的那块厚土，要归入的那方祖灵，要位列的那册宗谱，是此生最后的故乡。在那里，千百年的祖先已经成为土，成为空气，成为天空大地。

六

每个人的家乡都是个人的厚土。在我之前，无数的先人埋在家乡。在时序替换的死死生生中，我的时间到了，我醒来，接着祖先断了的那一口气往下去喘。这一口气里，有祖先的体温，祖先的魂魄，有祖先代代传续到今天的精神。

每个人的出生都不仅仅是一个单个生命的出生。我出生的一瞬间，所有死去的先人活过来，所有的死都往下延伸了生。我是这个世代传袭的生命链条的衔接者，因为有我，祖先的生命在这里又往下传了一世，我再往下传，便是代代相传。

这是我们中国人的家乡，在土上有一生，在土下有千万世。厚土之下，先逝的人们，一代头顶着上一代的脚后跟，后继有人地过永恒的生活。

在那样的家乡土地上，人生是如此厚实，连天接地，连古接今。生命从来不是我个人短短的七八十年或者百年，而是我祖先的千年、我的百年和后世的千年。

家乡让我们把生死连为一体。因为有家乡，死亡变成了回家。因为有家乡，我可以坦然经过此世，去接受跟祖先归为一处的永世。

每个人的家乡都在累累尘埃中，需要我们去找寻、认领。我四处奔波时，家乡也在流浪。年轻时，或许父母就是家乡。当他们归入祖先的厚土，我便成了自己和子孙的家乡。每个人都会接受家乡给他的所有，最终活成他自己的家乡。

每个人都是他自己的家乡。

而在更为广阔的意义上，一粒尘土中有我们的家乡，一片树叶的沙沙响声中有我们的家乡，一只鸟飞翔的翅膀上、一朵飘过的白云之上有我们的家乡，一场一场的风声中有我们的家乡，一代又一代人来了去、去了又来的悠长时间中，我们早已构建起大地上共有的家乡。

多少年前，我用散文塑造了一个人的村庄家园。当我在陌生城市的黄昏，看见那个扔在远处的村庄并开始书写她时，那个草木和尘土中的家乡，那个白天黑夜中的家乡，被我从大地尘埃中拎起来，挂在了云朵上。

那是我用文字供奉在云端的家乡。

远路上的新疆饭

一

有一年，我们开车去阿勒泰，从天山脚下的乌鲁木齐出发，穿过茫茫准噶尔盆地，往天边隐约的阿尔泰山行进。原打算在黄沙梁吃午饭，那里的路边有几家卖拌面和大盘鸡的野店。所谓野店，就是前后不着村，饭馆的矮房子淹没在路边野草中，四周是沙梁起伏的荒漠。那时这条穿越荒野的道路旁人烟少，饭馆更少，南来北往的人，行到这里早都饿了，都会停车吃饭。我们却没饿，行车到半中午时，见路边一片瓜地，便沿便道开车到瓜地边，想买个西瓜解渴，一地西瓜明晃晃熟在地里，却找不到看瓜人，没办法买，只好自己摘了吃，吃饱了在瓜皮下压了一块钱，算是付费。这顿西瓜把我们的午饭耽搁了，到黄沙梁的野店时，都饱着，就说再往前赶，结果一直赶到了黄昏，车里人饥肠辘辘，这时候的大漠落日，就像挂在天边永远吃不到嘴的圆馕。司机说，这段路上再不会有饭馆，也不会有西瓜地。我们穿过沙漠腹地已经到了更加干旱荒凉的阿尔泰山前戈壁。

这时,荒无人烟的路边突然冒出一间矮土房子,土墙上歪歪扭扭写着"沙湾大盘鸡"。赶紧刹车拐进去,车停在院子。所谓院子,就是土屋前一小片修整平坦的戈壁,和屋旁辽阔起伏的戈壁滩连在一起。店里只一张桌子,七八个板凳。女店主的表情也跟戈壁滩一样漠然,不冷不热地说一句"你来了",那语气像似认得你。你似乎也觉得认识她,只是记不起来。她提着大茶壶,给每人倒一碗茶,那茶仿佛泡了一天,跟外面的黄昏一般浓酽。

忐忑地要了一道大盘鸡,问多久炒好。说快得很,一阵阵。果然喝几碗茶工夫,做好的大盘鸡端上来了,那盘子占了大半个桌子,鸡块、土豆块、辣子满满堆了一大盘。四双筷子齐刷刷伸过去,没人说一句话,嘴全忙着啃鸡,忙着吃里面的皮带面。太阳什么时候落山的都不知道,小店里渐渐暗下来时,我们才从贪吃中抬起头来,彼此看看,谁学着女店主的腔冷冷地说了句"你来了",大家都笑起来。

我全忘了坐在一桌的人是谁,我们因什么事踏上了去阿勒泰的这趟旅行,只记得吃着大盘鸡的瞬间,我侧脸看着窗外荒天野地里的彤红晚霞,地平线清晰地勾勒出大地的边沿,那是我在千里之外的小县城,时常看见的天边,我们开车跑了一整天,她还是那么远。仿佛比我在别处看见的更远。那一刻,一顿荒远的晚饭,就这样长久地留在了回味里。

多年后再走那条路,有意把时间磨到黄昏,想再坐在那小店的窗口,吃着大盘鸡看荒野落日。想再听那恍惚的一句"你来了",沿路经过一个又一个路边饭店,一直把天走黑,那土房子再找不见。

二

大盘鸡是我家乡沙湾发明的一道大菜,说是菜,其实也是饭。新疆饮食大多饭菜不分,拌面、抓饭、手抓肉都是饭里有菜,菜饭合一。大盘鸡也一样,主菜鸡,配料辣子、洋芋、葱姜蒜,外加特制皮带面,搅拌在一起,结实耐饿,适合在路途中吃,也方便在偏远路边店炒制,剁一只鸡,配一把辣皮子,一只铁锅便能炒制出来。

大盘鸡发明那些年,我在沙湾城郊乡农机站当管理员,常被拖拉机驾驶员拽去吃大盘鸡,那些跑远路的司机,吃遍天山南北,还是觉得大盘鸡好吃。好在哪,可能就是盘子大,可以放开吃。不像那些小碟子小碗的吃法,都不好意思下筷子。那时大小酒桌上的主菜都是大盘鸡。一大盘子鸡肉摆在面前,红辣皮子青辣椒,白葱绿芹黄土豆,满满当当堆一盘,能让人胃口大开,平添大吃大喝的豪气来。

沙湾大盘鸡在上世纪九十年代沿公路传到全疆各地。

到现在,好吃的大盘鸡都在路上。后来大盘鸡传到城郊僻街陋巷,生意依旧红火。城里人纷纷开车来吃,城郊乱糟糟的环境能和大盘鸡相匹配。再后来大盘鸡进了城，乌鲁木齐繁华区开过许多大盘鸡店，没多久都倒闭了。不是城市厨师手艺不好，大盘鸡本是一道乡间野路子大菜，在乡村饭馆和路边的简陋餐桌上，它一盘独大，其他菜都围着它转。到了城里的大餐桌上，七碟子八碗，大盘鸡失去了霸主位置，自然就寡味了。

有几年我们在和丰做工程，常走呼克公路，早晨从乌鲁木齐出发，到黄沙梁那一片刚好中午，在路边沙包下的饭馆吃大盘鸡。那几家店我们轮换着吃过，味道都差不多，好不到哪里，只是那个环境，太适合吃大盘鸡了，屋外摆着永远擦不干净也支不稳当的圆桌，除了路，四周是沙漠荒野。有时刮起风，空气中呼呼啦啦地响，一阵沙尘草叶扬过来，大盘里的鸡肉也随之味道丰富起来。

我有一个亲戚，就在黄沙梁北边的沙漠里，开荒种了几千亩地，说了几次让我去他的农场玩。一次我路过黄沙梁，突然想去看看这个当地主的亲戚，打手机接不通，没信号，便驱车往沙漠里开，在岔路纵横的荒漠中凭感觉行驶了三个小时，最终盯着远远的一缕炊烟来到亲戚家的农场。那缕冒着炊烟的矮房子，坐落在一眼望不到边的棉花地边，女主人正在做午饭，见我来了，赶紧让小儿子骑摩托车去喊他父亲。

不一会儿，带着一身农药味的男主人回来了，说在开机子打农药。我说，耽误你干活了。亲戚说，让虫子多活半天吧，没事。说着扭头吩咐女人剁鸡，只听房后一阵鸡叫和扑腾声。又过了一阵子，一大盘鸡便做好端上来。男主人从床底下摸出两瓶沙湾苦瓜酒，我们边吃边喝边聊着棉花收成的事，五个男人，一会儿就把一瓶子酒喝光，第二瓶喝到一半时，主人喊小儿子去买酒，我说喝好了，还要赶路呢。小儿子不听我的，一脚油门，摩托车扬尘远去。

那半瓶酒喝完时，太阳已经西斜到棉花地里。主人看着空了的瓶子，不好意思地说酒很快买来了。我说不能再喝了，还要赶路。男主人说，你来了就不要想走。我说真的有事要走。主人说，你要再说走，我就开挖掘机去把路挖断。

天色黄昏时，听见摩托车声，小儿子抱来一箱子苦瓜酒。我问去哪买的酒，说公路边的小商店，来回一百多公里。我们等了三四个小时，先前喝上头的酒劲都过去了，主人又吩咐剁鸡炒菜重新喝。我看天色已晚，哪都去不了了，只好任凭主人安排。

第二轮酒是在月亮底下喝开的，酒桌摆在沙地上，白天的闷热过去了，凉风从西边徐徐吹来，月光下轮廓清晰的沙丘像在晃动，月亮也在天上晃动。不知何时，同来的三个人早已躺在沙地上睡着了，司机也在敞开的车门里呼呼大睡，剩下我和亲戚举杯对饮。

荒漠之中，明月之下，两个喝高了的人，嗓音高低不平地说着明早肯定会忘记的滔滔大话，那话随月亮升高，又随沙丘起落。

我就在那时听见屋后面的鸡叫，先是一只，接着三只五只，远远地，沙漠那边的鸡叫也传过来。我看着盘子里剩了一大半的鸡肉，突然嗓子发痒，我从自己一个接一个的打嗝声里，也听见了鸡叫。

三

在新疆，最方便在野外吃的还有手抓羊肉，一锅水，一只羊，煮熟了吃，做起来比大盘鸡还简单。

一次我们到伊犁军马场去游玩，中午约在山谷里一户哈萨克牧民毡房吃煮羊肉。到了毡房，牧民说羊去后山吃草了，主人骑马去驮羊，结果一去半天。到太阳西斜，羊驮来了。招待我们的人说，羊远得很，山路也不好走。我们看着主人宰羊、剥皮，肉放进石头支起的大铁锅里，松树枝在炉膛慢慢烧着，我们耐心地等。

跟我们一起等待的还有盘旋天空的一群老鹰，鹰早在牧民马背驮羊下山时就盯上了，一直追踪到毡房前，看着羊宰了，煮进锅里，它们等着吃骨头。几只牧羊犬也等着吃骨头。还有远近草原上的牧民，他们看着天空盘旋的老鹰，就知道鹰翅膀下面的毡房煮羊肉了，一匹匹的马儿，驮着主人朝着这边溜达过来。

羊肉煮熟端上来时天已经黑了，堆成小山的一盘肉里，仿佛已经煮入了牧民上山驮羊的时间、羊在山上吃草的时间、鹰在天空盘旋的时间，以及我们饥饿等待的时间。

那一餐，我们一直吃到半夜，肉吃了一块又一块，每人面前都堆了一堆羊骨头。酒也喝掉一瓶又一瓶，都没有醉的意思。仿佛我们等了大半天的饥饿，要用大半夜才能吃喝回来。

四

我的朋友刘湘晨说过他最难忘的一顿饭。

那年他在塔什库尔干拍纪录片，要下山买摄像机电池，站在村口等车，等到快中午，路上连个车影子都没有。就在这时，山坡上说说笑笑来了五个姑娘，在路边的平地上支起帐篷，用石头垒起一个炉灶，放上铁锅，便开始架火烧饭。我的朋友不知道姑娘们给谁做饭，也不便过去问，就老老实实坐在路边等。等得快睡着了，过来一个姑娘喊他，让过去吃饭。姑娘说，我们在村里看见你在这里等车，今天不一定会过来车，明天后天也不一定有车过来，我们给你搭了帐篷，做了饭，你住下慢慢等。

我的朋友常年在塔什库尔干拍片子，住在当地的塔吉克族人家，早已领略了塔吉克人的热情好客。但这样的奇遇还是第一次。他感激地吃完姑娘们做的清炖羊肉，正打算在帐篷里住下，远远看见一辆运货的卡车开来。他多么不希望这辆车过来，最好明天后天也不要有车来，他就一直住在路边的帐篷里，每天看着五个姑娘在石头垒的炉灶上给他做饭，晚上躺在帐篷里，望着高原上的星星和月亮，做着美梦，等一辆永远不希望它过来的车。

他可能是塔什库尔干最幸福的路人了。

同样的幸福经历我也遇到过。

那次我们驾车去和布克赛尔蒙古自治县牛石头草原探路，那是一处远离县城的高山湿地夏牧场，没有正规道路，汽车走的都是羊道，羊群踩出的道大坑小坑，要把车颠散架似的。一百多公里的路，走了四个多小时。大中午时，一行人进到一户牧民毡房，男人放羊去了。我们给女主人说，能否给做点吃的，我们付钱。

女主人热情地招呼我们上炕坐下，很麻利地铺上一块白色单子，把烤馕和小油饼放在上面，沏上烧好的奶茶，让我们品尝。然后，女主人架着外面的炉子，开始煮风干牛肉。

我们出去游玩拍照。这里是一片高山湿地牧场，一块块的巨大石头，像卧在草原上的石牛，全头朝西，任由西风吹凿出头、身体和鼻子眼睛。草原上还有两个小湖泊，挨的不远，像两只望向天空的眼睛。我们玩得忘记时间，直到听见女主人站在一块大石头上高喊，声音高高地飘到天上又落在草地的大石头间。

那顿肉我们吃得很仔细，肉被风吹干，再煮熟，还是干硬的，只有小块地咀嚼，肉里有风的悠长干燥，有草从青长到黄的香，有石头的咸，有松枝烧柴的火气。一大盘子牛肉，细嚼慢咽地全吃光了。

临走时问主人需要多少钱。

"不要钱。"蒙古族阿妈说。

同行的朋友掏出五百元钱硬塞给阿妈。阿妈拗不过,就收下了。然后,她俏皮地笑着,一人一张把五百元钱塞给了我们一行五人。

像是塞给她的五个孩子。

五

那年我和一位作家在维吾尔族朋友陪同下,到库车塔里木乡采风。爱说笑话的乡会计开一辆没刹车的破桑塔纳,拉着我们在渠沟纵横的胡杨林里穿行。矮胖敦实的维吾尔族乡书记坐前面,我们同行三人挤在后排。会计用半生不熟的汉语说,你们不要担心我的车没刹车,刹车多得很,胡杨树、沙包、渠沟都是刹车。确实这样,对面过来一辆拖拉机,眼看撞上了,会计一把方向,直接对在路边沙包上,把车刹住了。

晚饭安排在塔里木河边一户农民家,两间房子,孤孤地坐在胡杨林里。我们进屋脱鞋上炕,炕桌上摆着馕和葡萄干,乡书记让我们坐上席,他和会计坐对面。我们喝着奶茶吃着馕,会计打开自己带来的几包油炸大豆和花生米,乡书记从身后摸出一瓶酒,打开自己倒一杯喝了,又倒一杯给我。维吾尔族喝酒是一个杯子轮流转,转一圈,酒瓶子交给我,我先倒一杯自己喝了,再倒一杯给乡书记，就这样一圈圈地转，几包花生米都吃完了，天上星星出来了，我以为就这样一直喝下去了，突然房门打开，主人端着一大盘煮熟的羊肉进来，接着提来水壶，挨个给我们浇水净手。乡书记说，刚宰的羊。书记带我们双手捧起做了祈祷。然后，他从腰上的刀鞘里抽出一把刀子，刃朝自己，刀把递给我。我在盘子中间最大的那块肉上割一块自己吃了，又割一块给乡书记，然后刀子递给会计，他麻利地把肉削成小块递给我们，自己也不时塞一块肉在嘴里。

肉吃好已经是半夜了，我以为该开着没刹车的桑塔纳回乡上睡觉了。可是，乡书记又摸出一瓶酒，说刚才是白喝，没有菜。现在菜来了，正式喝。

这场酒从半夜开始，往深夜里喝。与我同行的作家喝几杯说醉了，一歪身躺炕上睡着了。我们在他的鼾声里一杯杯地喝，他睡一觉突然坐起来，说该走了吧。乡书记见他醒了，拉住硬给他灌一杯酒，他又倒身睡过去。我们就在他睡睡醒醒间，喝了一瓶又一瓶。中间有一阵子，我有点迷糊，喝了几杯又醒过来。醒过来我突然开始说维吾尔语，他们都惊奇地看着我，这个前半夜不会说半句维吾尔语的汉人，后半夜张口就是维吾尔语。我用维吾尔语跟他们说笑，给他们敬酒，他们都能听懂我说什么，我也知道我在说什么。似乎我几十年来听到耳朵里的维吾尔语都被酒激活，涌到了舌头根上。

喝到东方泛白，我出去方便，看见房后胡杨树林下隐隐约约的水光，一大片，我沿林间小路走过去，宽阔的塔里木河出现在眼前。整个一夜，我们就在塔里木河沉静的涛声里喝着酒，却浑然不知。

我从河边回来时，听见了鸡叫。天渐渐亮起来，从水流中能看见亮起来的天色，胡杨树梢上的叶子也有了亮光。我回到屋里，见他们已经横七竖八躺了一炕，全睡着了，打着呼。那个使劲劝我喝酒的乡会计，还说了两句维吾尔语的梦话，听不清。男主人打着哈欠进来，低声对我说了句话，我听不懂，想回一句，嘴张开，说了半夜的维吾尔语竟半句都找不见。我不好意思地对他笑笑，然后，挤到炕角上和他们一起睡着了。

六

好多年前，我和回族画家张永和在老奇台镇采风，中午坐在路边小饭馆门前吃拌面。过来三驾马车，车上堆着空麻袋，显然刚卖了麦子。赶车人把马拴在门口的杨树上，一伙人吵吵嚷嚷在门口的大桌子前坐下，我以为他们要大喝一场，粮卖了，人人口袋里装着钱。

可是，他们什么都没要。

其中一个人往里面高喊："老板，来碗面汤，馍馍自带。"

他们从随身布袋里拿出馍馍，每人拿出的都不一样，有白面的、苞谷面的，有花卷，有馒头，摆在桌子上。老板从后堂抱来一摞子大瓷碗，一人跟前摆一个，拿大水勺挨个地加满冒热气的面汤。

"谢谢啦，老板。"其中一个说。

"喝完了再加。"老板说。

他们用面汤泡馍馍很快吃完了，我和永和吃过拌面，喝着面汤看他们赶马车上路。

问老板他们咋喝个面汤就走了。老板说，今年天灾，粮食收得少，农民都舍不得吃拌面，就要一碗面汤对付了。

"不过，他们收成好的时候会过来好好吃一顿。"老板又说。

面汤是新疆最暖人的汤，不要钱。吃完拌面，最舒服的就是喝碗面汤了，汤里全是面的味道，略咸，喝一口下去，面汤烫烫地穿过刚入胃的拉面，那些香味又被勾回来。

有一个笑话，店小二给老板说："一食客吃完拌面没付钱走了。"老板问："喝面汤没？"小二说："没喝。"老板说："那就没事。"过了会儿，果然食客急匆匆回来，让老板上碗面汤。

我在沙湾金沟河乡农机站工作那两年，每天中午到乌伊公路边的饭馆吃拌面，一次一位种棉花的农民坐在对面，和我一样要了拌面，菜和面端上来时，他先把一小半菜拌在面里，很快吃完，喊一声"老板，加面"。剩下的菜分一半到新加的面里，吃完再喊一声"老板加面"，待面上来，把其余的菜全拌进去，菜盘子拿面掺干净，呼噜呼噜吃了，又喊一声"老板，面汤"。

我被他的吃法感染，也喊了声"老板，加面"。面加了却没吃完。

听老板说，附近种地的农民，天刚亮就下地，中午没工夫回家做饭，就到饭馆结结实实吃一顿拌面，然后干到天黑才回家。那一份拌面，要把上半天耗尽的力气补回来，还要撑到天黑。出那么大劲，加几份面都不够的。

路边饭馆的常客多是跑长途的司机，这顿吃了，下顿在千里之外。拌面是最能扛饿的。饭量大的加两三份面，再喝一两碗面汤，弓腰进来，挺着肚子出去。吃拌面的人，吃到加面才是最香的，加面不要钱，最后那碗面汤也不要钱。这是新疆饭的厚道，管吃饱喝好。

进到新疆的大小饭馆，主人先倒一碗烫茶，再问你吃啥。茶水也是免费的。一个不产茶的地方，竟然免费给客人喝茶。

那几年我常坐在路边饭馆喝茶，道路坑坑洼洼，汽车远去后，扬起的尘土缓缓落下来，像岁月一样，落在身上头上，我不管不顾地坐着。那时我年轻迷茫，看着远去的汽车会莫名伤感，仿佛什么被带走了，让我变得空空荡荡，又满眼惆怅。

多少年后我还是喜欢在路边的小饭店吃饭，望着往来车辆，想找到年轻时的那份忧伤。我二十多岁时，在尘土飞扬的路边，想望见四十岁、五十岁的自己，到底走到了哪里。如今我年近六十岁，知道已走在人生的远路上，此时回头，看见二十岁的自己还在那里，我在他远远的注视里，没有迷路，没有走失。

卖磨刀石的人

　　房子一年年变矮，半截子陷进虚土。人和牲口把梁上的虚土踩瓷，房子也把墙下的虚土压瓷。那些地，一阵子长苞谷，一阵子又长麦子。这阵子它开始长草了，从虚土庄到天边，都是草。草木把大地连起来。

　　七月，走远的人回来说，东边是大片的铃铛刺，一刮风铃铛的响声铺天盖地，所有种子被摇醒，一次次走上遥远的播种之路。红柳和碱蒿把西边的荒野封死，秋天火红的红柳花和天边的红云相连，又从天空涌卷回来，把村庄的房顶烟囱染红，把做饭的锅染红，晚归的人和牛也是红的。

　　只有几个孩子的梦飘过北边沙漠。更多人的梦，还在早年老家的土墙根，没走到这里。只有回到老家的路是通的，那条路，被无数的后来者走宽，走通顺。

　　刘二爷说，我们无法利用一场梦，把村庄搬到别处。即使每人梦见一辆大车，梦见一条畅通无阻的大路，可是，又有谁能把这些车和路梦到一起。梦中谁又会清醒地知道我们的去处。

七月，跑买卖的冯七闻着麦香回来，马脖子上的铃铛声在几里外传进村子。我们对他拉回来的东西没一点兴趣，只喜欢听他说外面的事。他跑的地方最多，走的路最远。那些夜晚，村里一半人围在冯七家院子。有人想打听自己家人在远路上的消息，有人想打问自己的消息。冯七从不带回来同村人的消息，仿佛他们在远处从没有相遇，仿佛每个人都去了不同的地方。

当冯七讲完他经过的所有村庄后，天还没亮，院子黑压压坐着人，有的睡着了，有的半睡半醒。这时就有人问，你每次回来时，看见了一个怎样的虚土庄。你见识了那么多人，回来看见的虚土庄人又是怎样一种人，我们在怎样的生活中过着一生。

冯七说，我从北边回来的那个下午，看见虚土庄子的背后，零乱的柴垛，破土墙，粪堆，潦草圈棚。看见晚归人落满草叶尘土的脊背，蓬乱的后脑勺。我就想，我们一次次收工回去的是这样一座破烂村庄，一天天的劳忙后我们变成这样一群伛偻背影。

而我从南面回来的早晨，看见的却是另一番情景：整洁的院落，敞亮的门窗，刚洒过水、清扫干净的路，穿着一新准备出门的村人。南面是村庄的门面，向着太阳月亮。我们不欢迎从北边来的人，我们把北边来的人叫贼娃子。北边没有正经路，北边是我们长柴火、放羊、套兔子打狼的地方。南来的路到了虚土庄，叉开两条腿，朝西朝东走了。

我还没有从天上到达过虚土庄，不知道一只鸟、那群飞旋的鹞鹰看见了一座怎样的村庄。它们呱呱地叫，因为我们的哪件事情。它们在天上议论我们村子,落到地上时说天上的事,叽叽喳喳,说三道四。听懂鸟语的人说,鸟天天在天上骂人,在树枝上骂人,人以为鸟给自己唱歌,高兴得不得了。柳户地村有个懂鸟语的,也会听猪马羊这些牲口的话,他只活了二十七岁,死掉了。说是气死的。所有动物都在骂人,诅咒人。那个听懂牲口话的人就被早早骂死了。

冯七讲述的远处村庄让人们彻底绝望。他把村里人的脑子讲乱了,弄不清到底有多少个村庄。当他讲述一个村庄时,在人们心中就会有三四个相同的村庄,出现在不同的远方。它们像星星一样密布在远远近近的地方。

无论我们朝哪个方向走,最终都将融入前方的一个村庄,在那里安家落户,变成外来人,种别人种剩的地,听人家指使。

另一些买卖人带来的消息,证实了冯七的说法。这片荒野四周都已住满人,只剩下虚土庄周围的这片荒野。虚土庄人的远方早就消失了,人、牛马羊,都没有更远的去处。以前我们认为连鸟都飞不过去的北沙窝,到处是人走出的路,沙漠那头的人,已经把羊群赶过来,吃我们村边地头的草了。他们挖柴火的车,也已停到我们村边,挖我们地头墙根的梭梭红柳。老早我们叫砍柴火,砍一些梭梭红柳枝就够烧了。现在近处的梭梭红柳枝被砍光,我们只有挖它们的根。

刘二爷说，那些车户，一开始想找一条路，把整个村子带出去。后来走的地方多了，把别处的好东西一车车运回村子时，觉得没必要再去别处了。况且，他们找到的所有路都只适合一辆马车奔跑，而不适合一个村庄去走。他们到过的所有村庄都只能让一个人居住，而无法让一个村庄落脚。

七月，麦香把走远的人唤回村子。割麦子了。磨镰刀的声音把猪和羊吓坏了。卖磨刀石的人今年没来。大前年七月，那个背石头的人挨家挨户敲门。

卖磨刀石了。

南山的石头。

这个喊声在大前年七月的早晨，把人唤醒。突然，人们想起该磨刀割麦子了。本来割麦子不算什么事，每年这个时节都割麦子。麦子黄了人就会下地。可是，这个人的喊声让人们觉得，割麦子成了一件事。人被突然唤醒似的，动作起来。

那时节人的瞌睡很轻，大人小孩，都对这片陌生地方不放心。夜晚至少有一半人清醒，一半人半睡半醒。一片树叶落地都会惊醒一个人。守夜人的两个儿子还没出生。另两个，小小的，白天睡觉，晚上孤单地坐在黑暗中，眼睛跟着父亲的眼睛，朝村庄的四个方向，转着看。守夜人在房顶上，抵挡黑暗的风声。风中的每一个声音都不放过。贴地刮来的两片树叶，一起一落，听着就像一个人的脚步，走进村子。风如果在夜里停住，满天空往下落东西。落下最多的是尘土叶子，也有别的好东西，一块头巾，几团骆驼毛。

后来人的瞌睡一年年加重，就很难有一种声音能喊醒。狗都不怎么叫了，狗知道自己的叫声早在人耳朵里磨出厚茧。鸡只是公鸡叫母鸡，鸡叫声越来越远，梦里的一天亮了，人们穿衣出门。

一块磨刀石五年就磨凹了。再过两年，我才能听到那个背石头人的敲门声。他在路上喊。

卖磨刀石了。

南山的石头。

然后挨家敲门。敲到我们家院门时，我站在门后面，隔着门缝看见他脊背上的石头。他敲两下，停一阵再敲两下。我一声不吭。他转身走到路中间时，我突然举起手，在里面哐哐敲两下门，他回过头，疑惑地看一眼院门，想转身回来，又快步朝前走了。过一阵我听见后面韩拐子家的门被敲响。

卖石头的人在南山采了石头，背着一路朝北，到达虚土庄再往西，路上风把石头的一面吹光。有时碰见跑顺风买卖的，搭一段路。但是很少。卖石头的人大多走侧风和顶风路，迎着麦香找到荒野中麦地拥围的村庄。

他再回到虚土庄时我已经长大走了。我是提一把镰刀走的，还是扛一把铁锨，或者赶一辆马车走的，我记不清。那时梦里的活开始磨损农具，磨刀石加倍磨损，早就像鞋底一样薄了。一块磨刀石两年就磨坏了。可是卖磨刀石的人,来虚土庄的间隔,却越来越长,七八年来一次。他背着石头在荒野上发现越来越多的村庄,卖石头的路也越走越远,加上他的脚步,一年比一年慢,后来多少年间,听不到他的叫卖声了。

一个人的村庄

我出去割草,去得太久,我会将钥匙压在门口的土坯下面。我一共放了四块土坯迷惑外人,东一块,西一块,南北各一块。有一年你回来,搬开土坯,发现钥匙锈迹斑斑,一场一场的雨浸透钥匙,使你顿觉离家多年。又一年,土坯下面是空的,你拍打着院门,大声喊我的名字。那时村里已没几户人家,到处是空房子,到处是无人耕种的荒地,你趴在院墙外,像个外人,张望我们生活多年的旧院子,泪眼涔涔。

芥,我说不准离家的日子,活着活着就到了别处。我曾做好一生一世的打算在黄沙梁等你,你知道的,我没这个耐力,随便一件小事都可能把我引向无法回来的远处。在过去的几十年里,村里人就是为一些小事情一个一个地走得不见了。以至多少年后有人讲起走失的这些人,得到的回答仍旧是:

他割草去了。

她浇地去了。

人们总是把割草、浇地这样的事看得太随便平常。出门时不做任何准备,不像出远门那样安顿好家里的一切。往往是凭一个念头，也不跟家里人打声招呼，提一把镰刀或扛一把锨就出去了，一天到晚也不见回来，一两年过去了还没有消息。许多人就是这样被留在了远处。他们太小看这些活计了，总认为三下五下就能应付掉，事实上随便一件小事都能消磨掉人的一辈子，随便一片树叶落下来都能盖掉人的一辈子。在我们看不见的角角落落里，我们找不到的那些人，正面对着这样那样的一两件小事，不知不觉地过去了一辈子。连抬头看一眼天的时间都没有，更别说地久天长地想念一个人。

我最终也一样，只能剩一院破旧的空房子和一把锈迹斑斑的钥匙——我让你熟悉的不知年月的这些东西在黄沙梁，等待遥无归期的你。我出去割草。我有一把好镰刀，你知道的。

多少年前的一个下午，村子里刮着大风，我爬到房顶，看一天没回家的父亲。我个子太矮，站在房顶那截黑糊糊的烟囱上，抬高脚尖朝远处望。当时我只看见村庄四周浩浩荡荡的一片草莽。风把村里没关好的门窗甩得啪啪直响，连一个人影都看不见，满天满地都是风声，我害怕得不敢下来。

我母亲说，父亲是天刚亮时扛一把锨出去的。父亲每天都是这个时候出去。我们从来不知道他在侍弄哪块地。只记得过不了多长时间，父亲的那把锨就磨得不能使了。他在换另一把锨时，总是坐在墙根那块石板上，一遍又一遍地刮磨那根粗糙的新锨把，干得认真而仔细。有时他抬头看看玩耍的我们，也偶尔使唤我给他端碗水，拿样工具。我们还小，不知道堆在父亲一生里的那些活，他啥时候才能干完，更不知道有一件活会把父亲永远留在一块地里。

多少年来我总觉得父亲并没有走远，他就在村庄附近的某一块地里，某一片密不透风的草莽中，无声地挥动着铁锨。他干得忘记了时间，忘记了家和儿女，也忘记了累。多少年后我在这片荒野上游荡，有一天，在草莽深处我看见翻得整整齐齐的一大片耕地，我一下认出这是父亲干的活。我跑过去，扑在地上大喊父亲、父亲……我听见我的声音被另一个我接过去，向荒野尽头传递。我站起来，看见父亲的那把铁锨插在地头上，木把已朽。我知道父亲已经把活干完了，他正在回家的路上。我也该回家看看了。我记不清自己游荡了多少年，只觉得我的身体在荒野上没日没夜地飘游，没有方向，没有目的，也不知道累，若不是父亲翻虚的这片地挡住我，若不是父亲插在地头的铁锨提醒我，我就无边无际地游荡下去了。

芥，那时候家里只剩了你。我的兄弟们都不知到哪里去了，他们也和父亲一样，某个早晨扛一把锨出去，就再不回来了。我怎么也找不到他们。黄沙梁附近新出现了好多村子，我的兄弟们或许隐姓埋名生活在另一个村庄了。有些人就是喜欢把自己的一生像件宝贝似的藏起来不让人看，藏得深而僻远。

我记得三弟曾对我说过，一个人就这么可怜巴巴的一辈子，为啥活给别人看呢。三弟是在父亲走失后不久说这句话的，那时我就料到，三弟迟早会把自己的一生藏起来。没想到我的兄弟们都这样小气地把自己的一辈子藏在荒野中了。

我把钥匙压在门口的土坯下面,我做了这个记号给你,走出很远了又觉得不踏实。你想想,一头爱管闲事的猪可能会将钥匙拱到一边,甚至吞进嘴中嚼几下,咬得又弯又扁。一头闲溜达的牛也会一蹄子下去,把钥匙踩进土中。最可怕是被一个玩耍的孩子捡走,走得很远,连同他的童年岁月被扔到一边。多少年后,这把钥匙被一个有贼心的人捡到,定会拿着它挨家挨户地试探,在人们都不在的一天,从村子一头开始,一把锁一把锁地乱捅。尤其没开过的锁,往里捅时带着点阻力,涩涩地,能勾起人的兴致。即使根本捅不进去,他也要硬塞几下。一把好钥匙就这样被无端磨损,变细、变短,成为废物。遭它乱捅的锁孔,却变得深大而松弛,这种反向的磨损使本来亲密无间的东西日渐疏离。爱情也是这样。我创造了一个我到达不了的远方,挖了一口自己探不到底的深井。在这个漫长过程中我自己被消损得短而细小,爱情的距离就这样产生了。

早晨微明的天色透进窗户,你坐起身,轻轻移开我压在你腹部的一条腿。

你说:那块地都荒掉了。

哪块地?我似醒非醒地问你。

接着我听见锄头和铁锹轻碰的声音、开门的声音。

我醒来时不知是哪一个早晨,院子扫得干干净净,柴垛得整整齐齐，细绳上晾晒着洗干净的哪个冬天的厚重棉衣。你不在了。

村子里依旧刮着大风，我高晃晃地站在房顶朝四处望。风穿过空洞的门窗发出呜呜的鬼叫声。已经多少年了，每次爬上房顶我都在想，有一天我一定提一把镰刀出去，把村庄周围的草全都割倒。至少，割出一个豁口，割开一条道。我父亲走失的第五年，有一天，我在房顶上看见村西边的沙沟里有一片草在摇动。我猛然想到是不是父亲，我记得母亲说过，你父亲就喜欢扛一把锨在乱草中倒腾，他时不时地在一片草莽中翻出块地来，胡乱地撒些种子，就再不管了。吃午饭时，母亲又说：爬到房顶看看，哪片草动弹肯定是你父亲。

我翻过沙梁，一头钻进密密麻麻的深草。草高过了头顶，我感到每一株草都能把我挡到一边，我只有一株草一株草地拨开它们。结果我找到了一头驴。我认出是几年前王五家丢掉的那头，当时王五家为了这头驴惊动了方圆几百里，几乎远远近近每一条路上都把守着王五家的亲戚，村里每一户人家都被怀疑。没想到驴就藏在离王五家不远的一摊草中，几年间它没移动几步，嘴边就是青草，它卧在地上左一口右一口地就能吃饱肚子，对驴来说这是多好的日子。它当然不愿再回到村里去受苦。可王五家却惨了，本该驴做的事情都由王五家的人分担去做了。才几年工夫王五的腰就躬成驴背了。我出于好心把驴拉了回去送给王五家。王五的婆姨抱着驴脖子哭了好一阵，驴被感动了似的也吭吭地叫起来。王五的婆姨哭够了转过身来，用一双泥糊糊的眼睛瞪着我说：

你爹出去几年了。

五年了。我说。

那就对了。王五的婆姨一拍巴掌，说。

我家的驴也丢掉整整五年了，肯定是你爹把我家的驴拉出去使唤了五年，使唤成老驴了，才让你给送过来。你说，是不是。

芥，我记得我们种过一块地，离村庄很远。一个春天的早晨我们赶马车出去，绕过沙梁后走进一片白雾蒙蒙的草地，马打着响鼻，偶尔也放两个屁。马车猛然间颠簸起来，一上一下，一高一低，一起一伏，我忘掉了时间，忘掉了路。不知道车又拐了多少个弯，爬了几道梁，过了几条沟。后来车停了下来，我抬起头，看见一望无际的一片野地。

芥，我一直把那一天当成一场梦，再想不起那片野地的方向和位置。我们做着身边、手边的事，种着房前屋后的几小块地，多少个季节过去了，我似乎已经忘记我们曾无边无际地播种过一片麦子。我只依稀记得我们卸下农具和种子时，有一麻袋种子漏光在路上了。

后来我们往回走时，路上密密麻麻长满了麦子。我们漏在路上的麦种，在一场雨后全都长了出来，沿路弯弯曲曲一直生长到家门口，我们一路收割着回去。芥，我一直不敢相信的一段经历你却把它当真了。你背着我暗暗记住了路。那个早晨，我在睡眠蒙眬中听见你说：那块地长荒了。我竟没想到你在说那一片麦地。现在，你肯定走进那片无边无际的麦地中了。

我带走了狗，我不知道你回来的日子，狗留在家里，狗会因怀念而陷入无休止的回忆。跟了我二十年的一条狗，目睹一个人的变化，面目全非。二十年岁月把一个青年变成壮年，继而老态龙钟。狗对自己忠诚的怀疑将与年俱增。在狗眼里，人一生中的不同时期是不同面孔的好几个人。它忠心尾随的那个面孔的人，随着年月渐渐就不见了。取而代之的是另一副面孔另一番心境的一个人，还住在这个院子，还种着这块地。狗永远不能理解沧桑这回事。一个跟随人一辈子的忠犬，在它的自我感觉中已几易其主，它弄不清人一生中哪个时期的哪副面孔是它真正的主人。

狗留在家里，就像你漂泊在外，是我最放心不下的心事。

一条没有主人的狗，一条穷狗，会为一根干骨头走村串巷，挨家乞讨，备受人世冷暖，最后变得世故，低声下气，内心充满怨恨与感激。感激给过它半嘴馊馍的人，感激没用土块追打过它的人，感激垃圾堆中有一点饭渣的那户人。感激到最后就没有了狗性，没有一丁点怨恨，有怨也再不吭声，不汪不吠。游荡一圈回到空荡荡的窝中，见物思人，主人的身影在狗脑子里渐渐怀念成一个幻影，一个不真实的梦。

这还不是最重要的。你回来晚了，狗老死在窝里，它的没见过你的狗子狗孙们把守着院子。它们没有主人，纯粹是一群野狗，把你的家当狗窝，不让你进去。

家是很容易丢掉的,人一走,家便成了一幢空房子。锁住的仅仅是一房子空气,有腿的家具不会等你,有轱辘的木车不会等你,你锁住一扇门,到处都是路,一切都会走掉。门上的红油漆沿斑驳的褪色之路,木梁沿坑坑洼洼的腐朽之路,泥墙沿深深浅浅的风化之路,箱子里的钱和票据沿发黄的作废之路……无穷无尽地走啊。

我在荒草没腰的野地偶一抬头,看见我们家的烟囱青烟直冒,我马上想到是你回来了,怎么可能呢,都这么多年了,都这么多年了,我快过惯没有你的日子。

我扔下镰刀往回跑。

一个在野外劳动的人,看见自己家的炊烟连天接地地袅袅上升,那种子孙连绵的感觉会油然而生。炊烟是家的根。生存在大地深处的人们,就是靠扎向天空的缕缕炊烟与高远陌生的外界保持着某种神秘的联系。

炊烟一袅袅,一个家便活了。一个村庄顿时有了生机。

没有一朵云,空荡荡的天空中只有我们家那股炊烟高高大大地挡住太阳,我在它的阴影中奔跑,家越来越近。

我推开院门,一个陌生男人正往锅头里塞柴火,我一下愣住了,才一会儿工夫,家就被别人占了。我操了根木棍,朝那个男人蹲着的背影走去。

听到脚步声他慢腾腾地转过身。

你找谁?他问。

你找谁？我问。

我不找谁。他说着又往锅头里塞了根柴火，我看见半锅水已经开了，噗噗地冒着热气。

这个男人去另一个村庄，路过院门口时，一脚踩翻土坯，看见我留给你的钥匙。他小心翼翼捡起来，擦净上面的锈和尘土，顺手装进口袋。走了几步他又返回来。我一共留给你五把钥匙，能打开五扇门。我们家能锁住的地方我都上了锁。

他捡出一把粗短的黄铜钥匙，对准锁孔塞了几下，没塞进去。又捡出另一把细长的，没费劲就塞了进去，捅到底了，还露半截在外面，他故意扭了几下又拔出来。捅进第三把钥匙时，锁打开了。他在院子里转了一圈，然后又挨个地打开每一间房子。

他先走进一间宽大低矮的卧房，看见占据了大半个房间的几十米长的一张大土炕，他有点吃惊，从没见过这么大的土炕。他想，这家男人肯定雄壮无比呢，他修了如此阔大的一个炕，一定想生养几十个儿女。有这种雄心的男人一般都有健壮的体魄，又娶到一房样样能行的好媳妇，有了这些天赐的好条件，他就会像种瓜点豆一般，从大土炕的那头开始，隔一尺种一个儿子，再隔一尺插花地播一个女儿。这是长达几十年的辛勤劳作，要保质保量地种下去又不种出歪瓜裂枣也不容易。再能行的男人赶种到大土炕的另一头也会老得啥也干不动，腰也弯了，腿也瘸了，甚至再没力气下炕。而从这个大土炕上齐刷刷站起来的一群儿女，在一个早晨像庄稼一样密密麻麻立在地上，挡住从窗外照进来的那束阳光。

他想，这家男人在年轻力盛时一定很自负地算好了一生的精力和时间，才修了这样巨大的一个土炕，他对自己太有信心了。多少年后的今天，显然，他连半个儿子也没种出来，大土炕上一片荒芜，长着些弱小的没咋见阳光的杂草。只有靠东头的炕角上，铺着张发黄的苇席和半条烂毡，一床陈旧的大花棉被胡乱地堆在上面。

是什么东西阻止或破灭了这家男人的雄伟梦想呢？他不知道。

他用一根指头在布满裂缝的桌面上抹了一下，划出道清晰的印子，尘土足有铜钱厚。他是个流浪人，可能从没安心在一个地方长年累月地体验过一件事情。不像我，多少年来看着一棵树从小往大地长。守着一个院子，从新住到旧。思念着一个人，从年轻到年老昏沉。他没这种经历，因而弄不清多少年的落尘才能在桌面上积到铜钱这么厚。

他转过身，穿过满是杂乱农具的库房，墙上挂的，梁上吊的，地上堆的，各式各样的农具。有些他从没有见过，造型古古怪怪，不知是干什么活用的。

芥，有些活是只有我能看见的，它们细小或宏大地摆在我的一生里，我为这些不同种类的活制造了不同式样的专用农具，我不像父亲，靠一把简单的铁锨就能对付一辈子。有些活通过我的劳动永远不见了，或者变成另一种活等候在岁月中了。我埋掉的一些东西成为后人的挖掘物时，那种劳动又回来或重新开始了。我割倒垛在荒野中的干草，多少年后肯定有人赶一辆车拉回村里。这些深远的东西一个过路人怎能看清看透呢。他只会惊叹：这家男人长着怎样有力的一双手啊。他为自己准备了如此多而复杂的一库房农具，他到底想干掉多少活，干出多大的事业，这些农具中的哪一件真正被用过。

他打开另一扇门，一股谷物腐烂的霉味扑鼻而来。这间房子没有窗户，光线很暗，只有接近房顶的墙上有两个很小的通风洞，房子中间突兀地立着一堵墙，墙的半腰处有个黑洞洞的豁口，他把头探进豁口，看了半天，才看清里面是黑乎乎的半仓粮食。他把手伸进去，抓了一把谷物走到院子里，在阳光下观察了一阵，又用鼻子闻了闻。

没准还能吃呢。他想。

要能吃的话，这半仓粮食够一个人吃一年了。

他在院子里转了一圈，捡了些柴火放到锅头旁。他决定住下不走了。他想，这么大一院房子，白白空着太可惜了。他本来去另一个村庄，另一个村庄在哪他自己也说不清，每到一个村庄，另一个村庄便隐约出现在前方，他只好没完没了地往前走。不知走了多少年，他忘记了家，忘记回去的路，也忘记了疲惫。

正是中午，阳光暖暖地照着村子，有两三个人影，说着话，走过村中间那条空寂的马路。

他想，先做顿饭吧，多少年来他第一次感到了饥饿。

我在这时候跑回家里。

我犯了一个天大的错误。芥，我扔下镰刀往回跑，快下午的时候，一个过路人捡走我的镰刀和一捆青草，往后很多年，我追赶这个人。我走过一个又一个喧哗或寂静的村庄，穿过一片又一片葱郁或荒芜的土地，沿途察看每一个劳动者手中的农具，我放下许多事，甚至忘记了家，忘记了等你……

芥，你不认识老四，你到我们家的时候，老四已走失多年。家里只剩下母亲，和两个我至今不知道名字的小兄弟。他们小我很多岁，总是离我远远的——像在离我很多年那么远的地方各自地玩着游戏。也不叫我二哥，也许叫过，只是太远了我没听清楚。他们总喜欢在某个墙根玩耍，望过去像两个投在墙上的影子。其实他们就是影子，只活在母亲的世界里，父亲离开后再没人带他们来到世上。我一直不知道我有多少个姐妹兄弟。但一定很多，来世的，未来世的，不计其数。我父亲的每一颗成熟的精子，我母亲的每粒饱满的卵子，都是我的姐妹兄弟。他们流失在别处，就像我漂泊在黄沙梁。

多少年后我在这片荒野上游荡时，我又变成了一颗精子或一粒卵子。盲目，无知。没有明确的去处。我找到了你，在很多年间我有了一个安静温暖的归宿。我日日夜夜地爱你，我渴望通过你回到我母亲那里去。父亲走失后我目睹了母亲长达半世的寂寞和孤独。

芥，我是不是走在一条永远的死胡同里，进来出去又进来，你让我迷路，很多年走不出这个叫黄沙梁的村子。

芥，你没看好我的母亲，你让她走了，带着我的两个不知名字的兄弟远远地走了。你指给我路，让我去追。

正是下午的时候，我扛着铁锨回来，院门敞开着，我喊你的名字，又喊母亲，院子里静静的没有回应，对面墙上也看不见我那两个兄弟的身影，往日这个时候他们玩得正欢，墙上的影子也就最清晰真实。

我推开一扇门，又推开一扇门，家里像是多少年没有人住。我记得我才出去了一天，早晨我出门时，你正在锅头上收拾碗筷，母亲拿一只小小的笤把在扫院子，我还想，这么大的院子母亲用一只小笤把啥时才扫完呢。我吩咐你帮帮母亲，你答应着。树在落叶子，我出门时，一些树叶又落在母亲扫过的地方。

我在地里干着活还不时朝村里望，快中午的时候，我还看见我们家的烟囱冒了一股烟，又不见了。我头枕在埂子上睡了一觉，是不是这一觉把几十年睡过去了。

我走出院子找你和母亲，村子里空空的一个人也看不见。我一家一家地敲门，几乎每户人家的院门都虚掩或半开着，像是人刚出去没走远，就在邻居家借个东西、去房后撒泡尿马上就回来，所以门没锁，窗户没关。但院子里的破败景象告诉我，这里已很久没人居住。

我喊了几个熟悉的人的名字。喊第三声的时候，一堵土院墙轰然而倒。我返回到家里，看见你正围着锅头做饭，两盘炒好的蔬菜摆在木桌上。

活干完了？我听见你问我。

什么活？我在心里想着这句话，说出口的却是另一句：刚才你到哪去了？

我给你做饭哩。

那我回来咋没看见你。

你回来了？啥时？

刚才。

刚才？你说着又把炒好的一盘菜放在木桌上。

那我母亲呢？

刚走，她说不回来吃饭了，我才炒这么多好菜。你母亲太能吃饭了，一顿吃好几个人的饭还不停地叫饿。她说她是给你的几个兄弟吃饭的，她自己好多年前就不需要吃饭了，只喝点西北风就饱了。

我朝你指的路上追去，没跑几步又折回来。

那么，村里人都到哪去了？

都在哩。

在哪里？

还不是都在干自己的活哩，你想想你到哪去了就该知道其他人的去处。

你说着把一碗烧好的汤放在桌上。我看见发绿的汤里扔着几根白骨。另几盘也是些腐肉和陈菜，那些菜像是多少个季节以前摘的，发着陈旧的灰黑色。虽是刚炒出来，却一点热气都没有。倒像一桌供放多年的供食。再看你，也像衰老了许多，衣袖有几处已朽烂，铜手镯绿锈斑斑，似乎这顿饭你做了很多年才做熟。

炉膛里还是多年前的那灶火，盘子里是多年前的肉和蔬菜，我的胃里蠕动着的也是多年前的一次饥饿。

芥，我记得我才出去一天。

我三十岁那年秋天，我想，我再不能这样懵懵懂懂地往前活了。

我要停下来，回过头把这半辈子认认真真回味一遍。如果我能活六十岁的话，我用三十年时间往前走，再用剩下的三十年往回走，这样一辈子刚好够用。

从那时起，我停住手中的一切活计，吃着仓里的陈旧谷子，喝着井里的隔年老水，拒绝和任何一个陌生人认识，也不参与村里家里的一切事务。唯一的在外面的活动是：当我回想不起来的时候，找几个熟悉我的人聊聊往事。

那年秋天家家户户大丰收，人人忙忙碌碌。仓满了，麻袋也用完了，院子里、房顶、马路上，到处堆放着粮食。人们被多年不遇的丰收喜昏了头，没谁愿意跟我闲扯陈年旧事。他们干着今年的活，手握着今年的玉米棒子，眼睛却满含喜庆地望着来年。他们说，啊，要是再有几个这样的好年成，我们就能把一辈子的粮食全打够，剩下的年月，就可以啥也不干在家里享福了。他们一年接一年地憧憬下去，好年成一个挨一个一直延伸到每个人的生命尽头。照这样的向往，我发现他们根本没有剩下的年月，可以啥也不干待在家里享福。往往是今年的收成还顾不上吃几口，另一年的更大丰收又接踵而来，大丰收排着大队往家里涌，人们忙于收获，忙于喜庆，忙得连顿好饭都顾不上吃，一村人的一辈子就这样毫无余地地完蛋了。

我庆幸自己早早刹住了车。芥，只有你理解我。在我满屋满院子翻找那些能够证明我过去生活的旧农具、旧家什以及老帐单、破鞋帽时，你不动声色地配合我，一边收拾着满院子的粮食，一边找出你早年的衣饰，穿戴在身上，用你以往的眼神和微笑对着我，说着你对我说过的话，重复着你对我做过的那些动作。芥，我就从前一天的晚上开始回想。我顶好院门，用一捆树枝把院墙上的豁口堵住。天还没有黑透，还不到睡觉的时候，你早早就喊我上炕，不叫我出去转，和屋后的韩三吹吹牛、聊聊天，乘机抽他的一根烟。韩三叫我谝高兴时，就会递过一大张烟纸，抓一大撮烟颗，让我又粗又长地卷一根烟。这件便宜事我从没告诉过你，即使告诉了，你也不会放我出去一个人过瘾。我看得出，你从天一亮就开始盼着天早早黑，好早早上炕。那时你是多么狂热地依恋着我呵。多少年后的那些个晚上，当我闲着没事想出去混根烟抽时，韩三早已不在村里，他家装修考究的窗户门变成几个怪模怪样的黑洞，遇到风天便发出呜呜的怪叫。

我坐在炕沿脱衣服时，还听到村里忙忙碌碌的人声、狗和牲畜的叫声。我忙碌的时候，不会清晰地听到其他人忙碌的声音，现在我不忙了，要忙另一件事了。你让我早早闲下来，怕我累坏了身体干不成正事。

我就从这一夜开始回忆，从三十岁的这一夜起，我就往回走了，背对着你们——一村庄人，面朝曾经发生过的事情。熄灭的油灯又亮起来，橘黄的亮光重新温馨地照着这间房子，这面几十米长的大土炕。我们睡在土炕的一头，另一头堆满了玉米棒子，都是新鲜的刚收获不久的棒子。外面刮起了风。我听见风把院子里的干树叶刮起来，带到很远很远的地方，紧接着一些很远处的树叶又被风刮到我们的房上和院子里。你不让我吹灯，你不知道灯亮着我多心疼，家里只有一小瓶灯油，我准备了好几个大桶，并排放在库房的墙根。我想年轻时多摸摸黑，节省点灯油，到我上了年纪，老眼昏花时就会有足够的灯油，在我四围点好多盏灯。当一个人视力渐衰时他拥有了好多盏灯，一盏一盏地，把他看不清的那些地方一一点亮，这是多么巨大的补偿啊。这种补偿不会凭空而降，要靠自己在漫长一生中一点点地去积攒。你怨我性急，我咋能不急呢，灯亮着，灯油一丝丝耗尽时，我就觉得自己没有了力气，只想早早熄灯休息。

我站在村头观察了好一阵。月光下的黄沙梁，就像梦中的白天一样。一切都在银灰色的透明空气中呈现出原来的样子——树还是那样高，似乎我离开后树再没有生长过。房子还那样低矮，只是不知住在里面的，是不是我认识的那一村庄人。我走了半夜的黑路，神情有些恍惚，记不清自己离开黄沙梁已有多久。我好像做了一场梦，恍恍惚惚醒来，看见自己生活多年的一个村庄，泊在月色里。

就在前半夜，我还一直担心自己走错了路。我记得以前的路是在沙梁顶上蜿蜒向西，绕过一道沟后直端端戳向村子。

谁把路朝北挪动了半里。我自言道。

有人为了种地往往会把道路挤到一边,让过往的人围着他的地转。有一年我穿过一片戈壁去胡家海子,去时路还好好的,路旁长满了野草和灌木。几天后当我回返时,这片戈壁已被人耕翻了,并浇了水,种上粮食。我费了大半天时间才绕过去。我想,倘若这个种地人心贪,把地耕种到天边,那我就永远被隔在地这边的他乡了。

而这片荒野并没有人耕种,好像路不小心从沙梁上滑了下来,要么是向北的风一年一年地把路吹到这边了,像吹一根绳子一样。

不过,我想是另一种情景:一场大雪后,荒野白茫茫一片,雪把所有界线和标识覆盖得一片模糊。最先出门的人,搞不清道路的确切位置,但又不能不走,只好大概地瞄一个方向踏雪而去。晚出门的人、车马也都不加考虑地循着这行脚印走去。这样每一场雪后,道路总会偏离原来的轨迹,有时是偏左,有时偏右。整个冬天没有几只脚真正地踩在路上。只有到了春天——融雪之后,人们才惊讶地发现:把路走偏了。但又没有谁会纠正这个错误,原回到老路上去。反正,咋走还是走到该去的地方,目的地不会错的。

那时候我们刚刚结婚,我整夜守着你,不知道村里发生了啥事。几个兄弟都离我远远的,夜里他们睡在房顶和院子里。母亲啥都不让我干,顿顿给我吃鸡蛋。

你最要紧的活,是让你媳妇赶快把娃娃怀上。

母亲希望我们家尽快来一个人。每天都有人走掉，好多人不见了。

我最听母亲的话，父亲离开后，母亲的话语成了我们家里唯一的长辈的声音。她温和舒缓地覆盖着这个家庭，我们按她说的去做，或者当面答应，背后照自己的想法去干活。无论听从与否，我们都不能没有这种声音——从祖辈的高处贯穿下来的骨肉之音。父亲母亲，你们的声音将最终成为儿女们的声音在代与代的山谷间经久回应。不管我们年轻时怎样不听话，违背母语父令，最终还是回到父亲母亲的声音中，用你们的话语表达我们自以为全新的人生，做着父母语言中的所有事情。

芥，你也是听了你母亲的话温温顺顺做了我的妻子。你老早就喜欢我，想嫁给我，你母亲同意后这个意愿便成了你母亲的，你是个听话的好女儿，照母亲的意愿做了你愿意做的。我也一样。我蓄了二十多年的劲，磨了二十多年的刀，攒了二十多年的念想。现在，我终于和你睡在一个炕上，钻进一个被窝，我却突然意识到这是母亲安排我做的一件事。母亲没说出之前我只是在夜里偷偷地想你，母亲说了，我就照她的意愿去做。

我十六岁那年，母亲让我去开一片荒地。放下这么多熟地不种，开什么荒呀。我心里叨咕着，还是去了。那是片稀稀拉拉长着些蒿草的白皮地，看样子没人动过一锨一锄。这叫处女地，开起来费些劲，但你不能老在别人开过的地里倒腾。男人嘛，总要整几块处女地。我在地上挖了几锨，地太硬，锨怎么也插不进去。母亲我是不是劲太小了，没到开荒的年龄。你父亲十三岁就开始在荒地里舞锨弄锄了。我懊丧地坐在地上，看着硬邦邦的生地愣了半天，快中午时，扛着锨回到家里。

你叫我做的每一件事我都躲不过去，现在不做，将来还会去做。

母亲，我面对的依旧是你几年前让我去开的那块荒。我依旧像几年前那样慌乱无措。

吃早饭时，我一直低着头不敢看你，也不敢看我的几个兄弟，他们眼巴巴望着我，想让我回答什么。母亲只有你看出来了。我的脸上依旧是几年前从荒地回来时的那副表情。我想，我要开出那块地，就不会有今天这个结局。

芥，我看见母亲叫过你，低声地问着什么。你一脸羞红，不时摇头或点头。早晨的阳光温和地照着院子，我浑身燥热，坐立不安，几个兄弟放下碗筷，正收拾农具下地。其中一个有意碰了一下我立在墙根的铁锨，锨倒了，我起身去扶。我是善用镰刀的人，你们却让我使锨。

我要在地上挖个洞。

挖个坑。

挖口深井。

我回过头，看见母亲把嘴贴在你耳朵上，很神秘地说了句什么。

你一直没告诉我母亲对你说的那句话。母亲从没有那样神秘地对我说过什么,她有很多儿女,不能单独把某些话语告诉其中一个,她的每句话都是说给每个儿女听的。她一定想通过你把一句隐秘的话悄悄传给我,你却把它隐藏了,不向我透露一个字。芥你知不知道,有很多年,我每夜每夜在翻找,一遍又一遍,不放过一个隐秘处,每个地方我都想进去。我想象母亲的那句话已被藏在你身体的某处,我要找到它。从那时起我就不再吻你的嘴唇,我把所有的热情用在别处,我想感动它们——我能感动它们。你的嘴不告诉我,我就问其他的器官,它们会说话,你的嘴说不出来的,无法表述的,它们会表达得生动而美丽。

村子里忽然响起哼哼叽叽的声音。从路旁那些黑洞洞的窗口飘出来,空气被这种声音搞得湿乎乎的。

我记得以前村里没这种声音。那时的夜是多么安静,大人们悄无声息地行着房事,孩子们悄无声息地做着梦。不断走失的人让剩下的人们感到了生育的紧迫。

有时从窗户门缝透进点星光月光,也是朦朦胧胧,不明不白。只觉得稀里糊涂就有了一炕儿女,金童玉女也好,歪瓜裂枣也罢,都是一种方式整出来的。先是一对男女在黑暗的大土炕上摸到一起,而后是一尾精子和一尾卵子在更加黑暗的母体内摸索到一起。一个人从孕育到出生都是这么荒唐和盲目。

全不像种地,先分清种子。种瓜得瓜,种豆得豆。传宗接代的事却由不得你,种子撒出去,五花八门,谁知是些啥货色。管它饱子、秕子、病子，千万粒种子最后只发一个芽，结一个果。却不见得是最好的。

芥，我给你的都是秕子吗。都是存放经年的陈腐老籽吗。很多年间我不分季节地播种，我在一小块地上撒了那么多种子，竟没一个发芽的。芥你记不记得那个夜晚我提一把镰刀上炕，我把镰刀握在手里，你疑惑地望着我。我要把镰刀带进梦里。我要梦见你的那一块地。我要割光地里所有的草，让我的种子发芽，长出粮食。

一个秋天的下午，我终于在一户人家的窗台上找到了我的镰刀，它被磨得只剩下一弯废铁。

这户人家看样子是喂牲口的，房前屋后垛了从远远近近的野地里割来的荒草，我的那捆草肯定压在这些高高的草垛中间，要是能翻出来，我会一眼认出它的。我捆草的方式跟谁都不一样。每一捆草上我都做了只有我能看出的记号。我暗暗在我经手的每件事情上都留下我的痕迹，甚至在鞋底上刻上代表我名字的一个字，我走到哪，就把这个字印到哪，在某些关键地段，我有意把脚印踩得很深，我这样做只是为了多年后当我重返这片荒野时，能清晰地看到自己生活过的痕迹。很早我就预感到我还会来到这片荒野上，还会住进黄沙梁，不是我一个人，而是一大群，那时的我作为曾经人世的向导，走在浩浩荡荡的人群前面，扛一把铁锨指指点点。我引他们走我走过的长短路途，经历我经历过的所有事物，他们不会比我做得更出色。

我房前屋后转了一圈，没见一头牲口，人也不知干啥去了，门窗敞开着。我想喝口水，可是水缸是干的，院子中间的一棵榆树，也像枯死多年了，树杈上高高地吊着只破马灯，足有两个人那么高。我想是树很小的时候，这家人把马灯挂在树枝上，坐在树下的灯影里一夜一夜地干着一件事。后来树长高了，马灯跟着升到高处，在这个谁也够不着的高度上马灯熬干灯油，自己熄灭了。这家人的活干完了没有呢。

枯树下面是一架只剩一只轱辘的破马车，一匹马的骨架完整地堆在车辕中间。显然，马是套在车上死掉的，一副精致的皮套具还搭在马骨头上。这堆骨架由一根皮缰绳通过歪倒的马头拴在树干上，缰绳勒进树身好几寸，看来赶车人把车马拴在树上去干另一件事，结果再没回来——或者来得像我一样晚。这期间榆树长了一圈又一圈……

我坐在一把吱吱乱响的木椅上，爱怜地抚摸着我的镰刀，我真心疼啊。是怎样的一个人把我的镰刀使唤成这样了。他用我的镰刀干完了本该由我去干的这些活，要不是找这把镰刀，我的草也会垛得跟这户人家的一样高。一把好镰刀，在别人手中经历了一切，变成一弯废铁，它干出的活成了别人的。我想了想，要干掉多少活才能磨废一把镰刀呢。干完这些活要花多少个年月。想着想着我惊愕了：这户人早已不在人世。

我不知道时间过去了多少年，也许我的一辈子早就完了，而我还浑然不觉地在世间游荡，没完没了。做着早不该我做的事情，走着早就不属于我的路。

亲人们一个个走掉了，村里人也都搬到别处，我的四周寂静下来，远远近近，没有人说话的声音，也听不到走路声。我在一个人的村庄进进出出，没有谁为我敲响收工的晚钟，告诉我：天黑了，你该歇息了。没有谁通知我：那些地再不用种，播种和收获都已结束。那个院子再不用去扫，尘土不会再飘起，树叶不会再落下。更没有谁暗示我：那个叫芥的女人，你不必去想念了。她的音容笑貌，她的青春，一切的一切，都在一场风中飘散。结束吧，世间还有另一些事情，等着发生呢。

我们家的一段路

直到最后一天,我们好像还没做好要离开黄沙梁的准备。尽管两个月前我们便开始收拾东西,把要带走的归顺整齐,一遍遍估算着装几车、用啥车拉走这些家当。

除此之外,搬家前的那段时间跟往常一样,我们依旧做着该做的事。每天早晨我把牛拉出去,縻在那片啃了多少遍似乎还有东西可啃的芦草地。母亲一大早往院子里洒水(这是她多年的习惯了),扫净地上的草屑和树叶(那时树叶刚刚开始黄落,清早院子里零星地落着几片儿,平展展地贴着地。夜里有风就会落得更多些。我们家在黄沙梁的最后一个秋天似乎来得格外迟。下了两场雨,眼看变黄的田野又重新返绿。我们一再推迟,还是没等到树叶落光便离开了这里)。父亲依旧早早套车下地。已经没有可收的东西。最后一片玉米,在十天前已掰光拉回来。遍野里是别人家的粮食。父亲赶车经过那些地时,也许引起旁人的警惕——他去拉前一天砍倒的玉米秆,顺便割些田埂地头的草回来。车上放着铁锨,临出地他还攥起因进车平掉的一小段田埂,收好一个水口子,用脚把土踏瓷实。他似乎没想到从今以后这片田野上再不生长属于他的东西。他的马车将在另一片土地上往复颠簸。不知他能否走惯别处的路，种惯别处的地。或许他早已经不适应别处的生活。他的腿被黄沙的路摔惯成这个样子，有点罗圈，一摇一摆走路时，风从两腿间刮过去，狗能从两腿间钻过去，夹不住一只猫一只逃窜的野兔，夹住一捆草一麻袋麦子却像夹住一匹走马一样合适自如。

一天下午吃过饭，他又拿起锨，往房后那段路上扔了几锨土，垫平上一场雨后留下的几个牛蹄印。那是我们家的一段路，有四五十米长，我们自己修的，和大路一样宽展，从房后面通到东边的圈棚和柴垛旁。跟大路相接处有条渠沟，没有桥，渠沟浅浅的，有水没水都不碍事。这段路以前我们一家走。路上全是我们家的车辙脚印和牛蹄印。后来一户姓李的河南人在我们家东边盖了房子，自然要走这条路。父亲经常埋怨那户人家走路不爱惜，从来不知道往路上垫半锨土。尤其他家那头黑母牛，走路撇叉着两条后腿，故意用钉了铁掌的蹄子挖我们家的路，一蹄子下去就是一块土。一蹄子就是一块土。有一次李家老二到野滩拉柴火压爆了轮胎，装了半牛车柴，一只轱辘滚着钢圈轧回来，在我们房后的路上深深碾了一道车印子。父亲望着那道车印望了半下午，也不见李家过来个人平一下，他生气了，过去和李家唠叨了几句，两家本来有气，这下气上加气，为一道车轱辘印大吵了一架。最后还是父亲动手把路填平整。

我们虽然要离开了，却没有故意整坏任何东西，没有在地里挖一个坑，路上扔一个土块疙瘩。我们让这个院子和它里面安安静静的生活保持到最后一天。

最后,当我们把所有东西装上车,要离开时,才发现曾是我们的家已惨不忍睹。树剩下孤零零几棵,房子拆掉了一间,圈棚成一个烂墙圈,路上、院子里到处扔着破烂东西……突然觉得心酸,眼泪止不住流出来——我们自己毁掉了这个家园,它不再像个家了。

那天来了许多人,路上、墙上、墙根,站着、蹲着都是人。有的过来说几句话,帮一把忙。更多的人只是围着看,愣愣地看。

我们被看得有点不自在。有点慌。有种被监视的感觉。

他们中间有几个人,大概怀着侥幸,想从我们一件件装车的东西中,发现他们早年丢失的一把锨、半截麻绳。另一些人,认定自己迟早也要搬走,袖着手,看我们怎样把家什搬出来又抬上车。怎样在一个车厢里,同时装下柜子、板凳、锅碗、木头、柴火、草还有水缸,而又不相互挤压碰撞。其他更多的人,面无表情,好像一向不认识我们。好像怕我们搬走地装走空气。

我忙着搬东西,不知谁代表这个村庄和我们道别。是那条站在渠沿上目光忧郁的狗,还是闲站在人群中看我们背麻袋抱木头的那头驴。它没等我们搬完,高叫了几声,屁股一扭一扭走掉了。我们稍一停顿,仿佛听到这个地方的叫声,一句紧接一句,悲壮又昂扬。它停住时,这个村庄一片静寂,其他声音全变得琐碎模糊。只是不清楚它是叫给我们的还是叫给另一头驴听。它一头驴，或许懒得管人的事呢。你看它的眼神，向来对人不屑一顾。

村长没出来说话。谁是村长我已记不清楚。那时候谁是村长都一回事，只是戴了顶空帽子。该种地他还是种地，该放羊还去放羊。村长很少出来管村民的事。村民也懒得去找村长。牲畜更不把村长当回事，狗该咬照咬，管他是村长还是会计。牛发怒了照着谁都是一角一蹄子。

后来走远了离开久了才发现，我们留下了太多东西。不仅仅是那段又宽又平整的路、我们施足底肥以后多少年里为谁硕果累累的那块地。当我们在另一条渠边碰响水桶，已经是别处的早晨。

我们不照你的日头了——黄沙梁。

我们不吸你的气了——黄沙梁。

留下三间房子和房顶上面的全部天空。

早晨下午的地上再找不见一家人的影子。

我们不往你的天上冒烟了——黄沙梁。

我们一走，这地方的人又稀疏了一些。刮过村庄的风会突然少了点阻力。一场一场的西北风，刮过村中间的马路。每场风后路上刮得干干净净。马路走人也过风。早先人们在两边盖房子，中间留条大道，想到的就是让风过去。风是个大东西，不能像圈羊一样打个墙圈把风圈住。让天地间一切东西都顺顺当当过去的地方，人才能留住。

一天下午，我们兄弟四个背柴从野滩回来，走到村口时刮大风了。一场大风正呼喊着经过村子。风撕扯着背上的柴捆，呜呜叫着。老三被刮得有些东歪，老四被吹得有点西斜。老大、老二稳稳地走着，全弓着腰，低着头。离家还有一大截路。每挪动一步都很难，腿抬起来，费劲朝前迈，有时却被风刮回去，反而倒退一步。

老四说，大哥，我们在墙根躲一阵吧，等风过去了再回去。

两边都是房子，风和人都只有一条路。土、草屑、烟和空气，满天满地地往北面跑，我们兄弟四个，硬要朝南走。

大哥说，再坚持一阵，就到家了。风要是一直不过去呢，我们总不能在墙根坐到老再回去。老四没吭声。他在心里说，为啥坐到老呢，坐到十六岁、二十岁，多大的风我们都能顶。

老大、老二在前，老三、老四跟在后面。风撩开头发，呜呜地吹过头顶，露出四个光亮的天灵盖。

碰在老大额头上的一粒土，碰在老二脑门上的一片叶子，碰在老三鼻梁上的沙石和擦过老四眼角的一片硬木，分别触动了他们哪部分心智，并在多少年后展现成完全不同的命运前途。

那场风，最后刮开谁骨肉闭锁的一扇门，扬扬荡荡，吹动他内心深处无边沉静的旷野和天空。

我们走到家门口时，风突然弱了，树梢开始朝东斜。那场风被我们顶了回去，它改变了方向，远远地绕过黄沙梁走了。

我们背柴回家的路,不是风的路。

小的时候,我们不懂得礼貌地让到一边,让一场大风刮过去。

多少年后它再刮过这里,漫天漫地随风飘逝的事事物物中,再不见那四个顶风背柴的人。

整个天空大地,都是风的路了。

第三辑

我·一个长梦

五岁的早晨

我五岁时的早晨,听见村庄里的开门声,我睁开眼睛,看见好多人的脚、马腿,还有车轱辘,在路上动。他们又要出远门。车轮和马蹄声,朝四面八方移动,踩起的尘土朝天上飞扬,我在那时看见两种东西在远去。一个朝天上,一个朝远处。我看一眼路,又看天空。后来,他们走远后,飘到天上的尘土慢慢往回落,一粒一粒地落。天空变得干干净净。但我总觉得有一两粒尘土没有落下来,在云朵上,孤独地睁开眼睛,看着虚土梁上的村子。再后来,可能多少年以后,走远的人开始回来,尘土又一次扬起来。那时我依旧是个孩子,我站在村头,看那些出远门的人回来,我在他们中间没看见我,一个叫刘二的人。

我在五岁的早晨,突然睁开眼睛。仿佛那以前,我的眼睛一直闭着,我在自己不知道的生活里,活到五岁,然后看见一个早晨,一直不向中午移动的早晨。看见地上的脚印,人的脚和马腿。村子一片喧哗,有本事的人都在赶车出远门。我在那时看见自己坐在一辆马车上,瘦瘦小小,歪着头,脸朝后看着村子,看着一棵沙枣树下的家，五口人，父亲在路上，母亲站在门口喊叫。我的记忆在那个早晨，亮了一下。我记住我那时候的模样，那时的声音和梦。然后又什么都看不见了。

我是被村庄里的开门声唤醒的。这座沉睡的村庄，可能只有一个早晨，剩下的全是被别人过掉的夜晚和黄昏。有的人被鸡叫醒，有的人被狗叫醒。醒来的方式不一样，生活和命运也不一样。被马叫醒的人，在远路上，跑顺风买卖，多少年不知道回来。被驴叫醒的人注定是闲锤子，一辈子没有正经事。而被鸡叫醒的人，起早贪黑，忙死忙活，过着自己不知道的日子。虚土庄的多数人被鸡叫醒，鸡一般叫两遍，就不管了，剩下没醒的人就由狗呀，驴呀，猪呀去叫。苍蝇蚊子也叫醒人，人在梦中的喊声也能叫醒自己。被狗叫醒的人都是狗命，这种人对周围的动静天生担心，狗一叫就惊醒。醒来就警觉地张望，侧耳细听。村庄光有狗不行，得有几个狗一叫就惊醒的人，白天狗一叫就跑过去看个究竟的人。最没出息的是被蚊子吵醒的人，听说梦的入口是个喇叭形，蚊子的叫声传进去就变成牛吼，人以为外面发生了啥大事情，醒来听见一只蚊子在耳边叫。

被开门声唤醒的，可能就我一个人。

那个早晨，我从连成一片的开门声中，认出每扇门的声音。在我没睁开眼睛前，仿佛已经认识了这个村子。我从早晨的开门声里，清晰地辨认出每户人家的位置，从最南头到北头，每家的开门声都不一样。它们一一打开时，村子的形状被声音描述出来，和我以后看见的大不一样，它更高、更大，也更加喑哑。越往后，早晨的开门声一年年地小了，柔和了，听上去仿佛村庄一年年走远，变得悄无声息。门和框再不磨出声音，我再不被唤醒。我在沉睡中感到自己越走越远。我五岁的早晨，看见自己跟着那些四十岁上下的人，去了我不知道的远处。当我回来过我的童年时，村子早已空空荡荡，所有门窗被风刮开，开门声像尘土落下飘起，没有声音。

一个长梦

在黄沙梁，羊的数量是人的三倍或五倍。牛比人少，有人的三分之一。要按腿算，人腿和狗腿则相差不了几条。一个村庄哪种动物最多，在午后看地上的蹄印脚印便一清二楚。

一般时候，出门碰见两头猪，遇到一个人，闻五句驴叫，听见一句人声。望穿一群羊，望见一个人。绕过四五垛柴草，看见一两个人——我在一垛麦草后面看见两个抱在一起的人，脸挨脸，嘴对嘴，像在玩一个好玩极了的游戏。

谁要问我沙沟沿上谁谁家的人长啥模样，一时半会，我可能真说不出。若提起他家的黄狗黑母牛，我立马就能说出它们的毛色，望人望其他东西时的眼神，走路和跑起来的架势，连前腿内侧的一小撮杂毛、后蹄盖一个缺口我都记得清清楚楚。

我记住了太多的牲畜和其他东西，记住很少一些人。他们远远地躲在那些事物后面——人跟在一车草后面，蹲在半堵墙后面，随在尘土飞扬的一群牛后面，站在金黄一片的麦田那边，出现又消失，隐隐约约，很少有人走到跟前，像一只鸡、一条狗那样近地让我看清和认识他们。

树又高又显，草、庄稼遍野遍滩，狗和驴高声叫喊，随地大小便。人低着头，躬着身，小声碎步地活在中间。好几年，我能听见王占元的一两声叫喊，他被什么东西整急了，低哑地叫唤两声，便又听不见。好几个月，我能碰见一次陈有根，他还是那张愁巴巴的脸，肩上扛着锨，手里提一把镰刀，腰绑一根绳，从渠沿下来，一转眼消失在几堵破墙后面，再看不见。

我想起一件东西时，偶尔想起一个人，已经叫不上名字，衣着和相貌也都模糊，只记得是黄沙梁村人，住在北边一间矮土房里。常牵一头秃角白母牛下地，在我熟悉的那堵有一条大斜缝的土墙根坐过一个下午。领一条我认识的黑狗，公的，杂毛，跟我们家黑母狗有过一次恋情。是在我们家房后面的路上，两条狗纠缠在一起，杂毛公狗一会儿亲我们家黑狗的嘴、脖子，一会儿伸长舌头舔黑狗的屁股。我赶紧捡块土块跑过去打开杂毛公狗。我不喜欢杂毛，我喜欢纯黑色的狗。我一直想让沙沟沿张户家的大黑狗配我们家母狗，可是两条狗见了面互不理识，好像前世有仇。

杂毛公狗吟叫着边跑边回头。黑母狗跟着它跑，我叫了两声，叫不回来。它们跑过大渠沿不见了。我追到渠沿上，只看见那边一片苞谷地哗哗地响动。几个月后，黑狗生了窝小狗，八只，一半是杂毛。我不喜欢，没等出月便把四只小杂毛偷偷抱出去，送到西边的闸板口村了。那时小狗还没睁开眼睛。它不知道自己生在哪里，长大了也不会再找回来。

鸡算最多的了，在黄沙梁，除了蚂蚁，遍地都是鸡。每家都养几十上百只。而且，鸡不住下蛋，蛋又不住地孵出鸡。

鸡这种小东西很难有个准确数目。它到处跑、到处钻。谁都不敢肯定地说他家有多少只鸡，就像不敢肯定他家门前树上有多少只麻雀，屋里有多少只老鼠一样。

数鸡的方法很简单，往院子里撒一把苞谷粒，学着鸡嗓子咯咯尖叫几声，鸡便争先恐后从角角落落跑出来，拥在一起争食吃。

如果把谷粒撒成一条线，鸡便像排成一长溜子，两个两个数，数到十八或二十七，你觉着就这么多了，突然又从柴垛下咯咯地钻出一只。

有时早晨数二十四只，下午却成了二十三只。又撒了几把苞谷，满院子"咯咯"地叫，站在门口朝路上叫，嗓子叫疼了也没再出来一只。第二天、第三天，仍然是二十三只。你断定这只鸡丢了，已经顶了谁家的锅盖了。你很生气，在没人处骂几句：哪个牲口把我们家鸡吃了。吃了烂嘴。吃了断肠子。然后装得若无其事，背着手，不慌不忙在村里转一圈，眼睛在人家垃圾堆上扫来扫去，想找到一根鸡毛、半只鸡头、几根鸡骨头。这是不可能的事。偷鸡的人都知道把鸡毛挖坑埋掉。坑挖得又深又隐秘，埋好了用脚踩瓷实，撒些干土，扔些草叶子，你从上面走过去都觉察不出。直到有一天，你在邻居家院子边取土，无意中挖出一团鸡毛，黑色，夹杂一点白色短绒毛，你觉得面熟，突然想起二十年前丢掉的一只黑母鸡，肚皮下有块白短毛。咋就没想到他呢。

你望着那扇门，怪自己二十年前咋就没想到是邻居家偷的鸡呢。现在啥话都不能说了，两家早成了亲戚，邻居家的儿子娶了你女儿，两家好得跟一家似的。

最好在大中午，突然闯进一家门。"老王，借根麻绳。"看他们慌张的样子——赶紧把锅盖住，碗藏到桌子底下，嘴里顾不上嚼烂的东西一伸脖子咽下去。

或装得很亲热，抱起人家的孩子亲亲，闻闻嘴里有没有鸡肉味。

丢一只鸡对一户人家来说，就像风刮走树上的一片叶子，根本算不上一件事。你要因一只鸡的事扰乱了村子，问东家骂西家，日后你万一丢一头牛，肯定会扰得世界都不得安宁。它是件太小的事情，只能发生在一个人心里。

我记得最深的是一只黑母鸡。全身纯黑纯黑，我们叫它黑夜。它真是一个黑夜的话，你千万别指望在那个夜里看见一丝星光，更别期盼会熬到最后看到天边的一线曙色。那是一种彻底的黑，让人绝望。

黑夜有一次失踪了很长时间，我们都以为它丢了。村里没有谁家有这么纯黑的鸡，有的毛是黑色的，冠却是红的，腿却是白的。有的肚皮下、脖圈里会夹杂些白绒红羽。听大人们说这种黑鸡吃了大补，还能治病。大哥就让我出去转一圈，看看村里那几个一年到头黄皮刮瘦的病秧子，有没有哪个突然壮实起来。如果有，肯定是偷吃了我们的黑鸡。

大概过了一个月，我们忙着地里的事，早出晚归，都快忘了丢鸡的事了。一个早晨，黑夜突然领了一群小鸡，咯咯地唱叫着从柴垛底下出来，径直走到院子里。那些小鸡全黑黑的，像一个个小墨团，简直分不出嘴和爪子。

我们很少收到黑夜下的蛋。它的蛋壳上有黑斑。那时我们家有将近三十只母鸡，每天收十几个蛋。大白鸡的蛋又白又大。芦花鸡的蛋发黄。灰团的蛋小而圆，像乒乓球一样。蛋一收回来，我们就能知道哪只鸡下了哪只没下。

一连十几天没有黑夜的蛋。还以为它下蛋不行。是不是公鸡嫌它黑，不给它踩蛋。有时早晨摸黑夜的屁股，有蛋。下午就不知下哪去了。母亲让我盯着黑夜，看它是不是吃我们家的食给别人家窝里下蛋。大半天我都跟在它屁股后面。黑夜从不出院子，也不往别的鸡堆里钻。它有些孤僻，喜欢在树根下刨虫子吃，有时到墙根晒会太阳。我稍不留意，它便不见了。像黑夜一样消失了，剩下一个大白天。

后来我们找到了黑夜筑在柴垛底下的窝，有两米多深。从外面根本看不见，只有小小的一个缝曲折地通到柴垛最里面。我抽掉几根柴火，让小弟钻进去。有一大堆蛋。小弟在里面喊。

母亲让我们把蛋原放了进去，出口伪装成以前的样子。因为这些蛋里已经有红血丝。只有让黑夜再孵一窝黑鸡崽了。

黑夜几乎把它的每个蛋都怜惜地藏起来，孵成了墨黑墨黑的小鸡。母亲不喜欢黑鸡，稍长大些就把它们卖掉了。因为黑鸡能卖到好价，另一方面，我想是母亲不喜欢私自藏蛋坐窝的鸡。家里每年孵几窝小鸡都是母亲作主。到了那个月份，大多数母鸡会抢着坐窝，一天到晚趴在窝里不下来。抢不到鸡窝的便在草垛房顶上围个窝，死死抱住自己的几个蛋，见人走近便叨，有时会飞扑过来啄人的眼睛。鸡一坐窝便不再下蛋。这个时候，母亲就让我们去捉那些坐窝的鸡，用凉水激鸡头。母亲说鸡坐窝是因为没睡醒，母鸡每年这时候要做一个长梦，它梦见些什么人不知道。但我们知道怎样把它弄醒。鸡头往凉水盆里按几次，鸡就马上激醒了，甩几下头，瞪大眼睛，和人惊醒时一模一样。

母鸡坐窝的前一个月，母亲便着手选种蛋。选哪个鸡的蛋不选哪个鸡的蛋也都是母亲作主。母亲喜欢的大白鸡、芦花鸡、黄毛以及黑尾巴的蛋，总是选的最多。母亲不喜欢的黄团、灰毛那些鸡的蛋，她也每次只选一两个，到时孵出几个她仍然不喜欢的灰毛黄团来。

哪只鸡都希望自己的蛋能孵成小鸡，而不是被人吃掉。鸡和人一样的，母亲说，即使最难看的灰尾巴，也希望自己的难看尾巴一代一代传下去。

母亲那时已生养了我们七个儿女。母亲要是生蛋，一定生了几大筐了。那些蛋中也只有个别的几个孵成了我们。我们不知道其他更多的没有出生的弟弟妹妹们到哪去了，也许他们从另一个出口走了，我们没等到。

你在地窝子出生那天你大哥一直站在外面远远地等。母亲说，你大哥早就嚷着要个弟弟，他一个人太孤单。老大都这样，他先来了，你们都还没到，他就得等。

你大哥和你之间还有一个，也是男孩，没留住。母亲说。

三弟出生时我和大哥一高一矮站在门外等，从晌午吃过饭，一直等到天快黑时，三弟出生了。

在老黄梁的地窝子里我们又等来一个弟弟和一个妹妹。其他两个弟妹是在黄沙梁出生的。最后一个弟弟出生时，我们已经兄弟姊妹六个，一挨排站在院子里，等了大半天，听见屋子里传来婴儿哭声，我们全拥进去看。又是个男娃。母亲说，这是最后一个了，再没有了。

我们全望着母亲，觉得母亲把什么隐藏了。应该还有。还没有来够。我一直认为我会有许多许多的弟弟妹妹，我都看见他们排着长队从很远处一个接一个地走来，我们站在院子里等。我们栽好多树等他们，养好多家畜等他们，种好多地等他们（每年我们都想着再多种点地，多收些粮食，说不定又要添一口人）。

可是母亲说，再没有了。

我另外的一生已经开始

　　我说不出有四个孩子那户人家的穷。他们垒在库车河边的矮小房子，萎缩地挤在同样低矮的一片民舍中间。家里除了土炕上半片烂毡，和炉子上一只黑黑的铁皮茶壶，再什么都没有。没有地、没有果园、没有生意。四个未成年的孩子，大的十二三岁，小的几岁，都待在家里。母亲病恹恹的样子，父亲偶尔出去打一阵零工。我不知道他们怎么生活。快中午了，那座冷冷的炉子上会做出怎样一顿饭食，他们的粮食在哪里。

　　我同样说不出坐在街边那个老人的孤独，他叫阿不利孜，是亚哈乡农民。他说自己是挖坎土曼的人，挖了一辈子，现在没劲了。村里把他当"五保户"，每月给一点口粮，也够吃了，但他不愿待在家等死，每个巴扎日他都上老城来。他在老城里有几个"关系户"，隔些日子他便去那些人家走一趟，他们好赖都会给他一些东西：一块馕、几毛钱、一件旧衣服。更多时候他坐在街边，一坐大半天，看街上赶巴扎的人，听他们吆喝、讨价还价。看着看着他瞌睡了，头一歪睡着了。他对我说，小伙子，你知道不知道，死亡就是这个样子，他们都在动，你不动了。你还能看见他们在动,一直地走动,却没有一个人走过来,喊醒你。

这个老人把死亡都说出来了,我还能说些什么。

我只有不停地走动。在我没去过的每条街每个巷子里走动。我不认识一个人,又好似全都认识。那些叫阿不都拉、买买提、古丽的人,我不会在另外的地方遇见。他们属于这座老城的陈旧街巷。他们低矮的都快碰头的房子、没打直的土墙、在尘土中慢慢长大却永远高不过尘土的孩子。我目光平静地看着这些时,的确心疼着在这种不变的生活中耗掉一生的人们。我知道我比他们生活得要好一些,我的家景看上去比他们富裕。我的孩子穿着漂亮干净的衣服在学校学习,我的妻子有一份收入不菲的体面工作,她不用为家人的吃穿发愁。

可是,当我坐在街边,啃着买来的一块馕、喝着矿泉水,眼望走动的人群时,我知道我和他们是一样的,尘土一样多地落在我身上。我什么都不想,有一点饥饿,半块馕就满足了。有些瞌睡,打个盹儿又醒了。这个时刻一直地延长下去,我也可以和他们一样,在老城的缓慢光阴中老去。我的孩子一样会光着脚,在厚厚的尘土中奔来跳去,她的欢笑一点儿不会比现在少。

我能让这个时刻一直延长下去吗?

这一刻里我另外的一生仿佛已经开始。我清楚地看见另一种生活中的我自己:眼神忧郁,满脸胡须,背有点驼。名字叫亚生,或者买买提,是个木工,打馕师傅,或者是铁匠,会一门不好不坏的手艺。年轻时靠力气,老了靠技艺。我打的镰刀把多少个夏天的麦子割掉了,可我,每年挣的钱刚够吃饱肚子。

我没有钱让我的女儿上学，没有钱给她买漂亮合身的衣服。她的幸福在哪里我不知道，她长大，我长老。等她长大了还要在这条老街上寻食觅吃，等我长老了我依旧一无所有。

你看，我的腿都跑坏了还是找不到一个好的归宿，我的手指都变僵硬了还没挣下一点儿养老的粮食。

我会把手艺传给女儿，教她学打铁，像吐迪家的女铁匠一样，打各种精巧耐用的铁器，挂在墙上等人来买。我不知道她是否喜欢这种叮叮当当的生活，不喜欢又能去做什么。如果我什么手艺都没有，我就教她最简单简朴的生活，像巴扎上那些做小买卖的妇女，买一把香菜，分成更小的七八把，一毛钱一把地卖，挣几毛钱算几毛。重要的是我想教会她快乐。我留下贫穷，让她继承；留下苦难，让她承担。我没留下快乐，她要学会自己寻找，在最简单的生活中找到快乐，把自己漫长的一生度过。

我不知道这种日子的尽头是什么。我的孩子，没人教她自己学会舞蹈，快乐的舞蹈、忧伤的舞蹈。在土街土巷里跳，在果园葡萄架下跳。没有红地毯也要跳，没有弹拨儿伴奏也要跳。学会唱歌，把快乐唱出来，把忧伤唱出来，唱出祖祖辈辈的梦想。如果我们的幸福不在今生，那它一定会在来世。我会教导我的孩子去信仰。我什么都没留下，如果再不留给她信仰，她靠什么去支撑漫长一生的向往。

如果我死了——不会有什么大事，只是一点小病，我没钱去医治，一直地拖着，小病成大病，早早地把一生结束了。那时我的女儿才有十几岁，像我在果园小巷遇到的那个叫古丽莎的女孩一样，她十二岁没有了父亲，剩下母亲和一个妹妹。她从那时起辍学打工，学钉箱子。开始每月挣几十块钱，后来挣一百多块，现在她十七岁了，已经是一个技艺娴熟的制箱师傅，一家人靠她每月二百五十元到三百元的收入维持生活。

古丽莎长得清秀好看，一双水灵的大眼睛里，闪烁着她这个年龄女孩子少有的忧郁。那个下午，我坐在她身旁，看她熟练地把铜皮包在木箱上，又敲打出各种好看的图案。我听她说家里的事：母亲身体不好，一直待在家，妹妹也辍学了，给人家当保姆。我问一句，古丽莎说一句，我不问她便低着头默默干活，有时抬头看我一眼。我不敢看她的眼睛，那时刻，我就像她早已过世的父亲，羞愧地低着头，看着她一天到晚地干活，小小年纪就累弯了腰，细细的手指变得粗糙。我在心里深深地心疼着她，又面含微笑，像另外一个人。

如果我真的死了，像经文中说的那样，我会坐在一颗闪亮的星宿上，远远地望着我生活过的地方，望着我在尘土中劳忙的亲人。那时，我应该什么都可以说出来，一切都能够说清楚。可是，那些来自天上的声音，又是多么的遥远模糊。

走着走着剩下我一个人

开始天不很黑。我们五个人,模模糊糊向村北边走。我们去找两个藏起来的人。

天上滚动着巨石般的厚重云块。云块向东漂移,一会儿堵死一颗星星,一会儿又堵死几颗。我们每走几步天就更黑一层。

"我到渠沿后边去找,你们往前走。"

"曹家牛圈里好像有动静,我去看一下。"

我走在最前边。他们让我在前面走,直直盯着正前方。他们跟在后面,看左边和右边。

天又黑了一些,什么都看不清了。有一块云从天上掉下来,堵住了前面的路。刚才,他们说话的时候,我还看见村北头的缺口处,路从两院房子间穿过去,然后像树一样分杈,消失在荒野里。那时我想,我最多找到那个缺口处,不管找到找不到,我都回家睡觉去。

走着走着突然剩下我一个人。后面没脚步声了。我回头看了一眼,刚才说话的两个人,连影子都不见了,另外两个不知什么时候溜掉的。村子一下子没一丝动静和声音。我正犹豫着继续找呢，还是回去睡觉，也就一愣神的工夫，风突然从天上掼下来，轰的一声，整个地被风掀动，那些房子、圈棚、树和草垛在黑暗中被风刮着跑，一转眼，全不见了。沙土直迷眼睛，我感到我迷向了。风把东边刮到西边，把南边刮到北边，全刮乱了。

方头，韩四。

我喊了几声。风把我的喊声刮回来，啪啪地扇到嘴上。我不敢再喊。天黑得什么都看不见。我甚至不知道村子到哪去了，路到哪去了。想听见一声狗吠驴鸣，却没有。除了风声什么都没有。大概狗嘴全让风堵住了。驴叫声被风刮回到驴嘴里。

我们从天刚黑开始玩儿捉迷藏游戏。那时有十几个孩子，乱糟糟的一群在地上跑。天上一块一块的云向东边跑。我们都知道天上在刮风。这种风一般落不到地上，那是天上的事情，跟我们村子没关系。头顶的天空像是一条高远的路，正忙着往更高远处运送云、空气和沙尘。有时一片云破了，漏下一阵雨。也下不了多大一阵，便收住。若在白天，地上出现狗一样跑动的云影，迅速地掠过田野和房顶。在晚上天会更黑一层。我们都不大在意这种天气，该玩儿的玩儿，该出门的出门，以为它永远跟我们没关系。

可是这次却不同，好像天上的一座桥塌了。风裹着沙尘一头栽下来。我一下就被刮蒙了。像被卷进一股大旋风的中心。以往也常在夜里走路，天再黑心里是亮堂的，知道家在哪、回家的路在哪。这次，仿佛风把心中那盏灯吹灭，天一下子黑到了心里。

我双手摸索着走了一会儿,听见那边风声很硬,像碰见了大东西,便小心地挪过去,摸到一堵土墙上,不知是谁家的院墙,顺着墙根摸了大半圈,摸到一个小木门,被风刮得一开一合,我刚进去,听见门板在身后啪地合住。

在院子里走了几步,摸见一棵没皮的死树,碗口粗,前移两步,又摸到一棵,也光光的没皮。我停下来努力地回想着谁家院子里长着没皮的树。我闭着眼想的时候,心里黑黑的,所有院子里的树都死了,没有皮。

再不敢想下去,往前走几步,摸见房子,接着摸见了门。我在门口蹲下身,听了好一阵,屋里啥声音都没有。直起身,拍了一下门,想叫醒这户人,说我迷路了,让他们送我回去。只轻轻拍了一下,门的响声把我吓坏了。过了很久,我才把手再慢慢伸过去,刚触到门上,咯吱一声,门开了,我以为房主人开的门,站在门口愣了半天,见没人出来,才小声地说了句"有人吗?"没人回答。

往外跑时,我又碰到那棵没皮的死树上。或许碰到另一棵没皮的死树上。再没找到那个小院门。顺院墙摸了一圈,门像被人堵掉了。扶着墙跳了几下,也没够着墙头,倒扒下来半截土块,酥酥的,掉在地上便成了碎末子。再往前摸,摸见墙上一个头大的洞,伸手扒了几下,感觉一股风夹着沙土直灌进来。

后来——第二天和以后的那些年,我都再没找见这个长着两棵死树的院子。到现在我不知道它是谁的家,到底在哪。可能我在黑暗中摸到了村庄的另一些东西,走进我不认识的另一个院子。它让我多年来一直觉得,这个我万分熟悉的村庄里可能还有另一种生活隐暗地存在着。

走着走着剩下一个人。在这个村庄的夜里谁都会走到这一步。前后左右突然没有了人声。黑暗成了你一个人的。

这只是无数场游戏的结局之一。每一场捉迷藏游戏的最后,都以一个人找不到所有的人而告结束。有时七八个,找另外的七个。被找的人藏在村子的最隐秘处,藏得严严实实。找的那伙人却悄悄溜回家睡觉去了。被找的人屏声静气,从前半夜藏到后半夜。开始时怕被找见,藏得又深又静,后来故意露出些破绽、声音,想让人快快找见。再后来干脆跑到马路上,大喊一声"我在这里"。村子里空空的,连狗都不应一声。也有时藏的人商量好悄悄溜回家去了,让找的人满村子翻找。还有一种情形,藏的人和找的人都溜走了,村子里只剩下月光和风。

更多时候,一群人说好到村外的旧庄子或更远的河湾去玩儿。总有一个走在前头的。窄窄的路上人排成一长溜子。人在朝远处走的过程中逐渐少了。一会儿一个人往路旁草丛里一蹲,不见了。一会儿另一个往旁边渠沟里一趴,没有了。等走在最前面的人觉察出身后没动静时,他已走得足够远,或已经走到了河湾深处。回过头身后没有一个人,天突然加倍地黑下来。

夜里说的话都可以不算数。

玩过多少年、多少代之后,捉迷藏成了一种无法失传的黑暗游戏,它把本该由许多人承受的一个瞬间的黑全部地留在玩过它的每一个人心里。

从那个墙洞钻出来我再没摸见墙和房子。天好像又黑了一层。记得自己掉进一个坑（或渠）里，爬上来时地平坦了些，我以为走到路上了，朝地上摸，摸见一只脚印，两寸多深。顺脚尖方向摸去，又摸到一只，又一只。在白天我很少看见这样清晰的一行脚印，除非在冬天，雪刚停，先出门的人会踩出单独的一行脚印。平常人和牲畜的脚印混在一起，不是人的脚踩进牛蹄窝里，便是羊蹄子踏入人脚坑中。不知道留下这行脚印的人正走向哪里，我不敢跟着他走。他是一个人。走到剩下一行脚印时，肯定远离了很多事情。我站起身黑黑地瞎走了一阵，觉得腿被草绊住，俯身摸见一棵干草，手被刺了一下，是一棵铃铛刺，这才清醒过来，我已经到村外了。

许多年后我回想这个迷路的夜晚时，想起黑暗中的那些杂草和铃铛刺，它们张开手臂留住了我。没有它们我便昏天黑地地走下去了，或在荒野中叫狼吃掉，或者走进另一个村庄，再回不来。

早几年村里丢过两个孩子。都是夜里丢掉的。有人说叫狼吃了。可是找遍荒野都没找到一根骨头。肯定被别的村庄的人偷走了。荒野西边的沙漠里有一两个小村子，听说那里的水有毒，女人喝了生不出孩子，只有让男人上别处偷。背个麻袋，天黑时混进村子，盯住一个玩耍的孩子，趁别人不注意，一把抓住塞进麻袋里背走。他们早准备好了名字，一到家便让孩子叫娘认爹，哭喊也没用。那个村子比黄沙梁更荒远，再大的声音也传不出来，连炊烟都飘不出来。不管你八岁还是十岁。他们会让你原从一岁开始，给你喂奶，抱在怀里亲。反复喊他们给你起的名字。重新让你学走路。你以前走路先出右脚，他们就让你先迈左脚。让你满口的牙换掉重长。头发剃光重长。指甲剪秃重长。直到你完完全全长成他们庄子里的人。把以前的生活遗忘干净。

不知又走了多久，我又摸到一户人家的房子。又不像是房子，一堵很长很长的墙，很久没走到头。这是什么地方。村里从来没有这么长的一堵墙。或许我绕着一院房子走了好多圈。我在黑暗中觉察不出墙的拐角处，那些墙角全是圆的，白天猪在墙角上蹭痒，羊在墙角上蹭痒，牛和马在墙角上蹭痒，几乎把村里所有的墙角都蹭圆了。

还摸到一个小窗户，关着的，手伸过去感到窗框木缝中丝丝缕缕的热气。这是谁家的小窗户呢。扒着窗台站了好一阵，想听见里面人说一句梦话。没有。

许久以后的一个夜晚，我睡不着，听见一条狗围着房子一圈一圈地转。我不知道它要干什么，仿佛我们丢失多年的一条狗在夜里回来了，它找不到门，找不到窗户，只有不停地转。我想起来去看看，却动不了身，胸脯被什么东西压住，也叫不出声。我想起那户无梦人家静悄悄的睡眠，那个夜晚，他们或许一样没有睡着，一家人眼睁睁地躺在炕上，听一个人围着他们的房子走了一圈又一圈。

约莫后半夜,我快要睡着了,被撞了一下,是一个粗木桩。之前我还摸到一条狗身上,狗竟没叫。天黑得连狗都没有了知觉。

木桩上绑一根麻绳,细细的,顺着绳摸去,是一颗牛头,牛一动不动,鼻孔里的气沉缓又均匀。顺着绳摸回来,摸到木桩上的树疙瘩,脚踩上去往上摸,有一个斜杈,滑溜溜的,杈的根部一道斜斧印,已经磨蹭得不刺手——这是韩三家的拴牛桩。一下我全清楚了,仿佛心中的灯哗地全亮了——我和韩三经常在拴牛桩上玩,我最喜欢吊在那个横杈上晃动着身子,有时攀着木桩爬上去,有时站在卧躺的牛背上,一纵身抱住木头。横杈直指的方向,过一条马路,就是我们家院子。

我走着走着突然啥也看不见,眼前一片黑暗。我努力地想着前面的路,突然消失的那些人和事物,着急地喊他们的名字,手胡乱摸索着。两手漆黑。

我知道迟早我会走进那片彻底的黑暗里。它是我一个人的漫漫长夜,说不定什么时候会突然降临。我不会在那样的黑暗中,再迎来光明。太阳永远地照耀到别处。

到那时我会再一次想起那个拴牛的榆木桩,想起它根部让人踩脚的木疙瘩、半腰处斜伸的那个横杈,我会沿着它的指向一直地走回家去。我会摸到院门、门上的木纹和板缝,手伸进去,移开顶门的木棍,我会摸到铁锹、挂在墙上的镰刀和绳子,摸到锅台、锅台上的碗、碗沿的豁口和饭迹，摸到掉在桌上的一粒米、一小片馍馍。

当我黑黑地回到家里，没人知道我已经回来，就像没人知道我曾经离开。门静静推开又关住。当我蹑足走过梦中的家人，在大土炕的一角悄悄躺下，我听见那场天上的大风，正呼啸着离开村子。那些疯狂摇动的树木就要停住，刮到天空的树叶就要落下来，从这个村庄，到整个大地，无边无际的尘埃，就要落下来了。

我改变的事物

我年轻力盛的那些年，常常扛一把铁锨，像个无事的人，在村外的野地上闲转。我不喜欢在路上溜达，那个时候每条路都有一个明确去处，而我是个毫无目的的人，不希望路把我带到我不情愿的地方。我喜欢一个人在荒野上转悠，看哪不顺眼了，就挖两锨。那片荒野不是谁的，许多草还没有名字，胡乱地长着。我也胡乱地生活着，找不到值得一干的大事。在我年轻力盛的时候，那些很重很累人的活都躲得远远的，不跟我交手。等我老了没力气时又一件接一件来到生活中，欺负一个老掉的人。这也许就是命运。

有时，我会花一晌午工夫，把一个跟我毫无关系的土包铲平，或在一片平地上无辜地挖一个大坑。我只是不想让一把好锨在我肩上白白生锈。一个在岁月中虚度的人，再搭上一把锨、一幢好房子，甚至几头壮牲口，让它们陪你虚晃荡一世，那才叫不道德呢。当然，在我使唤坏好几把铁锨后，也会想到村里老掉的一些人，没见他们干出啥大事便把自己使唤成这副样子，腰也弯了，骨头也散架了。

几年后当我再经过这片荒地，就会发现我劳动过的地上有了些变化，以往长在土包上的杂草下来了，和平地上的草挤在一起，再显不出谁高谁低。而我挖的那个大坑里，深陷着一窝子墨绿。这时我内心的激动别人是无法体会的——我改变了一小片野草的布局和长势。就因为那么几锨，这片荒野的一个部位发生变化了，每个夏天都落到土包上的雨，从此再找不到这个土包。每个冬天也会有一些雪花迟落地一会儿——我挖的这个坑增大了天空和大地间的距离。对于跑过这片荒野的一头驴来说，这点变化算不了什么，它在荒野上随便撒泡尿也会冲出一个不小的坑来。而对于世代生存在这里的一只小虫，这点变化可谓地覆天翻，有些小虫一辈子都走不了几米，在它的领地随便挖走一锨土，它都会永远迷失。

有时我也会钻进谁家的玉米地，蹲上半天再出来。到了秋天就会有一两株玉米，鹤立鸡群般耸在一片平庸的玉米地中。这是我的业绩，我为这户人家增收了几斤玉米。哪天我去这家借东西，碰巧赶上午饭，我会毫不客气地接过女主人端来的一碗粥和半块玉米饼子。

我是个闲不住的人，却永远不会为某一件事去忙碌。村里人说我是个"闲锤子"，他们靠一年年的丰收改建了家园，添置了农具和衣服。我还是老样子，他们不知道我改变了什么。

一次，我经过沙沟梁，见一棵斜长的胡杨树，有碗口那么粗吧，我想它已经歪着身子活了五六年了。我找了根草绳，拴在邻近的一棵榆树上，费了很大劲把这棵树拉直。干完这件事我就走了。两年后我回来的时候，一眼看见那棵歪斜的胡杨已经长直了，既挺拔又壮实。拉直它的那棵榆树却变歪了。我改变了两棵树的长势，而现在，谁也改变不了它们了。

我把一棵树上的麻雀赶到另一棵树上，把一条渠里的水引进另一条渠。我相信我的每个行为都不同寻常地充满意义。我是一个平常的人，住在这样一个偏僻小村庄里，注定要无所事事地闲逛一辈子。我得给自己找点闲事，有个理由活下去。

我在一头牛屁股上拍了一锨，牛猛蹿几步，落在最后的这头牛一下子到了牛群最前面，碰巧有个买牛的人，这头牛便被选中了。对牛来说，这一锨就是命运。我赶开一头正在交配的黑公羊，让一头急得乱跳的白公羊爬上去，这对我只是个小动作，举手之劳。羊的未来却截然不同了，本该下黑羊羔的那只母羊，因此只能下只白羊羔了。黑公羊肯定会恨我的，我不在乎。恨我的那只羊和感激我的那只羊，都在牧羊人的吆喝里，尘土飞扬地翻过了沙梁。

它们再被吆回来时，已是另一个黄昏了。那时我正站在另一道沙梁上，目送落日呢。没人知道这一天的太阳是我送走的。每天黄昏独自站在沙梁上，向太阳挥手告别的那个人就是我。除了我，谁会做这个事呢。家里来个客人走了，都会有人送到村头。照耀了我们一整天的太阳走了，却没有人送别。他们不干的事就是我的事。我一直看着太阳走远,当它落在地平线上,那红彤彤的半个脸庞依依不舍地看着我时,我知道这个村庄里它只认得我。因为,明天一早,独自站在村东头招手迎接日出的,肯定还是我。

当我五十岁的时候,我会很自豪地目睹因为我而成了现在这个样子的大小事物,在长达一生的时间里,我有意无意地改变了它们,让本来黑的变成白,本来向东的去了西边……而这一切,只有我一个人清楚。

我扔在路旁的那根木头,没有谁知道它挡住了什么。它不规则地横在那里,是一种障碍,一段时光中的堤坝,又像是一截指针,一种命运的暗示。每天都会有一些村民坐在木头上,闲扯一个下午。也有几头牲口拴在木头上,一个晚上去不了别处。因为这根木头,人们坐到了一起,扯着闲话商量着明天、明年的事。因此,第二天就有人扛一架农具上南梁坡了,有人骑一匹快马上胡家海子了……而在这个下午之前,人们都没想好该去干什么。没这根木头生活可能会是另一个样子。坐在一间房子里的板凳上和坐在路边的一根木头上商量出的事肯定是完全不同的两种结果。

多少年后当眼前的一切成为结局,时间改变了我,改变了村里的一切。整个老掉的一代人,坐在黄昏里感叹岁月流逝、沧桑巨变。没人知道有些东西是被我改变的。在时间经过这个小村庄的时候,我帮了时间的忙,让该变的一切都有了变迁。我老的时候,我会说,我是在时光中活老的。

墙洞

我每天去那个洞口，趴在地上，一边脸贴着地朝里面看，什么都看不见，有时洞里钻出一只猫，它像在那边吃饱了老鼠，嘴没舔干净，懒洋洋地出来。有时那只黑母鸡，在墙根走来走去，一眨眼钻进墙洞不见了，过一阵子，它又钻出来，跑到鸡窝旁咯咯地叫。我母亲说，黑母鸡又把蛋下哪去了。她说话时眼睛盯着我，好像心里清楚我知道鸡把蛋下哪了。我张着嘴，想说什么又没有声音。

整个白天院子里就我一个人。他们把院门朝外锁住，隔着木板门缝对我喊，好好待着，别乱跑。我母亲快中午时回来一趟，那时我已在一根木头旁睡着了。母亲轻轻喊我的名字。我知道自己醒了，却紧闭双眼，一声不吭。也有时我听见她回来，扒在门框上，满眼泪花看着她开门。家里出了许多事。有一个人翻进院子，把柴垛上一根木头扛走了。他把木头扛过去，搭在院墙上，抱着木头爬上去，把木头拿过墙，搭在另一边，又抱着溜下去。接着我看见那根木头的一端，在墙头晃一下，不见了。

突然有一天，他们没有回来。我待到中午，趴在木头上睡一觉醒来，又是下午，或另一个早晨，院子里依旧没有人，我扒着木板门缝朝外看，路上空空的。

不时有人拍打院门，喊父亲的名字，又喊母亲的名字，一声比一声高。我躲在木头后面，不敢出来。家里不断出一些事情。还有一个人，双手扒在墙头，像只黑黑的鸟，窥视我们家的院子。他的眼睛扫过家里每一样东西，从南边的羊圈、草垛，到门前的灶头、锅、立在墙根的铁锨，当他看见尘土中呆坐的我，突然张大嘴，瞪大眼睛，像喊叫什么，又茫然无声。

我在那时钻过墙洞，我跟在那只黑母鸡后面。它一低头，我也低着头，跟着钻进去。墙好像很厚。有一会儿，眼前黑黑的。突然又亮了。我看见一个荒废的大院子，芦苇艾蒿遍地。一堵土院墙歪扭地围拢过去。院子的最里边有一排低矮的破土房子，墙根芦苇丛生。一棵半枯的老柳树，斜遮住屋角。

从那时起前院的事仿佛跟我没关系了。我每天到后院里玩。我跟着那只黑母鸡走到它下蛋的草垛下，看见满满的一窝蛋。我没动它们。我早就知道它会有那么多蛋藏在这边。我还跟着那只猫走到它能到达的角角落落，我的父母从不知道，在我像一只猫、一只鸡那样大小的年纪，我常常地钻过墙洞，在后面的院子里玩到很晚。直到有一天，无法回来。

那一天我回来晚了，许多天都回来晚了。太阳落到院墙后面，星星出来了，我钻过墙洞。院子里空空的，他们不在家。我趴在木板门框上，眼泪汪汪，听外面路上的脚步声，人说话的声音。它们全消失后我听见父亲的脚步声。他总是走在母亲前面，他们在路上从来不说一句话，黑黑地走路，常常是父亲在院门外停住了，才听见母亲的脚步声，一点点移过来。

那一天比所有时候都更晚。我穿过后院的每一间房子。走过一道又一道木框松动的门，在每一个角落翻找。全是破旧东西，落满了土，动一下就尘土飞扬。在一张歪斜木桌的抽屉里，我找到一张发黄的黑白照片。照片上是一个很像我父亲的清瘦老人，留着稀疏的胡须，目光祥和地看着我。那时我还不知道他是我死去多年的爷爷。他就老死在后院这间房子里。在他老得不能动弹那几年，我的父母在前面盖起新房子、围起院墙，留一个小木门通到后院。他们给他送饭，生炉子，太阳天晾晒被褥。我不知道那时候的生活，可能就这样。爷爷死后这扇小木门再没有打开过。

后院永远是我不认识的一种昏黄阳光，暖暖的，却不明亮。墙和木头的影子静静躺在地上。我觉不出它的移动。我从一扇木门出来，又钻进一扇矮矮的几乎贴地的小窗户。那间房子堆满了旧衣服，发着霉味。我一一抱出来，摊在草地上晾晒。那些旧衣服从小到大，整整齐齐叠放着（我有过多么细心的一个奶奶啊）。我把它们铺开，从最小的一件棉夹袄，到最大的一条蓝布裤子，依次摆成一长溜。然后，我从最宽大的那条裤子钻进去，穿过中间的很多件衣服，到达那件小夹袄跟前，我的头再塞不进去。身子套不进去。然后再回过头，一件件钻过那些空洞的衣服。当我再一次从那件最大号的裤子探出头，我知道了从这些空裤腿、袖子、破旧领口脱身走掉的那个人可能是我父亲。

我是否在那一刻突然长大了。

在我还能回来的那些上午、下午，永远是夏天。我的母亲被一行行整齐的苞谷引向远处。地一下子没有尽头。她给一行苞谷间苗，或许锄草，当她间完前面的苗，起身返回时后面的苞谷已经长老了。她突然想起家里的儿子。那时我父亲正沿着一条横穿戈壁的长渠回来。他早晨引一渠水浇苞谷地。他扒开口子，跟着渠水走。有时水走得快，远远走在前头。有时水让一个坎挡住，像故意停下来等他。他赶过去，挖几锨。那渠水刚好淌到地头停住了。我的父亲不知道上游的水源已经干涸。他以为谁把水截走了。他扛着锨，急急地往上游走，身后大片的苞谷向他干裂着叶子。他在那片戈壁上碰见往回赶的母亲。他们都快认不出来。

怎么了？

怎么回事？

他们相互询问。

我认为是过了许多天的那段日子，也许仅仅是一个下午。我不会有那样漫长的童年。我突然在墙那边长大。我再钻不过那个墙洞。我把头伸过去，头被卡住。腿伸过去，腿被卡住。天渐渐黑了，好像黑过几次又亮了。我听见他们在墙那边找我，一遍遍喊我的名字。我大张着嘴，发不出一丝声音。

我试着找别的门。这样的破宅院，一般墙上都有豁口，我沿墙根转了一圈又一圈，以前发现的几个小豁口都被谁封住了，墙也变得又高又陡。我不敢乱跑，趴在那个洞口旁朝外望。有时院子里静静的，他们或许出去找我了。有时听见脚步声，看见他们忙乱的脚，移过来移过去。

他们几乎找遍所有的地方，却从没有想到打开后院的门，进来找我。我想他们把房后的这个院子忘了，或许把后院门上的钥匙丢了。我在深夜故意制造一些响动，想引起他们注意。我使劲敲一个破铁桶，用砖头击打一截朽空的木头。响声惊动附近的狗，全跑过来，围着院墙狂吠。有一只狗，还跑进我们家前院，嘴对着这个墙洞咬。可是，没有一个人走过来。

许多天里我听见他们呼喊我的声音。我的母亲在每个路口喊我的乳名，她的嗓子叫哑了，拖着哭腔。我的父亲沿一条一条的路走向远处。我趴在墙洞那边，看见他的脚，一次次从这个院子起程。他有时赶车出去，我看见他去马棚下牵马，他的左脚鞋帮烂了，我看见那个破洞，朝外翻着毛，像一只眼睛。另一次，他骑马出去找我。马车的一个轮子在上一次外出时摔破了。我看见他给马备鞍，他躬身抱马鞍子时，我甚至看见他的半边脸。他左脚的鞋帮更加破烂了。我看不见他的上身，不知他的衣服和帽子，都旧成什么样子。我想喊一声，却发不出一点声音。

我从后院的破烂东西中，翻出一双旧布鞋，从墙洞塞出去。我先把鞋扔过墙洞，再用一根长木棍把它推到离洞口稍远一些。第二天，我看见父亲的脚上换了这双不算太破的旧鞋。我希望这双旧鞋能让他想起早先走过的路，记起早年后院里的生活，并因此打开那扇门，在他们荒弃多年的院子里找到我。可是没有。他又一次赶车出去时秋收已经结束。我听见母亲沙哑的声音对他说，就剩下北沙窝没找过了。你再走一趟吧，再找不见，怕就没有了。让狼吃了也会剩下骨头呀。

他们说话时，就站在离洞口一米远处，我在那边呆呆地看着他们的脚，一动不动。

这期间我的另一个弟弟来到家中。像我早已见过的一个人。我独自在家的那些日子，他从扣上的院门，从院墙的豁口，从房顶、草垛，无数次地走进院子。我跟他说话，带他追风中的树叶。突然地，看见他消失。

只是那时，他没有经过母亲那道门。他从不知道的门缝溜进来，早早地和我成了兄弟。多少年后，他正正经经来到家中，我已在墙的另一面，再无法回来。

我企望他有一天钻过墙洞，和我一起在后院玩。我用了好多办法引诱他。我拿一根木棍伸过墙洞，拨那边的草叶，还在木棍头上拴一片红布，使劲摇。可是，他永远看不见这个墙洞。有几次他从洞口边走过去。他只要蹲下身，拨开那丛贴墙生长的艾蒿草,就能看见我。母亲在屋里做饭时,他一个人在院子里玩。他很少被单独留在家里。母亲过一会出来喊一声。早些时候喊一个名字,后来喊两个名字。我的弟弟妹妹,跟我一样,从来不懂得答应。

我趴在洞口,看见弟弟的脚步,移过墙根走到柴垛旁,一歪身钻进柴垛缝。母亲看不见他,在院子里大喊,像她早年喊我时一样。过一阵子,母亲到院门口喊叫时,我的弟弟从柴垛下钻出来。我从来没发现柴垛下面有一个洞。我的弟弟,有朝一日像我一样突然消失,他再钻不回来。我不知道柴垛下的洞通向哪里。有一天他像我一样回不来,在柴垛的另一面孤单地长大。他绕不进这个院子,绕不过一垛柴。直到我的母亲烧完这垛柴,发现已经长大成人的儿子,多少年,在一垛柴后面。

在这个院子,我的妹妹在一棵不开花的苹果树后面,孤单地长到出嫁。她在那儿用细软的树枝搭好家,用许多个秋天的叶子缝制嫁衣。我母亲有一年走向那棵树,它老不开花,不结果。母亲想砍了它,栽一棵桃树。她拨开密密的树枝发现自己的女儿时,她已到出嫁年龄。我在洞口看见她们,一前一后往屋子里走。我看不见她们的上半身。母亲一定紧拉着她的手。

你们咋不答应一声,咋不答应一声。我的嗓子都喊哑了。

母亲说这句话时,她们的脚步正移过墙洞。

我们就这样过着自己不知道的日子,我父亲只清楚他有一个妻子,两三个儿女。当他赶车外出,或扛农具下地,他的妻子儿女在另一种光阴里,过着没有他的生活。而我母亲,一转眼就找不到自己的儿子。她只懂得哭，喊。到远处找。从来不知道低下头，看看一丛蒿草下面的小小墙洞。

我从后院出来时已是一个中年人。没有谁认识我。有一年最北边的一个墙角被风刮倒，我从那个豁口进进出出。我没绕到前院去看我的父亲母亲。在后院里我收拾出半间没全塌的矮土房子，娶妻生子。我的儿子两岁时，从那个墙洞爬到前院，我在洞口等他回来。他去了一天又一天。或许只是一会儿工夫，我眼睛闭住又睁开。他一头灰土钻回来时，我向他打问那边的事。我的儿子跟我一样只会比画，什么都说不清。我让他拿几样东西回来。是我早年背着父母藏下的东西。我趴在洞口给他指：看，那截木头下面。土块缝里。

他什么都找不到，甚至没遇见一个人。在他印象里墙洞那边的院子永远空空的。我不敢让他时常过去，我想等他稍长大一些，就把这个墙洞堵住。我担心他在那边突然长大，再回不来。

就这样过了好些年。有一年父亲不在了，我听见院墙那边母亲和弟妹的哭喊声。有一年我的弟弟结婚，又一年妹妹出嫁，我依旧像那时一样，趴在这个小洞口，望着那些移来移去的脚。有时谁的东西掉到地上，他弯腰捡拾，我看见一只手，半个头。

仍不断有鸡钻过来，在麦草堆上下一个蛋，然后出去，在那边咯咯地叫。有猫跑到这边捉老鼠。我越来越看不清前院的事。我的腰已经躬不下去，脸也无法贴在地上。耳朵也有点背。一次我隐约听母亲说，后院那个烟囱经常冒烟。

母亲就站在洞口一米处，我看见她的脚尖，我手中有根木棍就能触到她的脚。

"是一户新来的，好像是谁家的亲戚。"父亲说。

父亲的脚离得稍远一些，我看见他的腿朝两边撇开。

"他住我们家的房子也不说一声。"

"他可能住了很多年了。多少年前，我就听见后院经常有动静。我以为是鬼，没敢告诉你。我父母全在那间房子老死的。死过人的房子常有响动。"

我隐隐听见母亲说，要打开后院的门进去看看。又说找不见钥匙了。或许有钥匙，但锁孔早已锈死。

他们说话时，我多想从墙洞钻过去，站在他们面前，说出所有的事。

可是，当我走出后院的豁口，绕过院墙走到前院门口时，又径直地朝前走去。我不是从这个门出去的，我对那扇半掩的木板门异常陌生。我似乎从未从外面进入过。就像我在路上遇见牵牛走来的父亲。这个一次次在远路上找过我的父亲。我向他一步步地走近，我的心快跳出来。我想遇面的一瞬他会叫出我的名字。我会喊一声父亲。尽管我压根发不出一丝声音。可是，什么都不会发生。我们只是互望一眼，便相错而去。我们早已无法相识。我长得越来越不像他。

我只有从那个再不能钻过的墙洞回来，我才是他的儿子。我才能找到家，找到锅头，扣在案板上的碗和饭。找到我每个中午抱着睡着的那根木头，找到我母亲少有的一丝微笑和父亲的沉默和寡言。

在另外的地方我没办法认识他们。即使我从院门进来，我的父母一样不会接受，一个推开院门回来的儿子。我不是从院门走失的。他们回来的那个傍晚院门紧锁，而我不见了。

有一天我硬要从这个墙洞钻过去，我先塞进头，接着使劲往里塞肩膀和身子。我的头都快出去了，身子却卡在墙中，进退不能。

我的妻子回来，见我不在家，就出去找。找一趟回来我还不在，她又出去，在村里每户人家问。在每个路口喊我的名字。像早年母亲喊我一样。

一个下午，她找到前面的院子，问我母亲有没有看见她丈夫。我听她哭哑着嗓子说话，听见我母亲低声的回答。她一定从我妻子身上看见多年前的自己。那时她就是这副失魂落魄的样子找我。

我妻子出去时，我的儿子一人留在院子。他哭喊一阵，趴在木头上睡着，醒来又接着哭喊。多少年前，我跟他一样在前院度过这样的日子。只是我不会喊。

天黑以后，我听见妻子回来的脚步声。那时，我的儿子已趴在地上睡着。她抱起他哭。她的哭腔在夜里拖得很长很长。我动不了头，也动不了身子。这期间一只黑母鸡每天走到洞口。第一次它的头都伸进来了，眼看碰到我的脸，赶紧缩回去，跑开几步。以后它每天来到洞口，偏着头看里面，看见我一样望着它的眼睛，它叫几声。有时它转过身，用爪子向洞口刨土。我不知道它的意图。我的头和脸都被土蒙住，眼睛也快睁不开。

一个早晨，我母亲起来收拾院子，她拿着一把芨芨扫帚，刷刷地扫地上的树叶和土，有一扫帚，就从墙洞口的草根下刷过去，我一惊，睁开眼睛。看见我们家的一个早晨。晨光将院子染得鲜红。我的母亲开始生火做饭。我听见她折柴火的声音。听见炉中火焰的声音。听见铁勺和锅碗的轻碰擦摩。过了会儿，母亲端碗过来，坐在那根木头上，家里只剩下她一个人。父亲不在了。妹妹出嫁。弟弟也不知到哪去了。我看不见她手中的碗，看不见她拿筷子的手和一双不知在看着什么的眼睛。我只闻见饭的味道，像在很多年前的中午，我在那时候，永远地闭住眼睛。

我的儿子有一天来到墙根，他转了好几圈，没找到那个墙洞。一层一层的尘土和落叶，埋住我露在洞外的腿和脚。我的儿子站在又一个秋天的落叶上面，踮起脚尖，想看见前院。他使劲跳蹦子。他的头一下一下地蹿过墙头又落下。他看见墙那边的果树，看见一个秋天的菜园子，旁边塌了一半的马圈棚。他没有看见我母亲。那时她已直不起腰，整日佝偻着身子，在院子里走动。有一天，她会走到那丛靠墙生长的艾蒿草跟前，拨开枝叶，看见那个小墙洞，她会好奇地把一边脸贴在地上，往里面望，或许什么都看不见。或许，她会看见我差一点就要伸出洞口的头顶。

先父

一

我比年少时更需要一个父亲，他住在我隔壁，夜里我听他打呼噜，费劲地喘气。看他躬腰推门进来，一脸皱纹，眼皮耷拉，张开剩下两颗牙齿的嘴，对我说一句话。我们在一张餐桌上吃饭，他坐上席，我在他旁边，看着他颤巍巍伸出一只青筋暴露的手，已经抓不住什么，又抖抖地勉力去抓住。听他咳嗽，大口喘气——这就是数年之后的我自己。一个父亲，把全部的老年展示给儿子。一如我把整个童年、青年带回到他眼前。

在一个家里，儿子守着父亲老去，就像父亲看着儿子长大成人。这个过程中儿子慢慢懂得老是怎么回事。父亲在前面趟路。父亲离开后儿子会知道自己40岁时该做什么，50岁、60岁时要考虑什么。到了七八十岁，该放下什么，去着手操劳什么。

可是，我没有这样一个老父亲。

我活得比你还老时，身心的一部分仍旧是一个孩子。我叫你爹，叫你父亲，你再不答应。我叫你爹的那部分永远地长不大了。

多少年后，我活到你死亡的年龄：37岁。我想，我能过去这一年，就比你都老了。作为一个女儿的父亲，我会活得更老。那时想起年纪轻轻就离去的你，就像怀想一个早夭的儿子。你给我童年，我自己走向青年、中年。

我的女儿只看见过你的坟墓。我清明带着她上坟，让她跪在你的墓前磕头，叫你爷爷。你这个没福气的人，没有活到她张口叫你爷爷的年龄。如果你能够，在那个几乎活不下去的年月，想到多少年后，会有一个孙女伏在耳边轻声叫你爷爷，亲你胡子拉碴的脸，或许你会为此活下去。但你没有。

二

留下5个儿女的父亲，在5条回家的路上。一到夜晚，村庄的5个方向有你的脚步声。狗都不认识你了。5个儿女分别出去开门，看见不同的月色星空。他们早已忘记模样的父亲，一脸漆黑，站在夜色中。

多年来儿女们记住的，是5个不同的父亲。或许根本没有一个父亲。所有对你的记忆都是空的。我们好像从来就没有过你。只是觉得跟别人一样应该有一个父亲，尽管是一个死去的父亲。

每年清明我们上坟去看你,给你烧纸,烧烟和酒。边烧边在坟头吃喝说笑。喝剩下的酒埋在你的头顶。临走了再跪在墓碑前叫一声父亲。

我们真的有过一个父亲吗。

当我们谈起你时,几乎没有一点共同的记忆。我不知道6岁便失去你的弟弟记住的那个父亲是谁。当时还在母亲怀中哇哇大哭的妹妹记住的,又是怎样一个父亲。母亲记忆中的那个丈夫跟我们又有什么关系。你死的那年我8岁,大哥11岁。最小的妹妹才8个月。我的记忆中没有一点你的影子。我对你的所有记忆是我构想的。我自己创造了一个父亲,通过母亲、认识你的那些人。也通过我自己。

如果生命是一滴水,那我一定流经了上游,经过我的所有祖先,爷爷奶奶、父亲母亲,就像我迷茫中经过的无数个黑夜。我浑然不觉的黑夜。我睁开眼睛。只是我不知道我来到世上那几年里,我看见了什么。我的童年被我丢掉了,包括那个我叫父亲的人。

我真的早已忘了,这个把我带到世上的人。我记不起他的样子,忘了他怎样在我记忆模糊的幼年,教我说话,逗我玩,让我骑在他的脖子上,在院子里走。我忘了他的个头,想不起家里仅存的一张照片上,那个面容清瘦的男人曾经跟我有过什么关系。他把我拉扯到8岁,他走了。可我8岁之前的记忆全是黑夜,我看不清他。

我需要一个父亲,在我成年之后,把我最初的那段人生讲给我。就像你需要一个儿子,当你死后,我还在世间传播你的种子。你把我的童年全带走了,连一点影子都没留下。

我只知道有过一个父亲。在我前头,隐约走过这样一个人。

我的有一脚踩在他的脚印上,隔着厚厚的尘土。我的有一声追上他的声。我吸的有一口气,是他呼出的。

你死后我所有的童年之梦全破灭了。只剩下生存。

三

我没见过爷爷,他在父亲很小时便去世了。我的奶奶活到78岁。那是我看见的唯一一个亲人的老年。父亲死后她又活了3年,或许是4年。她把全部的老年光景示意给了母亲。我们的奶奶,那个老年丧子的奶奶,我已经想不起她的模样,记忆中只有一个灰灰的老人,灰白头发,灰旧衣服,躬着背,小脚,拄拐,活在一群未成年的孙儿中。她给我们做饭,洗碗。晚上睡在最里边的炕角。我仿佛记得她在深夜里的咳嗽,和喘息,记得她摸索着下炕,开门出去。过一会儿,又进来,摸索着上炕。全是黑黑的感觉。有一个早晨,她再没有醒来,母亲做好早饭喊她,我们也大声喊她。她就睡在那个炕角,躬着身,背对我们,像一个熟睡的孩子。

母亲肯定知道奶奶的更多细节,她没有讲给我们。我也很少问过。仿佛我们对自己的童年更感兴趣。童年是我们自己的陌生人，那段看不见的人生，永远吸引我们。我们并不想看清陪伴童年的那个老人。我们连自己都无法弄清。印象中奶奶只是一个遥远的亲人，一个称谓。她死的时候，我们的童年还没有结束。她什么都没有看见，除了自己独生儿子的死，她在那样的年月里，看不见我们前途的一丝光亮。我们的未来向她关闭了。她对我们的所有记忆是愁苦。她走的时候，一定从童年领走了我们，在遥远的天国，她抚养着永远长不大的一群孙儿孙女。

四

在我 9 岁，你离世的第二年，我看见 12 岁时的光景：个头稍高一些，胳膊长到锨把粗，能抱动两块土块，背一大捆柴从野地回来，走更远的路去大队买东西——那是我大哥当时的岁数。我和他隔了 3 年，看见自己在慢慢朝一捆背不动的柴走近，我的身体正一碗饭、一碗水地，长到能背起一捆柴、一袋粮食。

然后我到了 16 岁，外出上学。19 岁到沙湾安集海小镇工作。那时大哥已下地劳动，我有了跟他不一样的生活，我再不用回去种地。

可是，到了 40 岁，我对年岁突然没有了感觉。路被尘土蒙蔽。我不知道 40 岁以后的下一年我是多大。我的父亲没有把那时的人生活给我看。他藏起我的老年，让我时刻回到童年。在那里，他的儿女永远都记得他收工回来的那些黄昏，晚饭的香味飘在院子。我们记住的饭菜全是那时的味道。我一生都在找寻那个傍晚那顿饭的味道。已经忘了是什么饭，那股香气飘散在空气里，一家人围坐在桌旁，筷子摆齐，等父亲的影子伸进院子，等他带回一身尘土，在院门外拍打。

有这样一些日子，父亲就永远是父亲了，没有谁能替代他。我们做他的儿女，他再不回来我们还是他的儿女。一次次，我们回到有他的年月，回到他收工回来的那些傍晚，看见他一身尘土，头上落着草叶。他把铁锨立在墙根，一脸疲惫。母亲端来水让他洗脸，他坐在土墙的阴影里，一动不动，好像叹着气，我们全在一旁看着他。多少年后，他早不在人世，我们还在那里一动不动看着他。我们叫他父亲，声音传不过去。盛好饭，碗递不过去。

五

你死去后我的一部分也在死去。你离开的那个早晨我也永远地离开了，留在世上的那个我究竟是谁。

父亲，只有你能认出你的儿子。他从小流落人世，不知家，不知冷暖饥饱。只有你记得我身上的胎记，记得我初来人世的模样和眼神。记得我第一眼看见你时，紧张陌生的表情和勉强的一丝微笑。

我一直等你来认出我。我像一个父亲看儿子一样，一直看着我从8岁，长到40岁。这应该是你做的事情。你闭上眼睛不管我了。我是否已经不像你的儿子。我自己拉扯大自己。这个40岁的我到底是谁。除了你，是否还有一双父亲的眼睛，在看着我。

我在世间待得太久了。谁拍打过我头上的土。谁会像擦拭尘埃一样，拭去我的年龄、皱纹，认出最初的模样。当我淹没在熙攘人群中，谁会在身后喊一声：呔，儿子。我回过头，看见我童年时的父亲，我满含热泪，一步步向他走去，从40岁，走到8岁。我一直想把那个8岁的我从童年领出来。如果我能回去，我会像一个好父亲，拉着那个8岁孩子的手，一直走到现在。那样我会认识我，知道自己走过了怎样一条路。

现在，我站在40岁的黄土梁上，望不见自己的老年，也看不清远去的童年。

我一直等你来认出我，告诉我辈分，一一指给我父母兄弟。他们一样急切地等着我回去认出他们。当我叫出大哥时，那个太不像我的长兄一脸欢喜，他被辨认出来。当我喊出母亲时，我一下喊出我自己，一个40岁的儿子，回到家里，最小的妹妹都30岁了。我们有了一个后父。家里已经没你的位置。

你在世间只留下名字，我为怀念你的名字把整个人生留在世间。我的身体承受你留下的重负，从小到大，你不去背的一捆柴我去背回来,你不再干的活我一件件干完。他们说我是你儿子,可是你是谁,是我怎样的一个父亲。我跟你走掉的那部分一遍遍地喊着父亲。我留下的身体扛起你的铁锨。你没挖到头的一截水渠我得接着挖完,你垒剩的半堵墙我们还得垒下去。

六

如果你在身旁,我可能会活成另外一个人。你放弃了教养我的职责。没有你我不知道该听谁的。谁有资格教育我做人做事。我以谁为榜样一岁岁成长。我像一棵荒野中的树,听由了风、阳光、雨水和自己的性情。谁告诉过我哪个枝丫长歪了。谁曾经修剪过我。如果你在,我肯定不会是现在的样子。尽管我从小就反抗你,听母亲说,我自小就不听你的话,你说东,我朝西。你指南,我故意向北。但我最终仍长得跟你一模一样。没有什么能改变你的旨意。我是你儿子,你孕育我的那一刻我便再无法改变。但我一直都想改变,我想活得跟你不一样。我活得跟你不一样时,内心的图景也许早已跟你一模一样。早年认识你的人,见了我都说:你跟你父亲那时候一模一样。

我终究跟你一样了。你不在我也没活成别人的儿子。

可是,你那时坚持的也许我早已放弃,你舍身而守的,我或许已不了了之。没有你我会相信谁呢。你在时我连你的话都不信。现在我想听你的，你却一句不说。我多想让你吩咐我干一件事，就像早年，你收工回来，叫我把你背来的一捆柴码在墙根。那时我那么的不情愿，码一半，剩下一半。你看见了，大声呵斥我。我再动一动，码上另一半，仍扔下一两根，让你看着不舒服。

可是现在，谁会安排我去干一件事呢。我终日闲闲。半生来我听过谁的半句话。我把谁放在眼里，心存佩服。

父亲，我现在多么想你在身边，喊我的名字，说一句话，让我去门外的小店买一盒火柴，让我快一点。我干不好时你瞪我一眼，甚至骂我一顿。

如今我多么想做一件你让我做的事情，哪怕让我倒杯水。只有你吭一声，递个眼神，我会多么快乐地去做。

父亲，我如今多想听你说一些道理，哪怕是老掉牙的，我会毕恭毕敬倾听，频频点头。你不会给我更新的东西。我需要那些新东西吗。

父亲，我渴求的仅仅是你说过千遍的老话。我需要的仅仅是能够坐在你身旁，听你呼吸，看你抽烟的样子，吸一口，深咽下去，再缓缓吐出。我现在都想不起你是否抽烟，我想你时完全记不起你的样子。不知道你长着怎样一双眼睛，蓄着多长的头发和胡须，你的个子多高，坐着和走路是怎样的架势。还有你的声音，我听了8年，都没记住。我在生活中失去你，又在记忆中把你丢掉。

七

你短暂落脚的地方，无一不成为我长久的生活地。有一年你偶然途经吃过一顿便饭的沙湾县城，我住了20年。你和母亲进疆后度过第一个冬天的乌鲁木齐，我又生活了10年。没有谁知道你的名字，在这些地方，当我说出我是你的儿子，没有谁知道。40年前，在这里拉过一冬天石头的你，像一粒尘土埋在尘土中。

只有在故乡金塔，你的名字还牢牢被人记住。我的堂叔及亲戚们，一提到你至今满口惋惜。他们说你可惜了。一家人打柴放牛供你上学。年纪轻轻做到县中学校长，团委书记。

要是不去新疆，不早早死掉，也该做到县长了。

他们谈到你的活泼性格，能弹会唱，一手好毛笔字。在一个叔叔家，我看到你早年写在两片白布上的家谱，端正有力的小楷。墨迹浓黑，仿佛你刚刚写好离去。

他们听说我是你儿子时，那种眼神，似乎在看多少年前的你。在那里我是你儿子，在我生活的地方你是我父亲。他们因为我而知道你，但你不在人世。我指给别人的是我的后父，他拉扯我们长大成人。他是多么的陌生，永远像一个外人。平常我们一起干活，吃饭，张口闭口叫他父亲。每当清明，我们便会想起另一个父亲，我们准备烧纸、祭食去上坟，他一个人留在家，无所事事。不知道他死后，我们会不会一样惦念他。他的祖坟在另一个村子，相距几十公里，我们不可能把他跟先父埋在一起，他有自己的坟地。到那时，我们会有两处坟地要扫，两个父亲要念记。

八

埋你的时候，我的一个远亲姨父掌事。他给你选了玛纳斯河边的一块高台地，把你埋在龙头，前面留出奶奶的位置。他对我们说，后面这块空地是留给你们的。我那时多小，一点不知道死亡的事，不知道自己以后也会死，这块地留给我们干什么。

我的姨父料理丧事时，让我们、让他的儿子们站在一旁，将来他死了，我们会知道怎样埋他。这是做儿子的必须要学会的一件事，就像父母懂得怎样生养你，你要学会怎样为父母送终。在儿子成年后，父母的后事便成了时时要面对的一件事，父母在准备，儿女们也在准备，用很多年、很多个早晨和黄昏，相互厮守，等待一个迟早会来到的时辰，它来了，我们会痛苦，伤心流泪，等待的日子全是幸福。

父亲，你没有让我真正当一次儿子，为你穿寿衣，修容，清洗身体，然后，像抱一个婴儿一样，把你放进被褥一新的寿房。我那时8岁，看见他们把你装进棺材。我甚至不知道死亡是怎么回事。在我的记忆中埋你的墓坑是一个长方的地洞，他们把你放进去，棺材头上摆一碗米饭，插上筷子，我们趴在坑边，跟着母亲大声哭喊，看人们一锨锨把土填进去。我一直认为你从另一个出口走了。他们堵死这边，让你走得更远。多少年来我一直想你会回来，有一天突然推开家门，看见你稍稍长大几岁的儿女，衣衫破旧，看见你清瘦憔悴的妻子，拉扯5个儿女艰难度日。看见只剩下一张遗像的老母亲。你走的时候，会想到我们将活成怎样。我成年以后，还常常想着，有一天我会在一条异乡的路上遇见你，那时你已认不出我，但我一定会认出你，领你回家。一个丢掉又找回来的老父亲，我们需要他的时候他离去了。等我长大，过上富裕日子，他从远方流浪回来，老得走不动路。他给我一个赡养父亲的机会。也给我一个料理死亡的机会。这是父亲应该给儿子的，你没有给我。你早早把死亡给了别人。

九

我将在黑暗中孤独地走下去，没有你引路。40岁以后的寂寞人生，衰老已经开始，我不知道自己在年老腰疼时，怎样在深夜独自忍受，又在白天若无其事，一样干活说话。在老得没牙时，喝不喜欢的稀粥，把一块肉含在口中，慢慢地嚼。我的身体迟早会老到这一天。到那时，我会怎样面对自己的衰老。父亲，你是我的骨肉亲人，你的每一丝疼痛我都能感知。衰老是一个缓慢到来的过程，也许我会像接受自己长个子、生胡须一样，接受脱发、骨质增生，以及衰老带来的各种病痛。

但是，你忍受过的病痛我一定能坦然忍受。我小时候，有大哥，有母亲和奶奶，引领我长大。也有我单独寂寞的成长。我更需要你教会我怎样衰老和死亡。

如果你在身旁，我会早早知道，自己的腿在多大年龄变老，走不动路。眼睛在哪一年秋天花去。这一年到来时，我会有时间给自己准备老花镜和拐杖。我会在眼睛彻底失明前，记住回家的路，和那些常用物件的位置。我会知道你在多大年龄开始为自己准备后事，吩咐你的大儿子，准备一口好棺材，白松木的，两条木凳支起，放在草棚下。着手还外欠的债。把你一生交往的好朋友介绍给儿子，你死后无论我走到哪，遇到什么难事，认识你的人会说，这是你的后人。他们中的某个人，会伸手帮我一把。

可是，没有一个叫父亲的人，白发飘飘，把我向老年引。我不知道老是什么样子。我的腿不把酸痛告诉我。我的腰不把弯曲告诉我。我的皮肤不把皱纹告诉我。我老了我不知道。就像我年少时，不知道自己是一个孩子。我去沙漠砍柴，打土块，背猪草，干大人的活。没人告诉我是个孩子。父亲离开的那一年我们全长大了，从最小的妹妹，到我。你剩给我们的全是大人的日子。我的童年不见了。

直到有一天，我背一大捆柴回家，累了在一户人家墙根歇息，那家的女人问我多大了，我说13岁。她说，你还是个孩子，就干这么重的活。我羞愧地低下头，看见自己细细的腿和胳膊，露着肋骨的前胸和独自长大的一双脚。你都死去多少年了，我以为自己早长大了，可还小小的，个子不高，没有多少劲。背不动半麻袋粮食。

如果寿命跟遗传有关，在你死亡的年龄，我会做好该做的事。如果我活过了你的寿数，我就再无遗憾。我的儿女们，会有一个长寿的父亲。他们会比我活得更长久。有一个老父亲在前面引领。他们会活得自在从容。

现在，我在你没活过的年龄，给你说出这些。我说的时候，我能感觉到你在听。我也在听，父亲。

一个人回来

我突然出现在村子中间的马路上，晕晕乎乎，仿佛我一直在这条路上来来回回走了多少年，这一刻突然看见一个长大的、正在老掉的自己，站在马路上，一副茫然样子。

村子少了许多东西，光秃秃的，有点不太像黄沙梁。天空也像少了许多东西，空空荡荡。我顺着马路一边往北走，走过一院拆掉的破房子，站下来看了看，是孟照家的房子，不知他们搬哪去了。太阳就要落地了，还有半房高。这时的太阳就像与我年龄相仿的一个人，面对面站着，手伸过去，能和平射过来的夕阳亲热相握。许多年前我握住过这里的缕缕阳光。我知道每天的太阳，从哪几株芦草间升起，又从哪一棵榆树旁落下去。

空气中黄黄的满是尘土。

一个人早年踩起的尘土，在他回来时开始慢慢往下落，落在脚下和身上。没碰见一条狗。也没听见狗叫。也没有人喊人的声音。仿佛一天突然停住。我觉得头有点重，头上像落了许多土。

应该有一个东西出来迎迎我。哪怕一只鸡、一头驴。可是没有。只有尘土慢慢往下落。太阳落在村外荒野，像一张远走他乡的脸蓦然回转。我被它望得有些伤感。在这样一个黄昏里,我想一个人回来,和一粒尘土落下,是一样大小的事情。

我记得这条路一直穿过村子通到北边的荒野里。马路将村子分成大致对称的两长溜子,站在沙梁上看黄沙梁村像一只展开双翅的鸟,随时都可能飞掉。那时候我夜夜梦见自己在村子上空飞。我知道村里的许多人会在梦里飞。我在空中经常遇见他们,脸朝下,叉着腿,脚上穿着布鞋。能看清鞋底的泥巴和土,看见磨烂的鞋帮、从鞋尖破洞里露出的大拇指。

一到晚上夜空就显得拥挤,地上稀疏地摆着些房子。我们飞起时从没把房子驮到天上去。在天上我们没有房子,所以飞来飞去都原落到村庄里。我知道房子有时在它自己的梦中飞往别处,一样没带上我们。那时一村人在睡梦中,房子飘然而去。一户一户的人,裸躺在地上,星光洒在脸上。他们中间的一个人,突然醒来,站起身,惊讶地望着没有一间房子的黄沙梁。

后来一些新来的人家在沙沟沿盖了一溜矮房子,村子的模样便变成一把镰刀状。路依旧直穿过村子,不知村里人会不会在梦中飞了。我依旧夜夜盘飞在星空,底下是一片一片的荒芜田地。

谁家的牛圈盖在了路上,把路挤弯了。圈墙是新垒的,又高又显眼。看不见里面的牲口,圈棚很大,伸出墙头的椽子还白生生的,没经过多少日晒雨淋。绕过圈棚这段路也没踏瓷实,满是浮土。我花了好几分钟,才绕过去,一拐过墙角,一条向北的村道出现在眼前,一下我全认出来了——这就是在我梦中出现过多少次的那条村路。事隔二十年，我依旧能指出路两旁每户人家的房子，说出他们每个人的样子。我的整个少年、青年时代就是在这里度过的。

小冉的摩托车把我扔到村子里便回去了，他说过两天来接我，我不清楚过两天到底是几天，待要问时，路上只剩下一溜子尘土。

我的头有点晕。中午在老沙湾棉加厂喝了不少酒。小冉是棉加厂会计，他和厂长曾孝义招待了我。吃的是这一带有名的大盘鸡、大盘鱼。

小饭馆孤零零地立在棉加厂院外的盐碱滩上，也没个店名，饭厅是一小间矮土房子，人进去头离房顶不足半尺，黑油油的碱蒿子围在四周。五年前，曾孝义和他的同乡们在这片荒滩上建起了棉花加工厂。他是这一带有名的"一把手"，他的另一把手建厂时喂机器了。他用剩下的一只左手和我握手，用左手吃菜、划拳、端酒杯，似乎绰绰有余。

在我三十岁左右的十几年里，老沙湾是我去得最多的一个地方。每次我走到这里都会不由自主地停住，再不朝前走一步。我的好几个朋友住在这个村庄里。我经常骑摩托车跑几十公里路到老沙湾喝酒，一喝一整天，晚上晕晕乎乎睡过去，第二天醒了接着再喝。

每次喝了酒我都要爬到村子北边的沙梁上，远远地望一阵黄沙梁。从这道沙梁上能隐约看见荒野那边的黄沙梁村，那一片矮矮的跟草一般高的土房子，只露出点房顶。天气好时能看见村子上头冒几缕炊烟,像几根枯草似的,弱弱地摇一阵又不见了。看见炊烟我便放心了,说明黄沙梁还在喘气。一个村庄要是很久不冒一股烟,就有可能死掉了。

我见过几个已经死掉的村庄,啥也没有了,只剩几堵断墙,被风吹得光溜溜,像骨头似的。在一堵断墙上还立着一截烟囱,从远处看就像墙上站着一个人。我在这堵墙边站了一阵,墙上的烟道还好好的。我想点一把火,让这个烟囱再冒一股子烟,转了一圈,连一把干草都找不见。啥也没有了。这个死掉的村子在黄沙梁西边的荒野里。没人知道它叫什么名字。在黄沙梁时我经常梦见那地方,我被人追着追着一下飞起来,有时落到那些断墙上。地上全是月光,厚厚的像一层一层的锈,我跳下去,月光能没到腰部。有时那地方出现一大片房子,一间连一间,我无意中迈脚进去,推开一扇门,再推开一扇门,越走越深,越走越害怕,我想逃出去飞掉,一伸手臂就碰到房顶。房顶上木头纵横交错,像树根一样。

我们正喝着酒,进来一群浑身沾满棉花的人。小饭店没有窗户,他们一个接一个进来时,像风中的门一开一合,小饭馆里一下一下地黑了七八次。他们围着旁边的一张桌子坐下,要了一盘鸡,两瓶沙湾特曲。

"今年棉花卖得咋样?"曾孝义和那些人很熟悉地打着招呼。

"嗯,行哩。比去年要好一些。"

"钱拿上没有?"

"拿上了。"

"那就好好喝一场再回去。"

我低着头听他们说话。那些人全盯着我看。

"你是刘二吧？"其中一个声音不大地说了一句。

"我是陈三元，住在你们家房后面。我一进门就认出你了，大模样没变，就是头发掉了些。"

他笑嘻嘻地望着我，那样子就像找到了他们丢失多年的家畜。我不敢否认，只好老老实实承认。端酒过去挨个跟他们碰了一杯，随口问了几句村子里的事。

他们全是黄沙梁人。一进门我就认出了他们，只是忘了名字，不知该怎么称呼。以前我知道黄沙梁所有东西的名字，我能一个一个地叫出它们。我还给许多没有名字的东西起名字，自己一个人叫，也不管它们是否答应。后来我几乎忘记了所有东西的名字。出现在记忆中的只是那些事物本身，活生生的，我把它们的名字丢掉了，却异乎寻常地更熟悉和认识它们。那时候，我还不懂得说出没有名字的东西，它们只是我一个人的。

"刘二，跟我们回去看看吧。你都二十来年没回过黄沙梁了。搬走了也是你的老家嘛。"

"你爹早些年还经常赶马车去。"

"你大哥也经常去。"

那些黄沙梁人吃饱喝足了临走时又对我说：

"你们家房子都让冯三住坏了。门楼去年秋天让猪拱倒了。

房子就剩下一间，另两间早几年就塌掉了。"

他们无意间的这几句话让我心里猛地一紧。酒全涌到了头上。

"小冉，你送我到黄沙梁。我要去看看我们家房子。"那些人走了之后我再没兴致喝酒，身体的某个地方突然不行了，像一堵墙倒塌下来。

我不长大，不行吗

他们说我早长大走了，我不知道。我一个人在村里游逛，我的影子短短的，脚印像树叶一片片落在身后。我在童年待的时间仿佛比一生还久。村子里只有我一个五岁的孩子，不知道其他孩子去哪了，也许早长大走了。他们走的时候，也没喊我一声。也许喊了我没听见。一个早晨我醒来，村子里剩下我一个孩子。我和狗玩，跟猫和鸡玩，追逐飘飞的树叶玩。

大人们扛锨回来或提镰刀出去，永远有忙不完的事。我遇见的都是大人。我小的时候，人们全长大走了，车被他们赶走了，立在墙根的铁锨被他们扛走，牛被他们牵走，院门锁上钥匙被他们带走。他们走远的早晨，村子里只剩下风，我被风吹着在路上走。他们回来的傍晚风停了，一些树叶飘进院子，一些村东边的土落在村西。没有人注意这些，他们只知道自己一天干了些什么，加了几条埂子，翻了几亩地，从不清楚穿过村庄的风干了些什么，照在房顶和路上的阳光干了些什么。

还有我，一个五岁的孩子干了什么。

有时他们大中午回来,汗流浃背。早晨拖出去的长长影子不见了,仿佛回来的是另一些人。我觉得我是靠地上的影子认识他们的,我从没看清他们的脸,我记住的是他们走路的架势,后脑勺的头发和手中的农具,他们的脸太高,像风中的树梢,我的眼睛够不到那里。我一般从肩上的铁锨认出扛锨的人。听到一辆马车过来,就知道谁走来了。我认得马腿和蹄印。还有人的脚印。往往是他们走远了,我才知道走掉的人是谁。我没有长大到他们用旧一把铁锨,驶坏一辆车。我的生命在五岁时停住了。我看见他们一岁一岁地往前走,越走越远。他们从我身边离开的时候,连一只布鞋都没有穿破。

　　我以为生活会这样不变地过下去,他们下地干活,我在村子里游逛。长大是别人的事,跟我没关系。那么多人长大了,又不缺少大人,为啥让所有人都长大,去干活。留一个没长大的人,不行吗。村里有好多小孩干的活,钻鸡窝收鸡蛋,爬窗洞取钥匙。就像王五爷说的,长到狗那么大,就钻不进兔子的洞穴。村子的一部分,是按孩子的尺寸安排的。孩子知道好多门洞,小小的,遍布村子的角角落落。孩子从那些小门洞走到村子深处,走到大人从来没去过的地方。后来,所有人长大了,那些只有孩子能进去的门洞和门洞里的世界,便被遗忘。

　　大人们回来吃午饭,只回来了一半人,另一半人留在地里,天黑才回来。天黑也不一定全回来,留几个人在地里过夜。每天都有活干完回不来的人,他把劲用光了,身子一歪睡着在地里,就算留下来看庄稼了。其实庄稼不需要看守，夜晚有守夜人呢。但这个人的瞌睡需要庄稼地，他的头需要一截田埂做枕头，身体下需要一片虚土或草叶当褥子。就由着他吧。第二天一早其他人下地时，他可以扛着锨回家。夜晚睡在地里的人，第二天可以不干活。这是谁定的规矩我不清楚。好像有道理，因为这个人昨天把劲用完了，又没回家吃饭。他没有劲了。不管活多忙，哪怕麦子焦黄在地里了，渠穿帮跑水，一个人只要干到把劲用完，再要紧的事也都跟他没关系，他没劲了。

我低着头看他们的鞋、裤腿。天太热了，连影子都躲在脚底下，不露头。我觉得光看影子不能认出他们，就抬头看裤腿、腰。系一条四指宽牛皮腰带的是冯七，一般人的腰带三指宽。马肚带才四指宽。有人说冯七长着一副马肚子，我看不怎么像，马肚子下面吊一截子黑锤子，冯七却没有。

两腿间能钻过一只狗的是韩二，他的腿后来被车轧断，没断的时候，一条离另一条就隔得远，好像互不相干，各走各的。后来一条断了，才拖拉着靠近另一条，看出它们的关系了。我好像一直没认清楚他们腰上面那一截子。我的头没长过他们的腰。我做梦梦见的也都是半截子的人，腰以上是空的。天空低低压下来，他们的头和上身埋在黑云中，阳光贴着地照，像草一样从地上长出来。

"哒，你还没玩够。你想玩到啥时候。"

我以为是父亲，声音从高处掼下来。却不是。

这个人丢下一句话不见了，我看看脚印，朝北边去了，越走越小，肩上的铁锨也一点点变小，小到没办法挖地，只能当玩具。最后他钻进一个小门洞，不见了。他是冯三，我认识他的脚印，右脚尖朝外撇，让人觉得，右边有一条岔路，一只脚要走上去，一只不让。冯三总是从北边回来，他家在路右边，离开路时，总是右脚往外撇，左脚跟上，才能拐到家。这样就走成了习惯，往哪走都右脚外撇。要是冯三从南边回来几次，也许能把这个毛病改了。可是他在南边没一件事情，他的地在北边，放羊的草场在北边，连几家亲戚都住在北边。那时我想给他在南边找一件事，偷偷把他的一只羊赶到村南的麦地，或者给他传一句话，说王五爷叫他过去一趟。然后看他从南边回来时，脚怎样朝左拐。也许他回来时不认识家了，他从来没从那个方向回来过，没从南边看见过家的样子。

　　这个想法我长大后去做了没有，我记不清楚。

　　天色刚到中午，我要玩到傍晚，我们家的烟囱冒烟了再回去，玩到母亲做好饭，站在门口喊我了再回去。玩到天黑，黄昏星挂到我们家草垛顶上再回去。

　　大人们谈牲口、女人、买卖、收成。他们坐在榆树下聊天时，我和他们一样高。我站在不远的下风处，他们的话一阵阵灌进耳朵，他们吐出的烟和放的屁也灌进我的嘴和鼻子。他们坐下来时说一种话，站起来又说另一种话。一站起来就说些实实在在的话,比如,我去放牛了。你把车赶到南梁,拉一车石头来。我喜欢他们坐下时说的话,那些话朝天上飘,全是虚的。他们说话时我能看见那些说出的事情悬在半空,多少年都不会落下来。

谁的叫声让一束花香听见

一些沙枣花向着天上的一颗星星开,那些花香我们闻不见。她穿过夜空,又穿过夜空,香气越飘越淡。在一个夜晚,终于开败了。

可能那束花香还在向远空飘,走得并不远,如果喊一声,她会听见。

可是,谁的叫声会让一束花香听见。那又是怎样的一声呼唤,她回过头,然后一切都会被看见——一棵开着黄白碎花的沙枣树,枝干曲扭,却每片叶子都向上长,每朵花都朝天开放。树下的人家,房子矮矮的,七口人,男人在远路上,五岁的孩子也不在家,母亲每天黄昏在院门外喊,那孩子就蹲在不远的沙包上,一声不吭,看着村子一片片变黑,自己家的院子变黑,母亲的喊声变黑。夜里每个窗户和门都关不住,风把它们一一推开。那孩子魂影似的回来,蹲在树杈上,看着空荡荡的房子。人都到哪儿去了。妈妈,妈妈。那孩子使劲喊,却从来没喊出一句。

另外一个早晨,这家的男人又要出远门,马车吆出院子,都快走远了,突然听见背后的喊声。

"哒。"

只一声。他蓦然回头,看见自己家的矮土房子,挨个站在门前沙枣树下的亲人:妻子一脸愁容,五个孩子都没长大,枯枯瘦瘦的,围在母亲身边。那个五岁的孩子站在老远处,一双眼睛空空荡荡地望着路——这就是我的日子。他一下全看见了。

他满脸泪水地停住。

他是我父亲,那个早晨他没走成,被母亲喊住了。我蹲在远远的土墙上,看见他转身回来。车上的皮货卸下来,马牵进圈棚。那以后他在家待了三年,或是五年,我记不清。我以后的生活被别人过掉了,我再没看见这个叫父亲的人,也许他给别人当父亲去了。我记住的全是他的背影,那是他青年接近中年的样子,脊背微驼,穿一件蓝布上衣,衣领有点破了,晒得发白的后背上,落着尘土和草叶,他不知道自己脊背上的土和草叶,他一直背着它。那时候我想,等我长大长高一些,我会帮他拍打脊背上的土,我会帮他把后脑勺的一撮头发捋顺。我一直没长大。我像个跟屁虫,跟在他后面,似乎从没走到前头,看见过他的脸。我想不起他的微笑,不知道他衣服的前襟,有几只纽扣。还有他的眼睛,我只看见他看见过的东西,他望远处时我也望远处,他低头看脚下的虫子时我也看着虫子,他目光抚过的每样东西我都亲切无比,但我从没看见他的眼睛。有一天我和他迎面相遇,我会认不出他,与他相错而去。我只有跟在后面,才会认识他,才是他儿子。他只有走在前面,才是我父亲。

在我更小的时候,他把我抱在胸前。我那时的记忆全是黑暗。如果我出生了,那一刻我会看见。我的记忆到哪去了,我怎么一点都想不起出生时的情景,连母乳的味道都忘记了,我不会说话的那几个月、一年,用什么样的声音说出了我初来人世的惊恐和欢喜。

还有什么没有被看见。

那棵沙枣树又陪我们过了一年。如果树有眼睛,它一样会看见我们的生活,看见自己的叶子和花在风中飘远。更多的叶子落在树下,被我们扫起。树会看见我们砍它的一个枝干做了锨把。那个断碴慢慢地长成树上的一只眼睛,它天天看见立在墙根的铁锨,看见它的枝做成的锨把,被我们一天天磨光磨细。父亲拿锨出去的早晨它看见了,我一身尘土回来的傍晚它看见了。整个晚上,那个断碴长成的树眼,直直地盯着我们家院子,盯着月亮下的窗户和门。它看见了什么。那个蹲在树杈上的五岁男孩又看见了什么。

夜夜刮风,风把狗叫声引向北边的戈壁沙漠。雪把牛哞单独包裹起来,一片片撒向东边的田野。雨落在大张的驴嘴里。夜晚的驴叫是下向天空的一场雨,那些闪烁的星星被驴叫声滋润。每一粒星光都是深夜的一声惊叫。我们听不见。我们看见的只是它看我们的遥远目光。

多少年后,我才能说出今天傍晚的一滴雨,它落在额头,冰凉传到内心时我已是一个中年人。当什么突然地击疼我,多少年后，谁发出了一声叫喊。那些我永远不会叫出的喊声，星星一样躲得远远。我被它胆怯地注视。

多少年后，我才碰见今天发生的事情，它们走远又回来。就像一声狗吠游遍世界回到村里，惊动所有的狗，跟自己多年前的回音对咬。

有一种小黑沙枣，专门长着喂鸟。人也喜欢吃。熟透了黑亮黑亮。人看着树上的沙枣做农活，沙枣刚黑一点小尖时，编糖，收拾磙子。沙枣黑一半时，麦种摊在苇席上晾半天，拌种的肥料碾碎。沙枣全黑时鸟全聚在树上，人下地，把麦子播撒下去。对鸟来说，沙枣的甘甜比麦粒可口，顾不上到地里刨食麦种。树上的沙枣可以让鸟一直吃到落雪前，那时麦苗已长到一拃高，根早扎深了。鸟想到吃麦粒时已经太晚。

我们在一棵沙枣树下生活多少年，一些花香永远闻不见。几乎所有的沙枣花向天开放，只有个别几朵，面向我们，哀哀怨怨的一袭香环家绕院。

那些零碎星光，也一直在茫茫夜空找寻花香。找到了就领她回去。它们微弱的光芒，仅能接走一丝花香，再没力气照在地上。

更多的花香被鸟闻见。鸟被熏得头晕，满天空乱飞，鸣叫。

还有一些花香被那个五岁的孩子闻见。花落时，他的惊叫划破夜晚。梦中走远的人全回来，睁大双眼。其实什么都看不见，除了自己的梦。

长大的只是那些大人

我听人们说着长大以后的事。几乎每个见到的人都问我:"你长大了去干什么?"问得那么认真,又好像很随便,像问你下午去干什么,吃过饭到哪去一样。

一个早晨我突然长大,扛一把铁锨走出村子,我的影子长长的,躺在空旷田野上,它好像早就长大躺在那里,等着我来认出它。没有一个人,路上的脚印,全后跟朝向远处,脚尖对着村子,劳动的人都回去了,田野上的活早结束了,在昨天黄昏就结束了,在前天早晨就结束了。他们把活儿干完的时候,我刚长大成人。粮食收光了,草割光了,连背一捆枯柴回来的小事,都没我的份儿。

我母亲的想法是对的,我就不该出生。出生了也不该长大。

我想着长大了去干什么,我好像对长大有天生的恐惧。我为啥非要长大。我不长大不行吗。我就不长大,看他们有啥办法。我每顿吃半碗饭,每次吸半口气,故意不让自己长。我在头上顶一块土，压住自己。我有什么好玩的都往头上放。

我从大人的说话中，隐约听见他们让我长大了放羊去，扛铁锨种地，跑买卖，去野地背柴。他们老是忙不过来，总觉得缺人手，去翻地了，草没人锄，出去跑买卖吧，老婆孩子身边又少个大人。反正，干这件事，那件事就没人干。猪还没喂饱，羊又开始叫了。尤其春播秋收，忙得腾不开手时，总觉得有人没来。其实人全在地里了，连没长大的孩子也在地里了。可他们还是觉得少个人。每个人都觉得身边少个人。

"要是多一个人手，就好了。"

父亲说话时眼睛盯着我。我知道他的意思，嫌我长得慢了，应该一出生就是个壮劳力。

我觉得对不住父亲。我没帮上他的忙。

我小时候，他常常外出。我没看见他小时候的样子。也许没有小时候。我不敢保证每个人都有小时候。我一出生父亲就是一个大人。等我长大——我真的长大过吗——他依旧没有长老，我在那些老人堆里没找到他。

在这个村庄，年轻人在路上奔走，中年人在一块地里劳作，老年人在墙根晒太阳或乘凉。只有孩子不知道在哪。哪都是孩子，白天黑夜，到处有孩子的叫喊声，他们奔跑、玩耍，远远的就能听到声音。找他们的时候，却哪都没有了。嗓子喊哑也没一个孩子答应。不知道那些孩子去哪了。或许都没出生。只是一些叫喊声来到世上。

我还不会说话时，就听见大人说我长大以后的事。

"这孩子骨头细细的，将来可能干不了力气活。"

"我看是块跑买卖的料。"

"说不定以后能干成大事呢，你看这孩子头长的，前锛拉，后瓦勺，想的事比做的多。"

我母亲在我身边放几样东西：铁锨、铅笔、头绳、铃铛和羊鞭，我记不清我抓了什么。我刚会说话，就听见母亲问我：呔，你长大了去干什么？我歪着头想半天，说，去跑买卖。

他们经常问我长大了去干什么。我记得我早说过了，他们为啥还问。可能长大了光干一件事不行，他们要让我干好多事，把长大后的事全说出来。

一次我说，我长大去放羊，话刚出口，看见一个人赶羊出村，他的背有点驼，翻穿着毛皮袄，从背后看像一只站着走路的羊，一会儿就消失在羊踩起的尘土里。又过了一阵，传来一声吆喝，远远的。那一刻，我看见当了放羊人的我就这样走远了。

多少年后，他吆半群羊回来，我已经不认识他。他也不认识我。

这个放一群羊放老的我，腰背佝偻，走一步咳嗽两声。他在羊群后面吸了太多尘土，他想把它咳出来。

每当我说出一件我要干的事时，就会有一个我从身边走了，他真的按我说的去跑买卖了。开始我还能想清楚他去了哪里，都干了些什么，后来就糊涂了，再也想不下去，我把他丢在路上，回来想另一件事。那个跑买卖的我自己走远了。

有一年他贩了一车皮子回到虚土庄，他有了自己的名字，我认不出他。他挣了钱也不给我。

我从他们的话语中知道，有好多个我已经在远处。我正像一朵蒲公英慢慢散开。我害怕地抱紧自己。我被"你长大了去干什么"这句话吓住了，以后再没有长大。长大的只是那些大人。

住多久才算是家

我喜欢在一个地方长久地生活下去——具体点说,是在一个村庄的一间房子里。如果这间房子结实,我就不挪窝地住一辈子。一辈子进一扇门,睡一张床,在一个屋顶下御寒和纳凉。如果房子坏了,在我四十岁或五十岁的时候,房梁朽了,墙壁出现了裂缝,我会很高兴地把房子拆掉,在老地方盖一幢新房子。

我庆幸自己竟然活得比一幢房子更长久。只要在一个地方久住下去,你迟早会有这种感觉。你会发现周围的许多东西没有你耐活。树上的麻雀有一天突然掉下一只来,你不知道它是老死的还是病死的。树有一天被砍掉一棵,做了家具或当了烧柴。陪伴你多年的一头牛,在一个秋天终于老得走不动。算一算,它远没有你的年龄大,只跟你的小儿子岁数差不多,你只好动手宰掉或卖掉它。

一般情况,我都会选择前者。我舍不得也不忍心把一头使唤老的牲口再卖给别人使唤。我把牛皮钉在墙上,晾干后做成皮鞭和皮具。把骨头和肉炖在锅里,一顿一顿吃掉。这样我才会觉得舒服些,我没有完全失去一头牛,牛的某些部分还在我的生活中起着作用，我还继续使唤着它们。尽管皮具有一天也会被磨断，拧得很紧的皮鞭也会被抽散，扔到一边。这都是很正常的。

甚至有些我认为是永世不变的东西，在我活过几十年后，发现它们已几经变故，面目全非。而我，仍旧活生生的，虽有一点衰老迹象，却远不会老死。

早年我修房后面那条路的时候，曾想到这是件千秋功业，我的子子孙孙都会走在这条路上。路比什么都永恒，它平躺在大地上，折不断、刮不走，再重的东西它都能经住。

有一年一辆大卡车开到村里，拉着一满车铁，可能是走错路了，想掉头回去。村中间的马路太窄，转不过弯。开车的师傅找到我，很客气地说要借我们家房后的路走一走，问我行不行。我说没事，你放心走吧。其实我是想考验一下我修的这段路到底有多结实。卡车开走后我发现，路上只留下浅浅的两道车辙辘印。这下我更放心了，暗想，以后即使有一卡车黄金，我也能通过这条路运到家里。

可是，在一年后的一场雨中，路却被冲断了一大截，其余的路面也泡得软软的，几乎连人都走不过去。雨停后我再修补这段路面时，已经不觉得道路永恒了，只感到自己会生存得更长久些。以前我总以为一生短暂无比，赶紧干几件长久的事业留传于世。现在倒觉得自己可以久留世间，其他一切皆如过眼烟云。

我在调教一头小牲口时，偶尔会脱口骂一句：畜生，你爷爷在我手里时多乖多卖力。骂完之后忽然意识到，又是多年过去。陪伴过我的牲口、农具已经消失了好几茬，而我还那样年轻有力、信心十足地干着多少年前的一件旧事。多少年前的村庄又浮现在脑海里。

如今谁还能像我一样幸福地回忆多少年前的事呢。那匹三岁的儿马，一岁半的母猪，以及路旁林带里只长了三个夏天的白杨树，它们怎么会知道几十年前发生在村里的那些事情呢。它们来得太晚了，只好遗憾地生活在村里，用那双没见过世面的稚嫩眼睛，看看眼前能够看到的，听听耳边能够听到的，却对村庄的历史一无所知，永远也不知道这堵墙是谁垒的，那条渠是谁挖的。谁最早蹚过河开了那一大片荒地，谁曾经乘着夜色把一大群马赶出村子，谁总是在天亮前提着裤子翻院墙溜回自己家里……这一切，连同完整的一大段岁月，被我珍藏了。成了我一个人的。除非我说出来，谁也别想再走进去。

当然，一个人活得久了，麻烦事也会多一些。就像人们喜欢在千年老墙万年石壁上刻字留名以求共享永生，村里的许多东西也都喜欢在我身上留印迹。它们认定我是不朽之物，咋整也整不死。我的腰上至今还留着一头母牛的半只蹄印。它把我从牛背上掀下来，朝着我的光腰杆就是一蹄子。踩上了还不赶忙挪开，直到它认为这只蹄印已经深深刻在我身上了，才慢腾腾移动蹄子。我的腿上深印着好几条狗的紫黑牙印，有的是公狗咬的，有的是母狗咬的。它们和那些好在文物古迹上留名的人一样，出手隐蔽敏捷，防不胜防。我的脸上身上几乎处处有蚊虫叮咬的痕迹，有的深，有的浅。有的过不了几天便消失了，更多的伤痕永远留在身上。而留在我心中的东西就更多了。

我背负着曾经与我一同生活过的众多生命的珍贵印迹，感到自己活得深远而厚实，却一点不觉得累。有时在半夜腰疼时，想起踩过我的已离世多年的那头母牛，它的毛色和花纹。有时走路腿困时，记起咬伤我的一条黑狗的皮，还展展地铺在我的炕上，当了多年的褥子。我成了记载村庄历史的活载体，随便触到哪儿，都有一段活生生的故事。

在一个村庄活久了，就会感到时间在你身上慢了下来。而在其他事物身上飞快地流逝着。这说明，你已经跟一个地方的时光混熟了。水土、阳光和空气都熟悉了你，知道你是个老实安分的人，多活几十年也没多大害处。不像有些人，有些东西，满世界乱跑，让光阴满世界追他们。可能有时他们也偶尔躲过时间，活得年轻而滋润。光阴一旦追上他们就会狠狠报复一顿，一下从他们身上减去几十岁。事实证明，许多离开村庄去跑世界的人，最终都没有跑回来，死在外面了。他们没有赶回来的时间。

平常我也会自问：我是不是在一个地方生活得太久了。土地是不是已经烦我了。道路是否早就厌倦了我的脚印，虽然它还不至于拒绝我走路。事实上我有很多年不在路上走了，我去一个地方，照直就去了，水里草里。一个人走过一些年月后就会发现，所谓的道路不过是一种摆设，供那些在大地上瞎兜圈子的人们玩耍的游戏。它从来都偏离真正的目的。不信去问问那些永远匆匆忙忙走在路上的人，他们找到自己的归宿了吗，没有。否则他们不会没完没了地在路上转悠。

而我呢，是不是过早地找到了归宿，多少年住在一间房子里，开一个门，关一扇窗，跟一个女人睡觉。是不是还有另一种活法，另一番滋味。我是否该挪挪身，面朝一生的另一些事情活一活。就像这幢房子，面南背北多少年，前墙都让太阳晒得发白脱皮了。我是不是把它掉个个儿，让一向阴潮的后墙根也晒几年太阳。

这样想着就会情不自禁在村里转一圈，果真看上一块地方，地势也高，地盘也宽敞。于是动起手来，花几个月时间盖起一院新房子。至于旧房子嘛，最好拆掉，尽管拆不到一根好檩子，一块整土块。毕竟是住了多年的旧窝，有感情，再贵卖给别人也会有种被人占有的不快感。墙最好也推倒，留下一个破墙圈，别人会把它当成天然的茅厕，或者用来喂羊圈猪，甚至会有人躲在里面干坏事。这样会损害我的名誉。

当然，旧家具会一件不剩地搬进新房子，柴火和草也一根不剩拉到新院子。大树砍掉，小树连根移过去。路无法搬走，但不能白留给别人走。在路上挖两个大坑。有些人在别人修好的路上走顺了，老想占别人的便宜，自己不愿出一点力。我不能让那些自私的人变得更加自私。

我只是把房子从村西头搬到了村南头。我想稍稍试验一下我能不能挪动。人们都说：树挪死，人挪活。树也是老树一挪就死，小树要挪到好地方会长得更旺呢。我在这块地方住了那么多年，已经是一棵老树，根根脉脉都扎在了这里，我担心挪不好把自己挪死。先试着在本村里动一下，要能行，我再往更远处挪动。

可这一挪麻烦事跟着就来了。在搬进新房子的好几年间，我收工回来经常不由自主地回到旧房子，看到一地的烂土块才恍然回过神。牲口几乎每天下午都回到已经拆掉的旧圈棚，在那里挤成一堆。我的所有的梦也都是在旧房子。有时半夜醒来，还当是门在南墙上。出去解手，还以为茅厕在西边的墙角。

不知道住多少年才能把一个新地方认成家。认定一个地方时或许人已经老了，或许到老也无法把一个新地方真正认成家。一个人心中的家，并不仅仅是一间属于自己的房子，而是长年累月在这间房子里度过的生活。尽管这房子低矮陈旧，清贫如洗，但堆满房子角角落落的那些黄金般珍贵的生活情节，只有你和你的家人共拥共享，别人是无法看到的。走进这间房子，你就会马上意识到：到家了。即使离乡多年，再次转世回来，你也不会忘记回这个家的路。

我时常看到一些老人，在晴朗的天气里，背着手，在村外的田野里转悠。他们不仅仅是看庄稼的长势，也在瞅一块墓地。他们都是些幸福的人，在一个村庄的一间房子里，生活到老，知道自己快死了，在离家不远的地方，择一块墓地。虽说是离世，也离得不远。坟头和房顶日夜相望，儿女的脚步声在周围的田地间走动，说话声、鸡鸣狗吠时时传来。这样的死没有一丝悲哀，只像是搬一次家。离开喧闹的村子，找个清静处待待。地方是自己选好的，棺木是早几年便吩咐儿女们做好的。从木料、样式到颜色，都是照自己的意愿去做的，没有一丝让你不顺心不满意。

唯一舍不得的便是这间老房子，你觉得还没住够，亲人们也这么说：你不该早早离去。其实你已经住得太久太久，连脚下的地都住老了，头顶的天都活旧了。但你一点没觉得自己有多么"不自觉"。要不是命三番五次地催你，你还会装糊涂活下去，还会住在这间房子里，还进这个门，睡这个炕。

我一直庆幸自己没有离开这个村庄，没有把时间和精力白白耗费在另一片土地上。在我年轻的时候、年壮的时候，曾有许多诱惑让我险些远走他乡，但我留住了自己。我做得最成功的一件事，是没让自己从这片天空下消失。我还住在老地方，所谓盖新房搬家，不过是一个没有付诸行动的梦想。我怎么会轻易搬家呢。我们家屋顶上面的天空，经过多少年的炊烟熏染，已经跟别处的天空大不一样。当我在远处，还看不到村庄，望不见家园的时候，便能一眼认出我们家屋顶上面的那片天空，它像一块补丁，一幅图画，不管别处的天空怎样风云变幻，它总是晴朗祥和地贴在高处，家安安稳稳坐落在下面。家园周围的这一窝子空气，多少年被我吸进呼出，也已经完全成了我自己的气息，带着我的气味和温度。我在院子里挖井时，曾潜到三米多深的地下，看见厚厚的土层下面褐黄色的沙子，水就从细沙中缓缓渗出。而在西边的一个墙角上，我的尿水年复一年已经渗透到地壳深处，那里的一块岩石已被腐蚀得变了颜色。看看，我的生命上抵高天，下达深地。这都是我在一个地方地久天长生活的结果。我怎么会离开它呢。

图书在版编目（CIP）数据

把路移到荒野上：刘亮程散文精选 / 刘亮程著.
-- 杭州：浙江教育出版社，2025.3. -- ISBN 978-7
-5722-8977-4

Ⅰ．I267

中国国家版本馆CIP数据核字第2024RL8872号

把路移到荒野上 刘亮程散文精选
BA LU YI DAO HUANGYE SHANG LIULIANGCHENG SANWEN JINGXUAN
刘亮程 著

责任编辑	赵清刚
美术编辑	韩 波
责任校对	马立改
责任印务	时小娟
选题策划	大愚文化
产品监制	王秀荣
特约编辑	朱 江
封面插图	厚 闲
封面设计	路丽佳
版式设计	申海风
出版发行	浙江教育出版社
	地址：杭州市环城北路177号
	邮编：310005
	电话：0571-88900883
	邮箱：dywh@xdf.cn
印　　刷	天津盛辉印刷有限公司
开　　本	880mm×1230mm　1/32
成品尺寸	145mm×210mm
印　　张	10
字　　数	165 000
版　　次	2025年3月第1版
印　　次	2025年3月第1次印刷
标准书号	ISBN 978-7-5722-8977-4
定　　价	49.90元

版权所有，侵权必究。如有缺页、倒页、脱页等印装质量问题，请拨打服务热线：010-62605166。